遇见你

吕 玫 著

世纪文景

世纪出版集团 上海人民出版社

上海世纪文睿文化传播公司 出品

做最真实的自己

八月，上海台风天，作为一个客居在这里的台湾人，我已经越来越把上海当成了自己的家，对于每年八月会定期来访的台风，也觉得越来越亲近了。

台风来临前，居委会的工作人员上门来提醒我们把窗台上的花盆收掉，我注意到和以往来的阿姨不同的是，这一次上门来的是一位看起来很年轻的女生，我太太和她攀谈，知道她才刚刚大学毕业。

后来台风来临的时候又看见她，穿着雨衣和保洁工一起检查雨水管道，精心挑染过的前刘海被雨打湿了，贴在光洁的前额上，显得特别清新。

上网看新闻，知道越来越多的年轻人在大学毕业以后选择到基层工作。

当然，他们是稚嫩的，在第一线工作，特别需要得到谅解。

同样的职场新鲜人，我在医院也遇到。

那天偶染小恙，发烧了，去医院就诊，验血的窗口工作人员是新人。前一个病人被她戳得满手鲜血，轮到我的时候，我已经有数，今天肯定会很疼，但她戳破我手指的力度还是在我意料之外的重，而且悲催的是，虽然戳得很重，血却出得很少，她挤了很久才挤出够采样的血。

当时，我很想投诉，医院怎可以拿我们当人体试验机？可是一个细节却让我立刻感动了，我发现她的手因为紧张而一直在微微发抖。

是的，她的表情很认真，态度也很诚恳，只是今天可能是她第一天上班，她很希望能有一个完美的开始，而我们每一个人的叹息都变成了沉重的压力。

于是，我试着对她点点头，希望她面对下一个病人的时候能放松一点。

谁没有生涩的那个阶段？而她，选择这样试炼自己，已有足够的勇气。

我的另一位电台主持人朋友，曾经跟我抱怨说，收听率的压力太重，有时真的想去做售货员，每天只要理货收钱下了班就能洗澡看电视睡大觉，多么轻松。

楼上邻居家的钟点工阿姨每天起早摸黑地工作，一个月挣近六千块钱，她刚刚大学毕业的女儿，只有一个月两千多的收入。我跟她讲："让你女儿去学一个育婴师一个月嫂，据说可以月入八千一万。"谁知她回答我："我女儿才不干，她看不上我做的这个工作呢。"

到底怎么样的工作才是好的？怎么样的人生才算是完美的呢？

站在自己的位置能看得见的风景，会让你心旷神怡。

但很多人却觉得下一个窗口才会看见更好的风景，于是一直在人生的路上疲于奔命，最终可能会是一无所获。

有的时候，是不是可以停下来问一问自己——我是谁？

人山上，我只是一棵小草；人海中，我不过是一滴水，我们有一个共同的名字——芸芸众生。

我们的一生，都是跌宕起伏荡气回肠，但在别人看来，也不过尔尔，因为他的人生也一样的风波荡漾。

何必管别人怎么看，只要自己觉得开心，不就好了？

每一份职业都很重要，没有谁是可以忽略不计的，有的人合适当明星，你让她当一天一茶一坐的服务生试试，她不见得能胜任。而如果门店今天少两个工作人员，立刻就会手忙脚乱。

在自己的人生，活得坦然而精彩，我最喜欢的是吕玫小姐这个故事里的大方，她是个爽直的女人，有自己喜欢的工作，为家庭辛苦付出，不管是出轨的丈夫还是不听话的孩子，她都照单全收，这样的女人，她的一生何其成功！

在很多中国人的家里，都会泡一壶每天解渴的茶，那茶，绝不会是昂贵的龙井或是金骏眉，一定是最普罗大众的绿茶，炒青——屯绿——珍眉，氨基酸含量丰富，但其貌不扬。

做这样的茶有什么不好？有营养的女人，才能幸福整个家庭，有幸福家庭的人，才算是成功的人生。

以上，是我一个有一定年纪的人，与年轻后辈的一点小小人生经验的分享，也希望如一杯有营养的绿茶，对你的人生有所滋润。

一茶一坐　陈定宗

那天，儿子坐在地板上，对我说："妈妈，说说话吧。"我受宠若惊地在他身边坐下，然后他很严肃地说："22个月的宝宝。"说完就自顾自地玩他的小汽车去了。

22个月，呵呵，真是飞一样过去的日子啊，再过一年，他就会上幼儿园，然后上小学，也不过三年的时间，他就要离开家去面对属于他自己的世界了。他对我的依恋会越来越少，然后有一天他会带回家一个女孩子，跟我说——妈妈，这是我最爱的人，我要和她一起生活了。

虽然每个做妈妈的难免都会失落，但我们又都期待着这个世界上会有一个人比我更爱他。

对于孩子来说，大多数的时间他都在看着自己的未来，父母的过去，于他而言，是并没有什么意义的回忆吧。

2011年出版的《爱的发酵期》是我人生中重要阶段的一个记录，那时候的我焦虑、疲惫、抑郁、烦躁，所有负面的情绪都藏在我的生活里。对周围的人，我没有办法感恩和谅解，尤其是对自己的家人，总觉得他们做得不够多不够好，而我放弃了那么多，却没有人体谅。

在《爱的发酵期》里，母女矛盾十分激烈，很多人问我，为什么不把笔墨放在众所周知的婆媳矛盾上呢？现在我可以回答你，之所以这样写，是因为每个人心中都会有的体验——最亲的人往往会是那个你觉得给你伤害最多的人，因为你对她有期待。

在女人生育的初阶段，你迷惘、彷徨、劳累，你希望母亲能像儿时那样把你搂在怀里，为你解决所有的问题。但这时候的母亲，她已经老了，你的问题，也不仅仅是母亲的安慰就可以解决的。

你，在发酵，在蜕变，成为了一个新妈妈，你不能期待别人代替你，你只能自己解决问题。

时至今日，我真正悟通了这个道理，我开始意识到，在养育孩子的过程中，别人也许可以施以援手，但父母是怎么也脱不了干系的，有责任心的父母，只能亲力亲为。摆正了这个位置，我开始快乐起来，感恩的心重新回到我的身上，换了一种眼光和态度去面对家人，我的家又重新变成了一个快乐的家。

之所以在这里和大家分享这一段很个人的体会，是想讲清楚一点，为什么今年的小说写的是这样的一个故事。

我们每个人是如何来到这个世界上的？你曾经想过回到起点去旁观一下自己的诞生吗？每一对父母不一定都是永远相爱的，而且他们有着自己的痛苦和不安，这些阴影会烙印在孩子身上，造就他的性格，并决定他的命运。也有人说，是孩子决定了父母的命运，这也有道理。

孩子不一定都是爱情的结晶，但毫无疑问，我们都是父母爱着的孩子，就算爱的方式不一样，但爱都是存在的。我们这些因为血缘而羁绊在一起的人，互相左右着彼此的命运。

我们被动地来到了这个世界上，然后必须要主动地活着才行，认真吃每一顿饭，过好每一天，然后主动寻找属于自己的那个人，建立自己的家庭，再把新的生命带到这个世界上来，人类社会才得以延续了几千年。

可是，有几个人是真的完全快乐的呢？

我多次听到这样的纠结：孩子说——我没有要求被生出来，我不快乐；父母说——要不是因为这个孩子，我的人生会不一样，父母也不快乐。

可如果换个态度，孩子说——爸爸，妈妈，我能被生出来，成为你们的孩子，真是一件幸运的事情；父母说——因为有了你，我的人生越来越幸福了。

是啊，因为遇见你，因为有你。

那样的话，是不是每个家庭都会很幸福？这个世界不就真正地和谐了吗？

自然，这是理想的状态，我们每个人的人生如果写成小说，都会是曲折的故事，悲欢离合，无法避免。而我们不是明星名流，所以我们自己的故事只能自己默默演绎，可滋味是一样浓烈的。

这就是今年这个故事想分享的一个氛围。

珍眉，其实就是很普通的家常绿茶，是茶叶中的芸芸众生，它绝对没有毛峰、龙井、碧螺春那样的名气，往往用简单的塑料袋包着在街边随意出售，价格也是平易近人的。可是，珍眉的滋味却是绿茶最正宗最标准的那个味道，是柴米油盐酱醋茶里被叫做茶的那个——茶。

那种感觉就像我们每一个普通人，我们混迹在人群中，但却绝不简单。

可是，很多时候我们忘了自己是什么样子的，只是一味地希望变成别人：瞧瞧，人家的父母多有能耐！看看，那家的孩子多么有出息。你你你，你怎么就是不如王先生那么有能力？唉，我的人生，也许从一开始就是错误，美华就不一样，你看她多幸运。

是不是，你总是觉得自己不如别人，但是别人眼中的你，又有着不同的感觉，别人会说——她啊，是个幸运儿。

我们每天都照镜子，但自己是什么样子的，你从镜子里看见了吗？

这一个故事，讲的是本来的面目，就像朴实无华的珍眉，是茶本来的味道，你也可以说，这是幸福的味道，因为，一个人如果坦诚地面对了自己，一定可以体会到幸福，并且把幸福带给别人。

之前《幸福的味道》出版后，很多人问我，为什么不写续集？今天我呈现出的这个故事，可以算是《幸福的味道》之二，但又不是续集，幸福没有续集，只会一路自己向前走。

吕玫

2012 年 8 月

CHAPTER [1]

　　遇见金骏眉　／1

CHAPTER [2]

　　秋葵　／12

CHAPTER [3]

　　大和姬　／23

CHAPTER [4]

　　梅子黄时　／33

CHAPTER [5]

　　夏至　／46

CHAPTER [6]

　　大方　／56

CHAPTER [7]

　　渔梁坝　／67

CHAPTER [8]

　　　　再晨　／ 79

CHAPTER [9]

　　　　旧情　／ 89

CHAPTER [10]

　　　　故人　／ 100

CHAPTER [11]

　　　　揭发　／ 110

CHAPTER [12]

　　　　真相　／ 119

面试男朋友　／ 127

CHAPTER [1]

遇见金骏眉

在街的拐角，听说会遇见爱情。

但今天，照照希望自己被爱情忽视。

走在上海的四月天，小区的铁栏杆上是繁盛的流浪玫瑰。忽然热起来的天气，还没来得及换掉两翻领的薄羊绒衫，寒冷的天气最百搭的高筒靴此时也觉得累赘和多余了，照照在心里叹息，早上要敲卡的女人，忙不迭地出门，哪里有闲情逸致去细细搭配每一个细节，这时如果遇见爱情，估计也会把它吓走吧。

遇见爱情的季节，似乎应该有雪纺裙的荡漾，搭配着露趾头的恨天高，还有刚刚洗过散发着鲜花香气的头发。

虽然照照知道自己充其量是个第二眼美女，但她还是渴望她的爱情来的时候，有一个唯美的开头。

今天早上，没有雪纺裙和恨天高，甚至，照照没有来得及洗头。

生活不是偶像剧，更没有穿越的可能。

地铁上偶遇的男人只会毫不犹豫地抢走你的座位。

生活在这个都市，千万不要把自己当成女主角。希望越多只会不停地失望。

照照昨天加班到两点，打车回家，在出租车上就睡着了，下车的时候微胖的中年司机叔叔说："小姑娘，幸好我是好人，不然的话我把你抬出去卖了你

遇见你

也不知道哦。"

照照睡得糊里糊涂，只能冲他笑笑，司机叔叔又说："你这干的是什么工作啊？上次一个小姑娘半夜里回家，在楼道里被人家劫杀了，这个新闻你没看到啊，注意安全！"

暗夜里，出租车灵活地在小区门口掉了个头，绝尘而去。

只不过是几句闲聊，却让照照感到了温暖。

为什么萍水相逢的陌路人说出来的话也比自己的老妈和姐姐说的要中听呢？

加了班的早上，照照本来可以赖一下床，晚一个小时去公司。可是早上 8 点，老妈的长途电话就要命一样地把她吵醒了。

"什么？8 点了，你还在家，你是不是又睡懒觉？你现在还没起来吗？你不是 9 点上班的吗，路上不是要一个小时吗，那你怎么还不走？我跟你说过多少次，不要踩着铃声进公司，那影响多不好？你是一个外地人，人家香港公司能要你是你的运气，你还不给我好好干！"

照照的妈妈喜欢用问句，一句接一句，不等别人回答，下一个问题又来了，听起来就是一连串的质问，让人紧张。

"妈，我昨天加班到两点，三点半才上床。"

"加班有什么的，你们加班还有工资，你爸加了一辈子班，从来都没有加班费。你怎么会加班的？还不是上班的时候没有加油干，所以才会要加班嘛，这是你自己的问题，我辛辛苦苦供你去英国上学，你都学了什么了？凡事向钱看，那是资本主义！"

照照叹了口气，她知道说服她妈比登天还难，所以她轻轻地挂上了电话，又拔掉了电话线。

做了二十几年的母女，她还是不知道该怎么和妈妈聊天。以前在家的时候，她会一转身逃出门去，等爸爸回家再回去，如今，她只能切断电话线。

十分钟后，照照的手机响了，是姐姐清清打来的。

"胡清，找我干嘛？"照照从小就是这样连名带姓地叫姐姐。现在她知道姐姐是替妈妈打抱不平来的，在姐姐看来，挂老妈的电话简直就是大逆不道。不过照照还是明知故问。

"照照，我们全家人省吃俭用供你去英国留学，不是让你回来耀武扬威的。你一个月的工资顶老妈半年的收入，怎么，你就看不上她了？敢跟她叫板了？你还挂妈的电话，你真是不得了了你，你知不知道，你是老妈拼了命生出来的，做人可不能忘本。"

胡清几乎就要声泪俱下了。

照照只能再叹一口气。

这个胡清，跟她虽然差了八岁，但怎么好像有一个世纪的代沟。每次跟她讲话，她都是一副抑扬顿挫伦理道德的评论腔，难道人家家里的姐妹也是这样的吗？

"中午爸爸下班以前你必须跟妈妈道歉！不然等爸爸回家吃饭，我就跟他讲。我就不相信爸爸会站在你这边，你看着吧。"

恍惚间，照照觉得自己回到了上小学的年纪，因为作业没有写而被老师罚站，还要写检查，她请胡清帮她冒充家长在检查书上签字，结果胡清毫不留情地立刻向妈妈告发了她。

同桌胡兰的姐姐胡美就帮胡兰在检查书上签了字，不过那几个字写得太幼稚了，被老师一眼识破，罚她叫家长来学校面谈。

可是，照照还是希望，自己的姐姐能是那个会包庇妹妹的胡美。

照照想着往事，完全没听见胡清喋喋不休的说教。8点半，闹钟响了，宝贵的半小时睡眠就这样蒸发掉了。

妈妈和姐姐永远不能理解，在上海工作的小白领，早晨的每一分钟都是宝贵的，而迟到一分钟的代价，就是钱。

为了不迟到，打车会比坐地铁公交起码多花五倍的钱，如果遇上堵车，即使你打了车还是会迟到，迟到又要扣钱，这是典型的双重郁闷。

遇见你

妈妈会说，那你为什么不提前半小时起床？

因为昨天睡太晚。

那你为什么不早点睡？

有工作做啊。

白天为什么不好好工作，一定要晚上做呢？

唉，于是所有的争论又回到老路上。白天，谁也没出去旅游啊，可是工作就是做不完。而且，还有很多被动的等待，客户没确认，快递还没到，就连打印机卡纸也会让你的生命莫名其妙停下来半小时。

现在就是例子，姐姐的喋喋不休没有停下来的意思，所以照照没法洗澡，糊里糊涂穿着昨天的衣服就出了门，等你出了小区，那边说："我要上班了，我没空跟你多讲。"

电话挂了。

呵呵，弄到最后，好像是你找她讲话一样。

清澈的阳光下，心情郁闷的胡照照发现自己不仅穿多了衣服，穿错了鞋子，还没有洗头。

这注定会是糟糕的一天。

照照还有个理论，事不过三，今天她已经连着被两个女人数落，于是她在等着将要数落她的第三个女人。

所以当10点的提案会议开始，她一眼看见对方的产品负责人是一个中年女人的时候，她就默念了一声"My God，来了。"

作为设计师，照照一般不太说话，自有会说话的人跟客户交流，而她之所以列席，是老板希望她能更好地了解客户的需求，以便进一步修改。

今天负责提案会议的是日本留学回来的缇娜，所以见到客户就先仔仔细细微笑着鞠了一个躬。

中年女人手上拎着一只新款的LV，一落座就笑容可掬地说："叫我辛德瑞拉好了，说到我这个名字，还真是中西合璧，我中文名叫辛德莉，因为我爸爸姓辛，我妈妈叫莉莉，我爸爸吃死忒我妈妈了啦，我还没生出来，我爸就把名字取好了，姓辛的得到了莉莉，怎么样，直白哇。"

胖嘟嘟的女人看起来没有给人爱情结晶的感觉，也许是这块结晶实在太大只了，比较像岩石，而她身上那种嚣张的优越感，深深刺伤了照照。

爱情的结晶，在我的父母身上，有这样的幸福感吗？

她甚至很少看见父亲和母亲说话。

但作为一户人家的二女儿，总应该是在父母都有准备的情况下出生的吧。

如果是老大，她一定会觉得她的出生是一个意外，然后父母奉子成婚。

照照一犯困，就容易开小差，缇娜在桌子下面轻轻踢了踢她，这让照照振奋起了精神。

老板说了，只要拿下这个客户，就给照照配一台苹果笔记本，这样以后晚上就可以回家干活了。

虽然老板给员工配备劳动工具，无非是为了榨取员工更多的私人时间，一个电话过来就可以叫你立刻开工。但在照照看来，只要能在自家的被窝里加班，已经是天堂，起码不用在楼道里被劫杀了。

对面那位爱情的结晶大吨位版本的灰姑娘，正在和缇娜聊着题外话。

"我在公司里最反对员工加班了，我分配下来的任务，如果你可以合理安排时间的话，是一定可以在上班时间完成的，所以我不给加班工资。而且，要是加班超过我规定的时间，我还跟他要电费呢，谁知道你用着公司的资源，做的是不是公司的事情？"

缇娜有点勉强地讨好说："你们公司管理得比较科学，呵呵，我们公司每天都有人加班，活干不完啊。照照，你昨天几点回去的？"

照照只能笑笑，可在心里，她狠狠地骂了声"他妈的"，这个女人，该不会是老妈的分身吧？这个加班的话题什么时候才能停止啊！

但，再怎么压抑，今天照照和"灰姑娘"的气场一定是产生了冲突，在照片的选择上，他们终于还是吵了起来。

遇见你

"灰姑娘"一定要照照换照片，这是一款丝袜的广告，修这张图，照照几乎花了一天的时间，让模特的腿显得圆润又修长。因为工作量很大，所以在修图之前，是得到客户的认可的。

想到晚上又要加班，照照不由得恶向胆边生，要是就因为这个女人的善变让我在楼道里被人勒死了，不是冤枉。

但缇娜可不管这些，她很职业地打开照片资料库："那您再重挑一张吧。"

辛德瑞拉满意地笑着，然后指着一张照片说："你看，这张多好，光线柔和，最重要的是，模特的腿显得多么修长，这一定是丝袜给出来的瘦腿效果。"

照照一看，忍不住大笑起来："这张没穿丝袜，是光腿！"

辛德瑞拉的神情略一呆滞，随后又活泛起来。

"没关系，就用这张。"

"这不是欺骗消费者吗？"照照毫不客气地说。

缇娜在桌子底下又踢了踢照照。

照照也不理她，继续说："这张和那张都是穿了袜子拍的，角度光线完全一致，你实在要换就换这两张。"

"灰姑娘"的脸灰了下来："不行，我就喜欢这张，我都看不出来她没穿丝袜，还有几个人看得出来？就用这张，出了什么事情跟我们公司有关，跟你搭什么界啦。我跟你讲，小姑娘，我要是自己会排版，这种简单的包装我自己就搞定了，还犯得着找你们？"

照照气得冷笑："呵呵，你也可以学的，排版不也是简单的很嘛。"

一肚子的邪火刺激着照照的情绪，即使只是为了挣钱才干的工作，她也不希望被别人看轻。

辛德瑞拉的下一句话，让缇娜的脸上也挂不住了："本来就是嘛，像你们这种小海归，都是学习成绩太差，国内的大学上不进了，才到国外去上的，浮而不实！"

老板喜欢有海外背景的人，所以公司里留过学的十有五六，听闻了照照和客户争执的事件之后，自然支持照照，但这不过是民间的舆论导向而已。客户一走，缇娜就向老板汇报，然后和老板一起急匆匆地出去了。

说是香港公司，也不过就是二十几个人，四五间办公室，碰到大客户，老板总是亲自出马，他本来就是4A公司的业务精英，干得久了有了自己的客户，才出来创业，每一个客户都视若瑰宝，照照知道自己少不了要被刮一顿。

管他呢，先填饱肚子再说。

公司的午餐是一条结实的鸡腿，几片发黄的青菜，辣得几乎发苦的老豆腐。老板从来不吃，他都是自带的老婆便当。

没有营养，说不定还会有害健康，地沟油、工业盐、农药残留、陈米，饭店里光鲜的菜品都有可能是这些恐怖的原料化妆出场的，何况是看起来已经很不堪的盒饭呢？

照照对着这份恐怖的午餐思忖了一下，拿起手机和钱包"揭竿而起"。

今天，拜这三个女人所赐，身体里不知道产生了多少毒素，一定要给自己吃一顿好的，营养一下。

大楼里新开了一家一茶一坐，喝一碗没有味精的麻油鸡汤，吃一份新鲜的蔬菜色拉，对自己辛苦工作的身体好一点吧。

下电梯，转弯，照照看见一茶一坐门口站满了排队的人。

看来想靠一顿营养美餐拯救自己的人还真是不少啊。一点半，必须要回去上班，中午还要敲卡，这是上半年新来的人事总监发明的，天怒人怨，又怎么样呢，有本事你别处去找一张更牢靠的饭票！

还有一小时十六分钟，不知道能不能顺利吃完这顿饭呢？

照照取了一个号，前面排了二十九个人，还真巧，跟自己的年龄是一样的呢，12点12分，又跟生日重合。

据说只有十分焦虑的人，才会从各种日常的数字中去寻找和自己有关的规律，照照从小就是如此，难道从一生下来就开始焦虑了吗？

就在照照端详着这张排队号码牌的时候，身边忽然有人轻轻拍了她一下。

遇见你

一抬头，一张白净秀丽的脸近距离地贴到了她的面前。

"小玉？"

照照吃了一惊。

是大学里一个宿舍的黄秋葵，因为照照觉得她长得像小丸子的好朋友小玉，所以一直这么叫她。

而秋葵也就一直叫她"小丸子"。

呵呵，那时真是无忧无虑的日子啊。

"你也一个人来吃午饭吗？小丸子，跟我一起吧，我正好刚刚叫到号。"

坐定下来，两人各点各的，照照正要点一壶茶，秋葵打断她："吃完去我家里喝茶，我有好茶就想找个人分享呢。"

"你家？小玉，我还要回去敲卡呢，你不上班啊？"照照立刻一跤跌回了现实。

"诶，我们好几年不见了，你还计较那些？大学里最喜欢翘课的人可不是我啊，不过我还不是跟着你一直翘课？小丸子说什么敲卡，好无趣啊！"秋葵郁闷的脸看起来和大学毕业时没什么两样。

照照这才仔细打量她，白T恤，粗布裤子，清汤挂面一样的头发，这个秋葵，是从大学校园里直接穿越而来的吗？

照照隐隐有点担忧，秋葵，是不是因为失业在家才这么悠闲？看她这副样子，完全不是上班的状态。

一顿饭，两个人风卷残云一般地吃完了。饭后，秋葵拉着照照走进电梯，按了向下的按钮。

"去哪？我还要回去上班。周末一起喝茶，好不好？"照照还惦记着早上拂袖而去的辛德瑞拉，不知道老板和缇娜跟她商谈之后结果如何。

"好啦，跟我来吧，现在才12点40分，喝一泡茶总是来得及的。"

照照被秋葵拽着走出大楼，然后穿过车道进了隔壁的港汇花园。

这个地方照照无数次路过，总在猜测住在里面的是什么样的有钱人，她没有想到的是，当初在一个饭碗里分享一碗牛肉面的秋葵就住在里面。

雅致的两房，收拾得很整洁，餐桌上摆着一套白瓷的茶具。

秋葵让照照随便坐，然后从书架上取出一只精致的盒子说："陪我喝一泡金骏眉吧，是去年留下的最后一泡了。"

市中心昂贵的公寓，桌子上随意地丢着一把奔驰车的钥匙，新款的 iPad 摊在梳妆台上，照照一直思念的苹果笔记本放在窗台上。

照照记得秋葵和她一样出生在小县城，父母都是普通工人，是谁给她提供了这样奢华的生活呢？

照照是个很容易感受到环境压力的人，虽然秋葵给她的感觉还和以前一样，但她还是拘谨起来。

从窗子里看出去，徐家汇还是日日见面的徐家汇，但却那么陌生，这样的角度看过去，大楼显得渺小，灰蒙蒙的楼顶降低了商圈快速消费的兴奋度，平时需要仰望才能见到的广告牌，如今可以俯瞰，于是微微锈涩的结构架弱化了时尚品牌的距离感。

照照没有自己的办公室，老板租用一套三房两厅，设计部的办公室是朝北的卧室，会议室则是原来的餐厅。虽然在内部装潢的时候老板还是花了一些心思，但香港人更在乎风水，总在一些匪夷所思的地方放着一些莫名所以的东西。

照照的办公桌看出去是一只巨大的水族箱，一群她叫不出名字的小红鱼一天到晚不知疲倦地游来游去。而会计室按照风水师的要求挂着一串风铃。

下意识地，照照比较着秋葵和自己的环境落差。

在学校宿舍，照照是靠窗的上铺，秋葵是靠门的下铺，因为身材差不多，还经常换衣服穿。那些衣服，是周末的时候去七浦路淘来的，也不过几十块钱一件。

如果是别人跃上枝头，照照不一定会想不开，但为什么今非昔比的会是跟自己翻版一样的秋葵呢？

遇见你

秋葵煮好了水，洗了手，在照照对面坐下，开始烫壶温杯。于她，这样的相逢只有纯粹的快乐。

境遇的不同，自然会有不一样的心境，拥有的人不会去算计和失落，而没有得到的人，面对别人的拥有，心里更加空落落的。

秋葵熟稔地摆弄着茶具，很快，一股奇异的香气从她的指间散发出来。

金骏眉的香气，的确是不俗的。

照照喜欢喝茶，但只限于家乡的绿茶珍眉，每年春天妈妈都会给她寄来足够她喝一年的茶叶。

金骏眉，照照听说过，但这种天价的奢侈品，喝得到的又有几个人呢？

带着敬畏的心情，呷一小口茶，想着要上万元一斤，这一泡就是好几百块，换算到这一口茶，差不多是迟到一次扣掉的工资吧。

照照暗暗讥笑自己的小家子气。

秋葵也不说话，给照照又斟上了一杯茶。

照照正要端起杯子，手机要命一样地叫了起来。

照照一听声音就知道是公司里来的电话，当初为了把妈妈和工作上的电话区分开来，她把公司同事和老板的号码专门建了一个组，这样才不会耽误工作。谁说照照不珍惜这份差事？

照照正要接电话，却被秋葵拿过手机，毫不犹豫地关掉了。

"这第二泡的香气和滋味都是最好的，天大的事情也请先喝掉这一杯茶，那些事情都可以等，可是茶等不了，过了合适的温度，就再也喝不到这个味道了。"

要到很久之后，照照才体会到秋葵所说的意思，而现在，她无法放开眼前执著的或者说把她束缚住的事情。

"小玉，这大概是我们老板的电话呢。"照照有点着急，老板最讨厌别人按掉他的电话。

"喝一杯茶只要三十秒钟，难道他也等不了吗？"秋葵笑着指了指那杯茶，

"喝吧，你会觉得惊喜的。"

照照叹了口气，端起杯子，一仰头就把一杯滚烫的茶喝了下去，然后被烫得叫了起来。

秋葵摇摇头："照照，你真是糟蹋了这杯茶呢。"

照照有点不悦："喂，是我被烫到，你还心疼那杯茶？大小姐，我可是每个月等着老板开工资给我付房租的人，我哪里有那个胆敢不接老板的电话？"

"那你今天就搬来我这里住好了，不要你的房租，怎么样？现在你是不是可以好好和我一起喝完这一壶茶？"秋葵认真地说。

"哎哟，你懂我的意思，小玉，我是不知道你现在靠什么发了财，可我是标标准准的小白领，仰人鼻息过日子，为了一个月那几千块钱的银子，哪怕大冬天在洗澡，老板电话来了也要立刻关水去接电话。"

"呵呵，没想到你还提供裸聊服务。可是小丸子，在去英国以前你跟我说的不是这样子的啊，你说的那些梦想，让我心驰神往，是因为你说的那些话我才努力到今天，你自己怎么忘了呢？"

"我说过什么我完全不记得了啊。"照照恍若隔世地看着秋葵。

"喝完这一壶茶，我慢慢帮你回忆，好不好？"秋葵温柔地说。

不过，照照终究还是没能和秋葵一起喝完这一泡金骏眉，公司里的电话接二连三打来，她只能匆匆回去，临走前她把自己的名片留给秋葵，上面有十分详细的信息，手机、邮箱、办公地点。

现代人真的惧怕隐私被泄露吗？但初次见面互换名片的时候，自己二十四小时都可以联系上的信息不是亲自交给别人了吗？

"你呢，也给我一张名片吧，让我好找得到你。"照照说。

秋葵笑了笑，递过一串钥匙给照照："这是我的钥匙，你可以随时来找我，只要我不外出，一般我都会在家。如果我不在，你可以在冰箱门上留言给我。我没有手机，也没有名片。"

遇见你

CHAPTER [2]

秋 葵

遇见秋葵，是十天前的事了，照照把秋葵给的钥匙挂在自己的钥匙包里，总想着哪天下班早的话去还给她。可是人在江湖身不由己，丝袜的案子总是结不了，光腿的照片在老板的支持下用上了，改了三稿，过了辛德瑞拉这一关，却被上面的大老板枪毙了，大老板又挑了另一张图。

泣血再改，已经没有什么创意可言，无非是机械地按照客户的意思一遍又一遍地修图排版。

终于改到不能再改的日子，新产品要上市了，必须要去印包装，客户居然还是用了照照最先做的那一稿。

辛德瑞拉死样怪气地说："实在是因为没时间了，只有这一稿算是已经完稿的，这等于是你们逼着我们用了这一版，这跟强奸没什么两样啊。"

照照咬住自己的舌头不让自己辩解，只要今天她签字同意印刷，被她冤死也甘心了，这种泥沼一样能拖死人的客户，终于可以跟她诀别了，忍一忍有什么不可以？

辛德瑞拉一边签字一边说出了让照照当场飙泪的下一季："下一季我们还要推出天鹅绒的产品，到时候早点准备，我们老板说了，你们价钱便宜，我们今年要节省预算，就不找大公司了，还是照顾你们的生意吧。"

虽然手上还有三个活没有做完，但照照决定今天准时下班去见见秋葵。她要把钥匙还给秋葵，顺便再和她一起吃个晚饭，好好地聊一聊。

毕业后秋葵去了一家画廊做前台，而照照则在父母的资助下出国留学，这之后两个人就没有再见面。不管秋葵如何飞黄腾达，一见面就能把自己家的钥匙交给照照，这已经足够让照照觉得温暖了。

住在有着两千多万人口的上海，照照却会时时觉得寂寞。

回家，没有人等你；假日，没有人陪你；生病了，没有人帮你；就连吃到好吃的食物，也找不到可以分享的人。

自然，这里面有照照自己的原因。

有的是跟她一样一个人漂在上海的单身女子，很多人变成了传奇。

但照照，不那么容易向陌生人敞开心扉，也没有办法迅速融入一场全是陌生人的聚会。

她总是希望能找到心灵上投契的人，引为莫逆，但，工作上遇到的朋友，大多都是聚在一起吃吃喝喝游山玩水而已。

所以，照照的周末基本上是一个人上网、逛街、睡觉。

没想到，秋葵也在上海，而且，离自己几乎是一步之遥。

尤其是今天，照照很想找个人纾解一下心里的悲愤和疲惫。学生时代的好朋友在这种郁闷的时候真的是救命的良药。

但，秋葵不在家。

管理员问了照照的名字，说黄小姐交待了，要是胡小姐来了的话就把信件快递什么的交给她带上去。没想到你这么久才来，我这里积了一箱子了。

所以照照只能用钥匙开门进去。

房间里十分整洁，井井有条的风格和秋葵在学校宿舍里的床位如出一辙。冰箱上有秋葵的留言。

"我去采风，三个月以后才会回来。这期间，如果你愿意可以住在这里，上班近一些吧。等我回来，我们好好聊一下。"

秋葵把整个家留给了照照，包括窗台上的笔记本。

照照忍不住打开它，居然是全新的，根本就没用过。秋葵说她不喜欢电

遇见你

子产品，以前在学校里就几乎是个电脑盲，除了专业需要的，上网玩游戏从不染指，连 QQ 都没有，看来这种状态一直维持到现在。

既然不用，为什么要买呢？

出去采风，听起来就让人羡慕啊，秋葵是从事什么工作的啊？

照照想着，就在网络上随手搜索一下，居然还真有一个叫做黄秋葵的人，是个摄影艺术家，网页里有她的拍卖纪录，一张摄影作品拍到十万。

还有黄秋葵的官网，照片里的秋葵和很多名人合影，长发垂肩，衣饰高级，挎一只爱马仕的包，而一模一样的那只就放在照照身边的沙发上。

名为秋葵的微博，最近的一条是一张秋葵在机场的照片，说——今日开始心灵休憩之旅，第一站：不丹。

不丹？

并不是去婺源拍拍油菜花那样级别的采风呐。

当年刘梁婚礼之后，照照曾经咨询过不丹旅游的信息，五位数的报价对她而言实在奢侈。

去年长假去厦门一游，已经花掉不少的积蓄。

而秋葵的微博里，是遍布世界各地的足迹。

暴露在大众面前的秋葵，已经功成名就。

照照惊讶地坐倒在沙发上。

原来秋葵才是金骏眉。

同样长在武夷山的正山小种，挑出最细嫩的芽尖，经过老师傅手工炒制出来的，身价暴增。

本来，喝上正宗的正山小种已经觉得比袋泡茶幸福，可是，当你的同学变身为昂贵的金骏眉，谁能豁达？

大学毕业回到安徽，父亲帮她在合肥的一家影楼找到了工作，每天在同样的背景同样的光线下，拍同样的新人姿势，除了脸不同，连衣服都是一样的。

那样的工作，不需要很专业的摄影师，据说原来的摄影师就是学计算机的，在这间影楼工作了三年，拐了一个化妆师自立门户，开夫妻老婆店去了。

工资不算低，工作也不算累，但照照不满足。

她总觉得在她的心底有一种火一样在烧灼她的东西，催促她离开现在这样鸡肋一样的生活。

于是，毕业一年后，在她的一再请求下父母倾囊而出帮她去英国学设计。

那时候她和秋葵还有书信来往。

生活中的种种不如意和心中对未来的期许，都在那些信件中记录着。

似乎，秋葵的梦想是找到一个会爱自己一辈子的人。

照照还记得秋葵的梦想，而自己的梦想早就在现实面前不堪一击了，所以她毫不犹豫地选择完全忘记。

再后来，秋葵和她都换了地址，就这么失去了联络。

当时她和秋葵之间都说过些什么呢？照照使劲儿地想，但完全想不起来。

七年前自己到底想成为什么样的人呢？

昂贵的开销，却是日日水煮花菜水煮土豆。完成学业之后也几乎没有融进那个阴郁的国家，所以一拿到毕业证书就直接选择了回国。

飞机落在上海，她不知道该去哪里。在书报亭买了一张报纸，上面有很多招聘会信息，于是她把行李放下，去了万体馆。

摩肩接踵已经不足以形容了，真正是沙丁鱼罐头一样，她没见过这样的架势，也没有准备简历，几乎还没上场就败下阵来。

可是，也就是在这个招聘会上，照照找到了现在的这份工作。

老板亲自面试，给她一份资料，让她回去试做一张海报。

她没有电脑，是在街头的网吧完成的，第二天一早就送去公司。

下午就被录用了。

据人事部的人说，录取她的原因有三：

一、她有海外留学的背景；

二、她对薪水没有要求；

三、她认真完成了设计。

最主要的是，老板要求应聘者完成海报的设计，认认真真做完的只有照照一个人。

当时和老板一起面试的缇娜说，很多人怀疑公司是在骗设计，连资料包都没打开看。其实那个产品是著名的护肤品牌，用脚想想也该知道，谁会用这样的品牌来骗设计？

涉世未深有涉世未深的好处，因为相信别人，照照也得到别人的信任，到上海的第三天就得到了工作。老板开给她的工资在同行看来低了，在照照看来已经很满意，够租房子、够吃饭、够养活自己，就够开心了。

照照的经历在家乡也成了传奇，妈妈更是得意地到处宣扬，好像上海真的是遍地黄金，只要你愿意弯下腰去捡拾就行。

可是，今时今日又不同。

几千大洋的工资，几乎买下她除了睡觉之外的全部时间。租了房，付了交通费，一日三餐已经奢侈不得，买衣服只能上淘宝。

但，好在可以自给自足，年终的红包也还够看，回去过年的时候把不算厚的一万块交给老妈，说："你们当年资助我的钱，我会慢慢还给你们。"已足够老妈高兴得抹眼泪了。

可今时今日，竟有同学如此风光，自己变成了夜郎自大井底之蛙。

照照微微叹息一声，合上笔记本，轻轻退出秋葵的家。

美丽的风景，能够看见已是一种幸运，真的在风景里住下来，就是另一番光景了。

也许有一天，自家的阳台看出去，也会有一番不错的景致呢。

日子水一样地过去了，照照隔十天半个月去帮秋葵收一下信件，大多是邮购目录之类的广告邮件，工作上的往来一定在某个地方有人在为秋葵打理着。就连微博上的照片都是有人帮她精心拍摄的。

秋葵，是被人当成明星一样在照顾呢。

不丹之旅结束后，她又去了尼泊尔，好像在那边住了下来，过着滋润的小日子。微博上有一张照片，是在集市上拍的，暮色四合，不知道发生什么事情，摊贩们惊讶地回头看。

孩子，妇人，老年男子，古铜色的肌肤，色彩绚烂的服饰。

就这么一个瞬间记录了极有故事的尼泊尔，秋葵说当时她正在买水果，这张照片是用一个简单的小卡片机拍下来的。

那样的作品，很让照照羡慕，信手拈来，却有《最后的晚餐》一样的质感。

在这条微博之后，秋葵又发了一条——我回来了。

那天开始照照每天下班之后都去秋葵家转一转，希望可以见到她，但是，预告了要回来的秋葵却一直没有回来。

秋葵死了。

那个黄昏，照照见到了如因，高大儒雅的成熟男人，一件麻质的薄西装穿在别人身上，会觉得造作，于他，却是云淡风清。

他坐在秋葵平日泡茶的位置，正在喝一杯茶，空气中是照照似曾相识的味道，对了，是秋葵说只有最后一泡的金骏眉。

如因说，我给她送来今年的茶，但她却再也喝不到了。正山小种是英国女王钟爱的茶，而金骏眉是正山小种的奢侈版，你说我待她的心意如何？

从他的嘴里，照照听到秋葵的逝去。

原来，陪她去不丹和尼泊尔的是他，为她打点工作上的一切的自然也是他。

年轻女孩的成功，总会有这样的故事，沉重得很，算不上传奇，只是街头巷尾茶余饭后的那点谈资。

天分有限但薄有资产的他，人到中年，遇见很有天分且年轻的她，互相给予之后便纠结在一起很难分开了。

遇见你

原本，她还是听话而满足的。

但渐渐地，当她开始拥有自己的立场和视角，她开始需索更多，于一个未婚女子，并不算过分的那些要求，但于已有家室的他，却无法支付。

"我对她并没有玩弄和轻视，有的只是欣赏，同样的相机和场景，我拍出来的充其量是明信片，但她，却有油画一般的质感。我为她策划个展，在拍卖会上高价买她的作品，并不是把她当成商品来购买，仅仅是希望完成她的梦想。"

照照无言。

他们的故事开始了五年，这五年她未曾旁观，所以无法判断谁是谁非。

但，她记得秋葵的梦想，秋葵要的是一个两情相悦长相厮守的男人。

她和秋葵，经过这么多年，似乎都没有达到自己的梦想。

"如果一开始我能预见到这个结果，我会换一种方式跟她交往。我跟她说过，我没办法离了婚和她结婚，她说不在乎，她只要有我就可以，但近一两年，她说，她不愿意和别人分享我。其实，在心里，我只爱她一个人，但我的身边，还有很多的过去，我的孩子，我的妻子，都是我的一部分，是拆分不了的。她，为什么这么傻，不能像别人那样只接受我能给予她的呢？你是她最好的朋友，我本以为她遇见你，会不再那么寂寞。我没想到，在那么闲适的旅途中，她却计划着永别。"

也许这一番话，如因只能向完全陌生的照照倾诉，但照照无言以对。

她印象中的秋葵，绝不会成为别人的小三，她曾经是那么坚贞地想要找一个一见钟情、相守一生、一心一意的爱人，她自然不可能愿意和别人分享一个男人。

如因的表情看得出是真实的伤感，就像他一个人在黄昏来到秋葵家缅怀的举动，也是发自真心的。

但，也许他只是太爱自己的缘故，才会故意看不清事实吧。

哪个怀春的少女会愿意活在暗处？就算这个暗处是四十大盗的宝库，里面满是金银珠宝，她还是会说——芝麻开门，然后奔向有阳光的地方。

他知道，这是见不得光的。她却不这么认为，她会以为，你只要拥有了我，就拥有了全世界，我会把一切都给你。他却想，你的一切也不过是我给你的。

如因说，秋葵的东西都在这个屋子里，我一样也不能带走，都留给你吧，这房子的租金我付到明年春节，这期间你慢慢整理。我再也不会出现了。

他留下了门钥匙，带走了车钥匙。

门钥匙，打开的是秋葵的世界。

车钥匙，是他曾经给予秋葵的世界。如今，各回各家，秋葵的这一章，他就这么揭过去了。

这一晚，照照破例留下了，沐浴之后她穿着秋葵的睡衣，用了秋葵的面霜，睡在秋葵的床上，希望秋葵能因此到她的梦里来。

但，一夜无梦。

她根本就睡不着。她没有那么云淡风轻的境界，她气得睡不着。

为了一个男人，放弃自己的一切；而那个男人，在黄昏为自己斟上一杯茶，轻描淡写地说上几句，就这么完成了自我救赎。

睡不着的夜晚，照照开始收拾秋葵的遗物。在书桌里，她发现了自己写给秋葵的信。

"我希望，过一种自由的生活，不仰人鼻息，不斤斤计较，只为自己而活着。人生，不过是两餐饭，几件蔽体的衣服而已，营营役役一辈子，何必呢？"

这是20岁那年的暑假，是因为什么给秋葵写了这样的信呢？

信中还有颇多抱怨的句子。

照照细细回忆，终于想起所有怨气的来源。

那个夏天，姐姐新婚，不是嫁给青梅竹马的雷大哥，而是按照父母的意思选择了父亲的秘书李二康。

"你们家起名字还真省事啊，那你哥哥是不是叫一康？"

遇见你

新姐夫李二康微笑着几乎谦卑地说："不不不，我的哥哥叫大康，我的弟弟叫小康，只有我，因为排行老二才叫二康。"

"你爸妈还真是神机妙算，知道生完你弟弟就不再会有孩子了吗？"

"也不是，是村里计生委的人会算计。"李二康叽咕了一句。

照照还要再抬杠，忽然明白了李二康的意思，羞得满脸通红，草草收兵。

李家是宣城人，但跟宣纸扯不上关系，老实巴交的种田人，大儿子在家务农，小儿子出门打工，只有老二考上了公务员，是典型的凤凰男。

照照并不介意李二康的出身，县城里长大的姐姐和农村出来的姐夫，算不上什么天差地别，只是她看不惯李二康的行事作风。

只要爸爸站起身，他就亦步亦趋跟着，拿包倒茶递鞋子，爸爸说什么，他都立刻九十度点头弯腰，由衷赞叹。

旁观者十分鄙夷，但一向睿智的爸爸，不知为什么却很是受用。

在爸爸的眼里李二康好学上进踏实，是个做丈夫的好人选。

他跟照照聊天时说："你不要认为二康是块棱角磨圆了的鹅卵石，我跟你讲，好的水坑砚石就是靠水的力量磨砺出精细的触感，才成为上品的。一个男人，如果保有一颗上进心，同时经历过很多的磨练，便是一种财富。二康不容易，他靠自己改变命运。当年我受过别人的帮助，如今，我愿意帮助他。"

照照之所以喜欢爸爸，因为他总能推心置腹开诚布公，像个好朋友。而妈妈，则像一个紧箍咒，不停念念念，只会让人头疼。

但在姐姐的婚事上，父母两个都让她觉得不可思议，姐姐喜欢的人是雷大哥，谁不知道啊，李二康是谁？在姐姐的青春岁月里，只是个陌生人。

而让照照觉得最不可思议的，是姐姐胡清的态度。

她用一种凛然就义的态度说："父母给了孩子生命，不是让你一天到晚和父母抬杠的，你要顺从，做父母喜闻乐见的事情，这样一个家才能成为一个家，照照总有一天你会知道我付出的到底是什么。"

一晃快十年过去了，如今的照照读到自己写的信，已经忘了当时是在什么样的情绪下给秋葵写的这封信了，但她在读着自己的这封信的时候，忽然想起了胡清当时和自己说的话。

人生就是如此，很多记忆深锁在心里，一旦有个触发点，又全部涌了出来。

胡清的婚礼十分伧俗，请了当地有名的婚礼司仪，还有小乐队吹吹打打，甚至，还从棠樾那边借了一顶花轿过来抬了新娘在城中兜风。

婚礼的主要策划人是妈妈，从婚礼的场地到婚礼的全过程爸爸都完全不置一词，任由妈妈去操办。

爸爸说："你妈一早就计划好了，去跟她商谈，就好像拿头去撞南墙，墙一定不会改变，但我一定是那个撞得头破血流的人。"

妈妈说："我结婚的时候，只领了结婚证，什么仪式都没有，所以一辈子低人一等，我的女儿，决不能步我的后尘。"

然后爸爸轻叹一声："你又来了，好像委屈了一辈子一样。"

"怎么，难道不是吗？我真的后悔，为什么要跟你过一辈子！"于是夫妻俩大吵一架，直到胡清婚礼当天才算缓和。

在照照的记忆中，父母总是会这样吵架，而不吵架的时候，基本上他们不说话。在经历了胡清的婚礼之后，本来对所谓夫妻就没什么好感觉的她，对男女之事彻底失望了。

婚姻成了一种搭配，满桌的宾客没有人在乎这两位新人到底爱有多深，他们只是赞叹着这个搭配的完美和契合，以及来年添个后代的可能性。

客人喝得红光满面，大声吵嚷着，音乐完全跟婚礼无关，《真的好想你》、《好人一生平安》以及《心太软》，小县城里的乐队，不管是婚礼还是葬礼，似乎都演奏着同样的歌曲。

酒店外的路灯下，照照看见雷超一个人站着，良久，离开了。他也不是爱情小说里那种会来婚礼上抢人的男人，甚至听说，他还送了一个不小的红包算是庆贺。

遇见你

真是完全无趣的一群人。

多年之后，在因为爱情而自杀的秋葵家里，照照想起的却是这一群与爱情和浪漫似乎完全无关的人们。

照照继续翻阅那些旧信。

用笔写信的日子真好啊，等着盼着这封信，然后翻来倒去看很多遍，从字里行间去揣测写信人当时的心境，过些日子又拿出来看一遍，会有不一样的感觉。

如今大家都爱短信微博，虽然可以快捷地传达自己的心意，但少了一份雕琢，值得玩味的自然也就凉薄了。

这就像茶和饮料的区别，开瓶即饮的饮料只在一时刺激你的味蕾，而耐泡的茶，浓缩了春天山里的味道，在你的一呼一吸之间，一起回味着。

快 30 岁的照照读着自己在 20 岁时写的信，觉得 20 岁左右的女孩子，真的都是很有才情的，读自己的信，率真，直接，描述身边的人和事是坦率和随意的。那种感觉真的是久违了。

如今的自己，有没有成为当年的自己梦想成为的那个人呢？每天上班下班无休止地修改和提案到底是在奋斗还是在浪费生命呢？

CHAPTER [3]

大和姬

照照没有再回去上班。

倒不是痛定思痛之后决定放弃，而是被人一脚踹进混乱之中。

坏消息和坏消息似乎总是接踵而至的。

胡清和妈妈分别打来电话——爸爸生病了。

照照第一时间赶到机场，买了最近航班的机票，接到电话的三个小时之后，她在黄山机场降落了。

这是她第一次坐飞机回到自己的故乡。

在这之前，她从不舍得这么奢侈。

可是，在秋葵离世之后，她忽然意识到人的生命太过脆弱，早一分钟看见父亲，都让她觉得安慰。

在这个世界上，若连父亲都不在了，还有谁是她的知音呢？

不管什么时候，父亲都会在，小时候父亲是打针的时候紧紧握住就不会痛的那只大手；青春的岁月里，父亲是遇上委屈时会紧紧拥抱着的那个臂弯；成年后，父亲是隔着人群注视着的那双明眸。

在照照的印象中父亲总是温和而儒雅地看着报纸，喝着茶，是让人心生安全感的那个背影，但，不到60岁的父亲居然倒在了会议现场。

这种时候一个麻利的前秘书胜过一切，是李二康立刻打电话叫了急救车，和现任秘书小张一起用一张会议桌将父亲小心翼翼抬到了楼下，据说正是他

遇见你

正确的处理为父亲赢得了生命的转机。

这又给照照上了深刻的一课。

人与人的关系是复杂的多面体，比如秋葵，于照照是有莫逆之交的同窗故旧；于如因是人生中邂逅的美丽女子；丁另一个女人，是横刀夺爱的情敌；于秋葵的父母，这是个优秀可爱但早早夭折的女儿，是一生痛苦的烙印。

每个人能看见的只是她的某一个角度。

最亲近的人，也有你不了解的另一面。

而李二康，在照照看来本来只是个攀着父亲的关系由小秘书变成实验中学校长的溜须者，今日却看见他审慎成熟果断的另一面。

人的成熟恰恰在于视野的打开，原来看山是山，如今看山不是山。当然还会有通透世俗的那一天，看山又是山，那是中年以后人生的后话了。

病床上的父亲，也有着照照没见过的另一面。

他紧锁着双眉沉默地躺在那里，眉宇间有着无尽的哀愁。似乎他对这个尘世有着无尽的不满和抗拒。

"爸爸是怎么会倒下的，医生有没有分析出原因呢？"照照问胡清。

"可能是劳累吧，医生说最好全面检查，爸妈都不同意，我也觉得没什么大问题，爸的身体一向很好，医院还不是为了收钱！"

在照照的印象中还在盛年的父亲，如今两鬓斑白，在病床上显得十分苍老，一场突如其来的病痛让子女意识到——我们的父母已经是老人了。

照照决定留下来等父亲出院再走，因此又和母亲爆发了一场争吵。

"医院里有护士，家里有我们三个，你留在这里能做什么？你不回去工作难道你爸爸就会好起来吗？走，你明天就给我回上海，坐大巴回去，下次再也不要坐飞机回来了，花这种冤枉钱干什么？烧包！"母亲大方气鼓鼓地说。

她就是这样不善于表达自己，即使有着良苦用心，但别人却受不了她这种直接的措辞。

"妈，我是请了年假出来的，工作也都安排好了。"

"又没有过年，请什么年假？我和你爸爸上辈子不修，这辈子没有男孩，你姐姐有病，你是我们当儿子养的，你可不能让我们丢脸。"

"翻来调去是那么两句话，你不嫌烦啊？再说了，胡清小时候也就是急性脑膜炎，好了也就好了，又不呆又不傻，你老把她说得像废品一样，哪有妈妈会这样说女儿？"

医院的走廊上，大方和照照又争执起来。

"我说的是事实，要不是看你爸爸的面子，人家二康怎么会跟她过到现在？结婚这么多年，连个孩子都生不出来，换做我，早就跟她离婚了。现在你爸爸病倒了，你要再没什么出息，我们以后靠谁？"

"妈，现在什么年代了，胡清有自己的工作，你也有你的茶园，谁不是靠自己？倒是李二康，我看爸爸倒了真正靠不住的是他。"

照照这样说着的时候觉得无比的心痛和厌烦，为什么在自己的丈夫倒在病床上的时候，母亲想到的竟是这么世俗的事情呢？或是说，她和父亲之间，一丁点的爱情也不存在吗？

跟母亲的争论是不会有结果的，只要活着，你们总是一场母女，谁也说服不了谁，但谁也摆脱不了对方。

照照悲痛地离开地区医院，信步到老街上走走。

小时候，照照最喜欢和爸爸在老街上闲逛。屯溪老街的地面是条石，一个一个的长方形绵延向前，对小孩子来说就是最好的跳房子地面，一个个跳过去，每一家店铺的排门后面都有惊喜：日杂店里有好吃的无籽西瓜；酱菜园里卖的辣白菜杆裹着红红的辣椒粉，是妈妈的最爱；工农小吃店里的馄饨和肉包子要排长长的队才能吃上。

从歙县骑自行车到屯溪来逛街，是一家人的节目。

二十年后，这里是人潮攒动的商业旅游中心，全世界的人如果上黄山的话都会在这里驻足买点茶叶山货，品味一下大宋朝的遗迹。

如今的老街上大量的是租了门面在这里开店的外地人，以前的那种生活感觉已经荡然无存。不过本地的居民也还是习惯性地聚在这里，聊聊天，晒晒太阳，保留着闲散的生活态度。

照照遇见齐思维的时候，他正坐在一把竹椅子上喝着茶。

见照照一脸茫然地走过去，他用当地的彩色普通话大叫了一声："胡照照！"

照照一回身，他也不站起来，就那样懒洋洋地坐在椅子上向照照招了招手。

照照需要细细辨认一下才回忆起来他的名字，是初中时那个淘气调皮的"同桌的你"。

坐进齐思维的店里，照照燥热的心凉快了下来。

她想起来这里本来就是齐思维的家，初中的时候照照从歙县考到屯溪来上学，住在学校里，有时会到齐思维家来吃顿笋衣烧肉，每次齐思维的妈妈都会像看着宝贝一样地盯着照照，给她夹菜。

那是个温婉的女子，后来在河边洗衣服的时候因为槌衣服的棒槌掉到河里，她一时性急去捞棒槌，结果自己掉进河里淹死了。

班上的同学谣传说齐妈妈是被水鬼拖下河去做了替死鬼，这样水鬼就可以投胎了。

从那以后，齐思维变得内向沉默了，再后来照照继续上高中，他在初中毕业之后据说进了墨厂，这已经是十几年没有见面了。

如今的齐思维完全没有当年的样子了，他留着整齐的平头，白衬衫牛仔裤，显得很精神。他们家的老房子被他装修成一个卖文房四宝的小店，店里一个客人也没有，只有笼子里一只不知名的小鸟在啾啾地叫着。

在照照的眼里，一切很有老电影的诗情画意，让她想起那部《最好的时光》。以前学摄影的她看见某个环境会下意识地在脑子里创作构图，后来每天对着电脑改稿子，这种本能荡然无存，但今天，她发现自己心中那双摄影的眼睛醒了过来。

盛夏的阳光从天井里溜进来，照在水迹斑驳的老院子里，角落一只水磨石的水斗边，一只老旧的灰色瓦盆，一盆多肉植物长得风生水起，照照细看，居然是大和姬。

就因为喜欢这个名字，照照曾经在办公室里种过多次，但不知道是办公室里辐射太重还是风水不好，据说很好种的几盆大和姬相继殒命。

照照忍不住走过去细细端详这盆像吊兰一样长得婆娑摇曳的大和姬，没想到水斗里别有洞天，一尊长满青苔的假山安然地蹲在里面，亭台楼阁栩栩如生。

"哇，这是什么？"

照照不由得惊叹。

"呵呵，雕虫小技，你喜欢就拿去。"齐思维懒洋洋地说。

原来这是齐思维自己造的假山，用的不过是屯溪杨梅山上捡来的废石，倒是养在水里要花点时间才能有蔚蔚然的青苔。

"没有这点青苔，这盆石就没有味道。"

齐思维伸了个懒腰，往茶壶里加了点水，又斟了一杯茶给照照。

燥热的天气，跟母亲的争吵生气，老街上摩肩接踵的世俗铜臭气，在这个小小的庭院里，忽然都淡淡地飘去了。

不知道是不是老房子会有自己的气场，照照以前每次来齐思维的家，都会有一种放松舒适的感觉，阔别多年再回到这里，照照依然有一种泡着温泉喝着茶的恬然感觉，那种放松和温和的气场按摩着她紧张的心绪。

但作为一家店，它太寂寞了，整个下午，几乎没有一个客人走进来，偶尔有人探进头来看一看，不知为什么，竟又转头走了。

齐思维也不招呼客人，就这么懒懒地坐在竹椅子上。

"诶，你这是做的哪门子生意啊？好歹你也招呼一声客人。"

"有兴趣的人自然会走进来看，没兴趣的人叫进来也就是走马观花，何必费那个事？"

遇见你

27

"那你靠什么维持啊？"照照想到的是房租水电营业税人员工资，公司里的那位香港精英就算日进斗金还是一副入不敷出的样子，每天争来抢去一个客户一个命呢。

"有什么好维持的，自己家的房子，只要我一个人吃饱了，全家都不饿着，有钱就吃肉，没钱就吃点泡饭榨菜，实在没钱了，再站起来招呼客人好了。"

齐思维一脸无所谓的样子。

"那你这些货呢？用不着流通和周转吗？"照照指指那些砚台和墨。

"砚台是我自己雕的，石头是以前我爸屯在家里的，那些墨和纸放在那里又不会坏，着什么急？"

照照还是第一次遇见这样无所谓的经营者。在广告公司遇见的那些人，没有一个不是急功近利营营役役，跑着去挣钱都不够用的样子。

齐思维的不求上进，让她耳目一新。

"要不是希望我雕的砚台能够找到赏识它的人，我连这家店也不想开呢。"

照照端详着齐思维递过来的一方鹅形砚。

青黑色的砚石散发着润泽的光，里面有双双对对的纹路，恰似白鹅游过水面的波纹，大鹅把头埋在羽毛里，似乎正在休息。

恬然圆润，自然天成。

"这块石头天生就长成这个形状，只要稍加雕琢，就很生动。我不喜欢在石头上做过度的雕饰，这违背了砚台自古以来的审美情趣。砚台是一种文雅的东西，首先要好用，其次才是这种不违背天然纹理的装饰。"

说到砚石，齐思维来了精神。

"你看我这块金星。恰好有这么几点，七八颗星天外，看见这几点金星，是不是就想起这个句子？于是雕两只小小的青蛙，衬一块圆圆的荷叶，正是夏天清凉的景致。"

"再看看这块玉带，我其实很喜欢雕人物，难得有天成的银河。牛郎织女是你第一时间会想到的吧，我却雕两个童子，这是织女的孩子在找妈妈，夫妻分离母子两隔，这块玉带偏偏就是卵形的，我修成一滴泪珠，这种小小的砚台用是没什么太大用场，但托在掌心把玩最是让人爱不释手。"

爸爸再晨喜欢书法，犹爱砚台，照照陪他逛过很多砚斋，却在齐思维这里见到更多的情趣。

"老齐，你的东西真的很好啊，每个都有故事，你应该做一点包装和推广，这样它才能遇到更多赏识它的人啊。"

"跟我谈过的人很多，但我知道他们只想挣钱，我不想改变自己也不想弄得那么累，所以，还是算了。"

照照还想再和齐思维讨论下去，妈妈的电话已经追来了。听说照照在老街上，没几分钟李二康就驱车赶了过来。

再晨醒了。

医生说只要醒过来就算度过了危险期，照照要了齐思维的电话，匆匆跟着李二康走了。

病房里再晨一言不发，看见李二康带着照照进来，他冲着照照微微笑了笑，然后心事重重地靠回了枕头上。

大方一看见照照进来就冲着再晨嚷了起来："老胡，你管管你的宝贝女儿吧。我叫她回去上班，可她偏要留在这里，说是照顾你，但一个下午不见人影，你叫她明天就回去吧。"

胡再晨微微皱了皱眉头，叹了口气说："姐，这里是医院，你稍微轻一点。照照，来，坐在爸爸身边，我们又有半年多没见了，没想到爸爸也有这么狼狈的一天吧。"

照照偎着父亲坐下来，轻轻握住父亲的手。

大方还要说话，被李二康扶着带出了病房。

胡再晨看着大方的背影，忽然说："照照，只有看见你，我才会觉得，我做的一切都是值得的。这一次，既然我没有死，也许我应该为自己做些什么了。"

遇见你

"爸爸，你不会死的。"照照急切地说，她不善于用言语来表达自己的感情，但病中的父亲让她觉得陌生，陌生得让照照想哭。

经历过生死的他，似乎有了某些改变。

以前，他从不会这样不耐烦地跟妻了说话，更不会对女儿进行如此消极的表白。

照照的心情跌到了谷底。

有些事情是不能打听不能追究的，你可以跟你的男人纠结爱与不爱的问题，但你不可能去纠结你的父母——你们爱吗？

虽然我们知道，不管他们爱与不爱，他们都是你的父母，但谁不希望自己的父母有着牢不可破的感情关系？有父母在，我们的家才会在，不管缺了谁，家也就散了。

胡再晨没有再说什么，和女儿一起默默地坐着，良久，他说："照照，你明年就 30 岁了吧。"

"嗯。"

"你现在还是一个人吗？有没有男朋友？"

"没有。"照照不知道该怎么应付这个话题。

"嗯，宁缺毋滥，慢慢找。有时候缘分只要一秒钟就会出现，人的一生也只需要一个真心相爱的人，所以不要害怕孤独，那是在为未来的幸福做准备。"

"爸爸。"虽然以前胡再晨和照照也是无话不谈的，但像这样直接面对感情的问题，像朋友一样，让照照有点不习惯。

"你妈说的没错，明天你就回去吧，过你自己想要的生活，不管你做什么决定，我都会支持你。也希望，未来，在爸爸需要你理解的时候，你也能一样通情达理，好吗？"

话虽然说得像在教育女儿，但胡再晨却是一副心事重重的样子。照照看着父亲，郑重地点了点头，她希望自己已经足够清楚地传达了心意——爸爸，我是你这一边的。

爸爸能有什么心事呢？

照照千头万绪想了一个晚上，还是没能得出结论。也许，一个人在从死神身边溜走之后，都会有一种顿悟吧。

对自己过往的生活，谁没有一点悔意呢？总有一些决定可能是错的，总有一些人是念念不忘的，总有一些故事本来结局会是不同的。再活一次，我会换个活法，如今，死里逃生，真的再活一次了，是不是可以挽回些什么呢？

其实，何必等到这种关口再来考虑人生的改变？

如果你想改变，随时都可以。

照照在母亲的安排下坐上了回沪的列车，旅行包里是满满一包家常的零食——茶叶蛋，卤干子，笋豆，辣酱，咸菜。瓶子，饭盒，塑料袋，各司其政，看上去凌乱不堪但又各有各的道理。

大方的生活从来就是如此，忙碌，劳累，没有条理，绝对不是繁花似锦，但又火热奔放。

饭盒里的茶叶蛋，已经剥好了壳，和卤干子一起泡在汁里。以前春游的时候同学带面包，而照照和胡清永远是馒头干子茶叶蛋，大方的理论是——外面买的哪有家里的放心？

两个孩子春游，妈妈会忙到很晚，可孩子们还是会很不开心地出门，因为妈妈的家常菜天天吃得到，屯溪老街上食品厂的鱼形面包却是难得的美味呢。

自己晒的笋豆 PK 杂货店里的多味瓜子，自己做的辣酱咸菜 PK 袋装的涪陵榨菜，自己用缝纫机做出来的的确良衬衫 PK 小店里的花裙子，大方的自然经济在和不断进攻的市场经济的 PK 中永远是落败的。但如今，在身为经济中心的上海，每天吃着外卖的照照忽然发现，妈妈煮的茶叶蛋真是美味。

以前，她无数次设想过爸爸和妈妈离婚以后的生活，离开妈妈的繁琐强硬、管头管脚，和爸爸一起聊天喝茶爬山写字，绝对是弃暗投明。

如今，她已经一个人生活了，当她再来思考父母的关系时，却有深深的担忧。爸爸说要为自己活一次，是什么意思呢？难道他和母亲的结合是被逼无奈的吗？似乎在父亲的表白中流露着这样的意思，为了孩子他荒废了自己的人生，如今他幡然醒悟决定抽刀断水了。

那么母亲的一辈子呢？

虽然照照和母亲一直合不来，但永远只是琐事上的龃龉。大概，多数母女都是这样的吧，属于内部矛盾，达不到真正决裂的地步。

父亲和母亲？照照看着窗外飞逝的风景，思考着他们的关系。父亲一直称呼母亲——姐，母亲叫大方，正常来讲应该叫方方或是大方之类的吧，为什么叫姐呢？他们是如何认识的，又是怎么走到一起的呢？

照照忽然意识到，自己对父母的过去一无所知。

一个人，为什么会来到这个世界上？自然是因为一男一女的结合，可他们是因何而结合到一起的，又是在什么样的心情下生下了你，你的到来究竟改变了什么呢？

正在读着这本书的这位看官，我问的这些问题你都知道答案吗？

如果你知道，那很好。你知道自己从何处来，也许你也可以明白自己将往何处去。一个人如果能这么明白地活着，是一件乐事。

但，若你对自己的起点毫不知情，你会去探究一下吗？我的身边有很多热衷于算命的朋友，因为对自己的过去总是不满意，所以他们很想知道未来的自己会不会幸福一些。

正在列车上飞驰着离开自己故乡的照照，比任何时候都想回到自己的出生地。她发现，她原来是十分珍惜自己的家庭的，如果父母真的要分开，她很希望，她能是力挽狂澜的那个人。

CHAPTER 4

梅子黄时

　　上海的六七月，雨水总是比别的地方要多一点，照照的心情也比别的时候更加潮湿。

　　最近的客户总是十分挑剔地一改再改，而那些要求实在是让人捉摸不透。

　　卖丝袜的说——这个包装不够国际化。

　　火锅店的宣传单要求更时尚一点。

　　卖保险的投诉说，这个海报的方案不够优美。

　　连合租房子的女孩也生出风波，分手之后的前男友，日日上门来骚扰，所以室友决定下个月搬走。

　　都市里的男女联系靠的是手机微博QQ，一旦换了住处和工作地，还真的就成了失踪人口，换个手机号，踢你出微博，就彻底断了。

　　她那里闹分手，照照也受了牵连。如果室友走了，她也得卷铺盖走人，要么就把全部的工资拿来付房租。

　　照照和室友商量换个地方再去合租。虽然她经常不打扫卫生，冰箱里照照买的食物和水一半也进了她的肚皮，但此女有个好处，按时交房租从不拖欠，就这一点已经让照照很是感恩。

　　不过这一次室友有了更好的办法，她搬去和现在的男友同居。据说那是个比她大十岁的男人，有房有车，不仅肯和女友分享，还会按月给女友零花钱。

这种恋爱岂不是比一份差事还要有好处？

照照叹了口气，只能收拾起两皮箱的身外之物，一咬牙搬进了秋葵的房子。

入不敷出的时节哪有那么多清高？

可是你相信吗，房子也有它的气场和压力。

只要住在秋葵的房子里，照照就很难入眠。

徐家汇的夜晚太亮又太安静了。

整洁舒适的房间让照照觉得是住在五星级的酒店里，秋葵的一切都袒露在照照眼前，她的衣服，她的首饰，她的壁橱里是昂贵的包和皮鞋，衣橱的角落里还有一架无敌山（佳能5DIII）。

这一切都留给了照照。

照照从里面找出一件毕加索油画脸图案的线衫，和一条重工刺绣的牛仔裤。那件线衫她见过姚晨穿着同款衣服的照片，而牛仔裤则是一个相当著名的品牌，就这两件衣服就相当于照照半年的薪水了。

无数次修片改稿子开会，客户的面孔永远是板着的，改改改，不改好像不足以平民愤。

这样的辛苦换来两件衫。

照照穿上线衫和牛仔裤，的确有一种清新质朴但大牌的感觉。

今天要见辛德瑞拉，照照决定穿上这一身去开会，顺便，挎上那只要一年的薪水才买得回来的爱马仕。

你也别管搭不搭，反正这些Logo欢聚在一起，就叫做高级，没人管你合不合适，只在意它价值几何。

当下，就是这样一个人人为了品牌疯狂的年代，谁也无法免俗。

果然，当辛德瑞拉的眼神一扫到那只昂贵的包包，她的瞳孔像正午时节的猫一样收缩了一下，脸上的表情也为之一滞。

然后她很是不相信地又扫描了一下照照，确定这还是平时那个被她蹂躏的小海归设计师。

在爱马仕面前，LV有点瑟缩，一个会开下来，她的情绪始终没有达到高点，往日似乎打了鸡血一样的兴奋感松懈了下来，甚至她还冲照照笑了笑。

就连一向稳重的缇娜在回公司的路上也忍不住摸了摸照照的包包，羡慕地问："这是你新买的？"

"不是什么了不起的东西，朋友送的，估计是仿单吧，不过仿的真像，对不对？"照照故作轻松地说。

缇娜舒了一口气，笑着说："我就说嘛，你怎么舍得花这么多钱去买个这玩意儿，昨天的报纸看了吗？据说内地销售的爱马仕有八成都是假货。"

"其实这些都是身外之物，谁都知道这个道理，但谁又能放得下？"照照也叹息了一声，出租车里两个女孩都沉默了下来。

照照的心绪并没有因为昂贵的衣服和包包变得沉静下来，反而因为再次接触到物质的刺激而变得纷乱。

站在路边，满眼的宝马奔驰凯迪拉克，但身边并没有见到多少有钱的人，似乎每个人都在为着两餐饭和一套房奔波着，那些过着豪华奢侈生活的人又是从哪里挣来的钱呢？

心就这么乱了。

秋葵的衣橱里有的是名牌衣饰，也许是心灵上有个巨大空洞驱使她通过购买来赎回一些幸福感吧。

很多衣服连吊牌也没拆下来，而照照见她的最后一面，只是一件白T恤一条牛仔裤而已。

面对秋葵的衣橱，照照的心也变得矛盾起来。

夜晚独处的时候，她知道这些也不过就是衣服，而且对于一个年轻的设计师来说总有点不合时宜，但清晨梳洗的时候，她又会忍不住打开衣橱，为自己挑选今天的战衣。

或丝或麻的面料，穿在身上有一种愉悦的抚慰感，真皮的手工鞋，闻起来也有亲和力，它们给你勾勒出一个美好的画面，就像街边橱窗里描绘出来的生活一样，完美无瑕，又完美无趣。

于是，照照叹一口气，剪掉一个吊牌，穿上原本属于秋葵的新衣，走去上班。

在港汇门口，遇见缇娜。

缇娜从后面赶过来拍她的肩膀，诧异地问她："你住在港汇花园？我看见你从里面出来。"

"哦，一个朋友租的房子，我临时没地方住，所以他让我暂时住几天。"照照尴尬地回答，倒也不算撒谎。

"你还有这种立升的朋友啊，难怪我看你最近穿衣打扮也不一般。"

"也不算是朋友，呵呵。"照照发现自己居然很心虚。有什么好心虚的呢？虽然从缇娜的神色里感觉到她的怀疑，但的确不是她想的那种关系呢。

而且，这只是个一到十二点就会打回原形的梦而已，最晚到明年二月，房租到期，还不是要去挤地铁坐公交租老公房。

可是同事们不这么想。一个几千块月薪的小设计师，住在港汇花园，最近经常一身名牌，不是傍到了提款机就是中了奖。

话里话外试探照照，她却完全回答不出重点，都说是朋友的，什么朋友？

照照开始后悔纵容自己的虚荣心。

但，工资微薄的白领面对一衣橱号码合适的新衣，不用付钱也不用支付自尊，只是一个朋友善意的遗赠，又有什么理由浪费资源呢？

只能怪秋葵当初太过一掷千金。

她得有多空虚才会去买这么多一次都不穿的衣服啊。

那天照照加班到很晚，所以早上十点才到公司，就发现气氛不对，前台的悌悌指了指老板的办公室，然后对着照照做了一个"快走"的手势，照照一头雾水，有什么人来踢馆吗？

她首先想到的是老对头辛德瑞拉，可是辛德瑞拉刚刚才在设计稿上签过字了呢。

除此之外她完全不知道渺小的自己还会有什么大难临头的可能。

忽然，她听见老板办公室一声巨响，像是老板办公桌上那只招财猫香消玉殒的声音。

一般，招财猫总是放在小店正对门的收银台上讨个好兆头，但老板听了风水师的话把它脸朝外放在办公桌上，说这样才会旺财。

如今旺财估计自身难保了。

照照伸出头去想看热闹，正看见微微发福的老板娘气势汹汹地奔出来。

"你不交待她是谁，就以为我不知道了吗？胡照照，你这个狐狸精，你给我出来！"

这一声断喝把照照吓得不轻，什么时候竟入了老板娘的法眼把她当成了眼中钉肉中刺，一大早杀到公司来索命？

好死不死，今天照照拎着一只TOD'S的绿色大包，配一身纯亚麻的白色套装，看起来还真有点高级如小三。

老板娘眼尖，冲着那只昂贵的大包杀了过来。

"好啊，拿着我们家的钱养着她，你看看她，这种时间才来上班，还穿得像个董事长。听说你还给她在港汇花园租了房子，你不得了啊，女儿上个私立幼儿园你就嫌贵。"

老板娘劈头给了照照一掌，顺手抢过照照手上的包，恨恨地说："你给我立刻滚，下一次再见到，我连你的衣服都剥下来！"

照照懵了，但本能地去夺自己的包。她的手一用力，就把老板娘推了开来。

老板娘就势倒在地上，一张脸涨成了猪肝色。

"好啊，好啊，好啊！你给我滚，这个公司是我的，别让我再看见你！你不走相不相信我报警抓你们？"

照照气得发抖，却不知道自己为什么气，难不成在老板娘那里，自己变成

遇见你

37

了小三？

但这样不分青红皂白的女人，活该她老公出轨吧。

缇娜站起身来把照照向外拉："好汉不吃眼前亏，我先陪你出去。"

老板也一脸尴尬地说："走就走，照照，我们出去说。"

缇娜和老板一左一右护着照照出去，会计部的主管是老板娘的亲信，拢着她回去老板办公室消气。

电梯里，照照还是一头雾水，在公司三年多，她连和老板单独出去都未曾有过，什么时候竟成了小三？莫不是穿上秋葵的衣服，就有了小三的气质？

大楼下面，缇娜提议："照照，我们去你那里吧，我看你气坏了，去你家里坐坐再说。"

照照也没觉得什么不妥，点了点头，就往港汇花园方向。

走进房间，缇娜赞叹了一声："这才像人住的地方。"

照照微有点反感，心说："怎么，不住在这里就不是人了吗？不久以前我还和别人合租，我也觉得没什么不像样啊。"

但嘴上她还是淡淡地说："也不过就是租来的房子。"

她和缇娜不算亲厚，详细说起来定会扯到秋葵，她不想已经不在人世的好友还要遭人议论。

缇娜说是来安慰她的，却忍不住在她的房间里逡巡打量。

"这就是你上次拿的那只爱马仕吗？你还说是仿款，我看是真的吧？"缇娜把那只包拎在手上羡慕地照着镜子。

"你要喜欢那就拿去好了，我用过一次，觉得跟我整个人都不搭，你要觉得能驾驭，就把这个祸害送给你。"照照冲着那只爱马仕挥了挥手，她说的是真心话，秋葵留下的衣饰对于她这样一个小设计师来说都太奢华，但又不舍得当垃圾扔掉，送，你送给谁去？

一衣橱的衣服，经过了一年，激情就过去了，穿，却是穿不坏的，你怎么处理？扔掉？不舍得，送？现在这年月旧衣服送人会有人要吗？

身外之物，说起来生不带来死不带去，却是人生中最麻烦的羁绊，多少人穷其一生就在为这些劳什子纠结呢。

缇娜艳羡地说："照照，你一定有一个很宠你的男朋友。"说完这句话，缇娜的眼风扫向老板，就那么一瞬间，照照的直觉被唤醒了，她忽然觉得公司里的确有老板的小三，而这个人应该是缇娜。

是的，只有缇娜，经常和老板出差，单独外出去见客户更是家常便饭。

也只有缇娜知道她最近住在港汇花园。

但，她为什么把照照卖给老板娘呢？

老板的下一句话让照照明白了他们的用意。

"我老婆最近查账，发现了我的一笔开销是交代不出来去处的，我没办法，只好承认，不过跟我老婆说你是小三的不是我，我估计是会计室的那个老女人，你知道的，她是我老婆的手帕交，也是我老婆安插在我身边的眼线。"

果然，为了掩护自己，一定是缇娜把照照指给了老板娘。

"如果老板娘发现我才是那个人，她肯定会一脚踢飞了我，我可不能没有这份工作。"缇娜一脸无辜地申诉。

真是荒诞的两个人。

一个明明没有经济权的男人，背着老婆养小三，让下属当炮灰；一个甘愿做小三的女人，出卖同事换取安全的暧昧关系。

相比之下，如因和秋葵，显得不那么可憎了，起码，他全心全意让她拥有自己的未来，只不过，她要的未来和他能给的未来是两个方向。

老板从怀里掏出一个信封，尴尬地放在照照的桌子上，好像平时面对客户时那样诚惶诚恐地说："这里面是一万块，比你一个月的薪水多一点，是我的心意，我希望你可以自己辞职，这样我回家好交代。"

"是啊，他的生意都是靠老板娘出钱出人脉关系，你要是不走他就要被扫地出门，今后我们两个就只有喝西北风去了。"缇娜轻轻抚摸着那只爱马仕的包包，叹息着说。

遇见你

照照看着这两条可悲又现实的寄生虫，胃里波涛汹涌，恨不得吐在他们脸上，但她隐忍着，只想早点打发他们离开。

"可是，你们就不怕我去找老板娘揭发你们吗？"照照捏了捏那一万块钱，"你们这么怕被发现，这么点封口费也太少了吧。"

"呵呵，照照，明人不说暗话。我也打听了，你这栋公寓也是男人替你租的，你们还不是一样的怕光？"缇娜就算说这样的话也还是礼貌而温柔的。

照照忽然笑了起来："你没有打听清楚他和我的关系吗？"

"那倒没有，反正他不是你的丈夫，最多就是男朋友，而且我查过了，他的老婆跟他结婚已经快三十年了，如今瘫痪在床，那自然不会是你。"

"缇娜，你忘了吗？男人和女人之间还有除了男女以外的另一种关系。"

"你是说崔如因是你的爸爸？"老板的眼里划过一丝羡慕。

"不然的话你以为我会把用自己的皮肉换来的爱马仕随随便便送人吗？那对于我只是一个不合适的礼物而已。"照照淡淡地说。

她忽然很想玩弄一下这两个可悲又可恶的人，看看他们的关系到底有多么牢不可破。

"那你为什么到我们公司来上班？"

"我不想做那个枯燥无聊的继承人角色，所以逃出来几年。最近他们找到了我，正在收买我。呵呵，我要是缇娜就好了，现成有一个可以继承父业的男朋友。"

老板的脸抽搐了一下。

打击缇娜，一只爱马仕就够了，想要策反老板，需要崔如因。

照照在一瞬间决定了自己接下来的计划。

羞辱我的人，为什么要轻易放弃报复他们的机会？

崔如因在临走前留下过电话，也许他可以做一次客串的爸爸。

老板看着照照的眼神跟缇娜看着爱马仕如出一辙，缇娜隐隐有点醒觉："好了，我们走吧，照照，你的东西也不用回去取了，明天我会帮你全部装箱拿回来。"

如果缇娜是西王母的话，此时她一定希望用自己的簪子划一下，在老板和照照之间划下一条银河，让他们无法相见。

不过照照不会那么轻易罢手。

她给崔如因打了一个电话。

"我有一个想要报答的人，你有没有办法帮我回报他？我保证你不会有损失。"

于是，崔氏很快给了一个产品包装的单子过来。

他就是这点好，能给予但不干涉。

老板被照照召见的时候，身上有淡淡的香水味道，照照知道鱼正等着咬钩。

这是个有丰厚利润的单子，老板看着资料，兴奋地说："这个案子听说竞争激烈，没想到居然能落到我的手上。"

照照诚恳地说："我从英国回来，只有你肯给我一个机会，而且三年来一直栽培我，我很感激。"

平心而论，老板还是很敬业的，照照打电话去跟崔如因致谢，崔氏说："不算帮忙，他的活不错，大家都满意，效率也高，如果完成得好，我可以再给他一些机会。"

照照无声地笑了笑。

如果他不贪心，这就算是对他知遇之恩的回报，就怕他自寻死路。

不知道为什么，照照心里并没有恨意，真的被辞职了，她发现辞掉的只是一份鸡肋。

没有个性没有自我没有奖金，只是一份让你每天起身出门的差事，支付你在这个城市苟延残喘的微薄薪水，人真的变成了没有情绪的螺丝钉，被钉死在两点一线的呆板上。

等待的日子十分寂静，照照决定了秋葵衣物的去处，她把它们一件件拿

遇见你

出来，拍照，然后挂在淘宝上作为个人闲置物品卖掉。

查原价，拍照片，上图，还真忙得不亦乐乎，她甚至查了每一件衣饰的设计背景、品牌资料，然后详细介绍，上细节图。

投入地做一件事情，时间很容易打发。一周后，她卖掉了第一件，就是那只惹了祸的绿色 TOD'S 大包。

约了同城见面交易，叫做"风中的玫瑰"的居然是个谢顶进行时的男人，他仔仔细细看了包的成色，又跟照照要了防尘袋、销售凭证。

秋葵是个有条理的人，包包的资料放在内袋里，衣服的吊牌即使取下来也放在口袋里，以前住校的时候她也是如此，各种发票分门别类仔细收好。

在秋葵的书桌里，也有很多电影票和出门旅行的票据，一个人寂寞的时候拿出来看看，全是回忆吧。

"风中的玫瑰"终于完成了他的验包工作，满意地舒了口气，从口袋里拿出钱数给照照。

在地铁站站厅里，一男一女这样进行着金钱交易，照照觉得十分尴尬，"风中的玫瑰"却十分坦然。

"你仔细点一点不要错了，错进错出都没意思。"他执意要照照数一遍，照照不肯，他就帮着照照又数了一遍，然后交代她把钱放在内袋里拉好拉链。

这真的是一个很不错的好男人。他说，买这只包是给妹妹的，说妹妹在恒隆上班，别人都用名牌包包，但她却舍不得买，所以做哥哥的决定送一只给她。

谁知道是不是亲妹妹？反正是他的一份心意。这份心意付给谁都是值得尊重的，就怕流水落花一声叹息。

男人将包包用两层马甲袋包好，匆匆走了，连背影都看得出来他的满足。

照照希望这一次这只包见证的能是一段快乐简单的剧情。

很快，又有一个中年女人来找照照，她开了一家二手奢侈品店，照照衣橱里的衣服包包鞋她决定全部拿下。

想到就要到期的租约，照照决定跟她交易。

她走后，照照看着空荡荡的衣橱，以及手边厚厚的一叠现钞，一下子，照照有了一种有钱人的感觉，但这种感觉却让她的心里空落落的，接下来干什么呢？

再找地方上班？一想到面试、做简历，照照觉得头痛欲裂。

不上班，坐吃山空，无所事事？

没等她决定好自己的方向，钱自己又找上门来——难道它们喜欢结伴而来？

老板再次登门，送来一叠现金。

"我知道你不缺钱，但规矩不能忘。这是你介绍的这一单生意的佣金，今后崔氏公司给我的单，我都会抽成给你。"

照照笑笑，把钱随手放在桌子上，心里暗暗点头："好，中规中矩，看来也许他对缇娜是真心的。"

但下一分钟，老板却从身边的纸袋里拿出红酒意面和各种食材。

"以前在法国留学的时候我在一家餐馆打工，我做的海鲜意面可是当过招牌菜的，我看你有厨房，今天我给你露一手。说起来已经十年没有下过厨了，不知道手艺还在不在。"

说完他自说自话走进厨房，把一众食材在料理台上铺开，劳作起来。

如果照照真的对他心生爱慕，这样的场面一定会让她觉得温馨感动，立刻动了嫁给他的念头。

可惜，照照已经见识了他的真面目。

但她不动声色。

老板伺候客户多年，心思也算得精巧，连盘子、刀叉、酒杯、餐布都一并带来，在照照面前用心铺好，甚至他还准备了一排玫瑰花型的蜡烛，用一只白瓷浅盘飘起来。

这个男人，看他平时在办公室里一本正经一切向钱看，没想到他肚子里的弯弯绕还真不少。

寻常的小姑娘，有几个经得起这样下力的追捧？

但，单纯的孩子们，一个男人会这些花招，总是经过一间叫做女人的学校培训出来的，相信我，经历过女人越多，他越知道女人的软肋在哪里。

当心，他也会从你这里毕业，至于是短训还是全日制，就看你的造化。

照照开心地享用这一餐，然后拿出崔氏上次送来的金骏眉。

"你会不会泡茶？你们香港人应该懂这个，我爸爸爱喝茶，我却不太擅长，不过我有好茶，我们可以一起分享一杯。"

这也不算扯谎，胡再晨的确爱茶，不过因为大方做茶的缘故，家里一年四季只有珍眉，容不下别的。

老板高兴地答应了。

于他，这样的海鲜意面攻势的确屡战屡胜，不过餐后能和清新少艾在上海市中心私家窗台后面品茶看风景，这还是第一次。

今天的照照，穿一身丝质的裙装，头发黑亮亮地披下来，年轻的肌肤在灯光下显得水润透亮，虽然是素颜，但还是笑靥如花。

追求太太的时候，是在自己租来的地下室里。

缇娜的家，在暗旧的老公房。

有钱人家的女儿，连拿出来待客的茶都是万元级的上品，哪像缇娜家拿出来的不过是袋泡的立顿。

这一次，真的是天时地利人和，一切就像他理想中的生活。

谁说男人没有梦想？

当他透过高尚小区的窗户，看着徐家汇的霓虹，想到也许这就是自家窗前的风景，怎么不会豪气干云？

家里嚣张发福的那一位，绝想不到一贯低眉顺眼的他正在兴奋莫名地描绘自己的蓝图。

老板的手又一次伸向红酒，照照摇了摇头："刚才的面太腻，还是茶好。

你泡茶的功夫还真是一流，比我自己泡出来的醇和多了。"

"那是啊，我也比你老了许多，泡茶的功夫看得出一个人的故事，你信不信？"

"可惜，我爸爸绝不会同意我和你交往，不然的话，我真的会忍不住喜欢上你。"照照看着窗外，说出关键的台词，"现在的我需要的是未来，而不是快乐。"

遇见你

CHAPTER 5

夏至

门铃震天响。

照照正在上厕所，吓得差点尿湿裤子。

什么人会这样气势汹汹地来找她，难道老板娘又打上门来啦？

隔着猫眼她向外看看，居然是一脸兴奋的缇娜。

不等照照关上门，缇娜就得意地宣布："亲爱的，他离婚了，你说他是不是很有男人的样子？而且他离开了公司，自立门户，现在老板娘升我做总经理，这一切都要谢谢你，要不是你搭救，如今我和他两人早就完蛋了。"

"我没有明白，他离婚了，自立门户，你不是应该和他一起去同甘共苦吗？"

"这你就不懂了，他没分到多少钱，手头也就一两个客户，这种小公司能不能活下来还不知道，我怎么可能冒险？"

可是红拂女不就是为了那一份信任夜奔而去吗？亏得缇娜还最喜欢看穿越剧，却没有沾得古代女子的义气。

缇娜接下来的话让照照明白，原来她是宫斗戏的拥趸。

"我想过了，如果他对得起我，我就把老板娘这里的客户间接发到他那里去做，慢慢把老板娘这里的客户掏空，如果他对不起我，大家一拍两散，我也不会一棵树上吊死。现在公司的客户大半是我和他一起维护的，我的收入是年薪加提成，我又何必靠男人！"

照照真是不明白，老板娘哪根筋搭错了，会把自己的情敌奉为左右手，不过也许误打误撞地，老板娘也摧毁了缇娜和老板的所谓爱情，说她大智若愚，也不能算错。

这个圈子，真不是普通人能混的，本以为可以看场好戏的照照，却发现每个人都在即兴创作更加惊悚的戏码。

以为会抱着男人的大腿痛哭流涕的女人，如今都有着一股杀气腾腾的气概，男人，顺我者昌逆我者亡，是不是这样？

照照自然明白，所有的事情，她这个假冒的富豪千金才是催化剂，既然大家各得其所，她留下来也就索然无味了。

她把钥匙包在快递里寄回去给崔氏，带着秋葵留下的无敌山，当夜就离开了上海。

来的时候没有人等待，走的时候也无人相送，行囊里背的是满满的厌倦和失落，糟糕的是，她其实无处可去。

虽然坐上了回黄山的夜车，但照照不知道当自己打开家门面对母亲的时候，母亲会是怎样的反应。

这一段错综复杂的剧情，单纯的母亲是完全无法理解的。

她能明白的就是出国留学深造的女儿居然失业回家了，而原因居然是作风问题，就算是莫须有，又怎么被人捕风捉影，说到底还是你自己身形暧昧。

虽然照照用自己的方式和生活了三年多的上海做了了断，但在妈妈看来，一个无业游民，跟刑满释放的人没什么两样。

想到母亲，照照又烦躁起来。

生活就像一台电视机，这个频道播出的是商战片爱情戏，那个频道播出的是社会新闻，但当你回到家，频道里播出的永远是家庭伦理剧。

偏偏，照照最怕的就是这一出，僵尸吸血鬼你知道那不过是虚幻的，一个不依不饶的妈妈，你试试看，那是挥之不去的纠结。

人对于房子其实也是有十分自我的情愫的，有些人喜欢住在十分现代化

遇见你

的大楼里，而有些人则偏爱墙上爬满植物的老洋房，还有人希望有自己的花园和水池，自然也有喜欢住在酒店里的人，终其根由，人人都有自己的故事。

照照从小就喜欢齐思维家的老房子，也说不出什么理由来，现在，她决定去做一个不速之客。

在一个城市里，有一个人的家，可以让你成为一个不速之客，是一件幸福的事情。

有个女孩曾经告诉我，大学毕业后，她去南方寻找机会，住在别人家的窗台上；而另一位成名的歌手则是睡在人家客厅的沙发上。

能把家门敞开来，随意地安排一个角落接待客人的人，自己也一定是幸福的。

首先，他有一个自己能说了算的地盘，其次，他有招待朋友的心境。

这样的人，即使并没有多少钱，他对自己的生活是满足的；即使没有太高的地位，他也对自己的社会角色是有成功感的。

在照照的印象中，自己的家不欢迎客人，很少有人会在家里留宿，一年到头也很少宴请宾客，一家人坐在一起吃饭的时候，也没有那种无拘无束其乐融融的和睦感，气氛始终是紧张和沉默的。

在齐思维的家，她吃过好几次饭，菜很简单，辣椒肉片，笋干炒豆干，煎毛豆腐，几乎都是素菜，可是每次她都胃口大开。

饭桌上，有轻松的笑谈，大人会问孩子学校里的故事，孩子们的回答，在齐家的大人看来都是很有意思的。而在自己家，照照最怕父母问起学校里的事情，自己的回答总能被挑出破绽，然后被数落一番。

所以，不知该如何继续自己下一章节的照照决定推迟一站下车，在歙县的站牌被甩在车窗之后的那一瞬，她决定了自己的去处，她投奔了齐思维。

确切的说，是齐思维家那个阴凉的天井在召唤着她。

那个长满青苔的天井里，有一株累累叠叠的大和姬，宁静繁茂，想到它，照照的心头一阵寂寞，竟好像想起一个多年不见的爱人一样。

齐思维家的大门还是以前那种木头的门，门上有两个门环，里面用门闩拴着，人在里面时闩上门，人出门的时候，就在门环上面加锁。这是中国人用了几千年的门禁方法。

　　现代锁具的诞生至今只有一百多年，但我们似乎已经离不开它，如今出门前还要再使劲推一推防盗门成了很多人强迫症的主要症状之一。在门禁技术日新月异的今天，我们的安全感却是越来越稀薄了。

　　清晨，齐思维家的门紧紧地关闭着，照照坐在门外的台阶上等他，隔一会儿，她站起身来轻轻扣一下门环，听听里面的动静。然后，无聊地坐下来玩一会手机。

　　现代人有个最好的朋友就是手机，等待的时候，掏出手机来玩玩游戏，孤独的身影显得不那么突兀了，但等待的乐趣也少了许多。

　　等待，本来是一件煎熬的事情，看看手表，看看街上的风景，甚至看看天。

　　现在我们只看着自己一臂间的方寸之地，自然会心浮气躁。

　　清晨的街道上，人来人往，有生煤炉的老人，忙着开店的掌柜，扫着门口那一小片地方的阿姨，出来买早饭和买菜的人碰在一起，随意地站下来聊聊天。

　　这么早，游客还没有来，这条老街又恢复了当年照照一个个数青条石时的光景。

　　照照坐在行李箱上，这个行李箱跟着她去过英国，还到过欧洲各地旅行。留学的时候，幸好把仅有的一点点积蓄都花在了旅途上，工作着的这三年，除了拜访客户，照照几乎没有去过别的地方。

　　上学的时候希望赶快工作，工作以后才发现，最自由的时候还是离家求学的那几年。虽然没什么钱，却还是做了不少自己喜欢的事情。

　　照照的行李箱上贴着好多托运时贴上的标签，她喜欢留下自己曾经的足迹。

　　摸摸那些标签，就好像那些美好的风景重现眼前。

遇见你

东升的日头照着古老的街道，热，真的是够热的，齐思维的家里不知道装了空调没有？

上次来的时候，照照就观察过他的居住环境，好像和上学的时候没什么变化，不过，小时候谁家里装空调呢？

那时候靠什么来和热浪对抗的呢？

左右无事，照照坐在齐思维家门口胡思乱想，冷不防却发现有个人在仔细端详她。

那是个穿着汗背心大裤衩的中年男子，嘴角边叼着一根烟。

照照一抬头正好和他照面，猝不及防，照照吓得差点从行李箱上掉下去。

"你干什么？"照照充满戒备。

"哦，我认得你，你是齐思维的同学，上次我看见你跟他坐在里面聊天的，我还以为是他的女朋友呢。哈哈哈，齐思维这家伙不到九点不会开门的，我帮你进去！"

男人忽然从裤兜里掏出一把尺子，从门缝里伸进去，挑开门闩，轻轻一推，大门应手而开。

"喂，你怎么就这样闯进人家家里去啊？"

"这小子都穷死了，开着门睡也没什么值得偷的东西，你要不要进来，还是继续在外面晒太阳，今天可是夏至，据说会暴热！"男人说着拎起照照的行李箱就走了进去。

"齐思维，好起来了，有人找你！"男人用当地的土话大声地吆喝。

齐思维的声音从厢房里闷闷地传出来："你帮我招呼好了。"

"这个我招呼不了，是你同学！"

齐思维的头伸了出来，看见照照，他笑了。

"是你啊，你等一下，我穿一下衣服。"

男人还怕照照不理解："这小子不装空调，天气太热，他都是赤膊睡觉的。"

照照的脸控制不住地烧了起来，看来想住在齐思维这里，有点不方便。

齐思维穿了衣服出来，男人自我介绍，他姓丁，以前开过面店，现在在齐思维家对面开青年旅馆。

"看你大概是坐夜车来的，到我家去吃碗面吧，你也来，我老婆今天回娘家了，我亲自动手给你们下一碗我的招牌面，我跟你讲，平时我老婆在家，我是连油瓶倒了也不扶的。"

齐思维叫他丁大哥，老丁也真有大哥的样子，热腾腾两碗青椒豆干笋尖面，填饱了照照和齐思维的肚子，又听说照照想找地方住，立刻拨出一间单人间长租给照照，租金随便给。

照照在老街住了下来，第一件事就是去搬了一台电脑，然后钻进齐思维的院子，把他那些砚台放在大和姬的边上摆弄起来。

丁大哥的客栈都由他老婆菊香料理，住着的大多是来画画的学生，老丁没事就到齐思维这边来吹牛，看着照照大热天的忙得不亦乐乎，两人实在不能理解。给砚台拍照片不是没见过，但照照说她是在"拗砚台的造型"。

菊香也常炒了菜送过来给照照和齐思维加餐，他们的女儿小菊今年12岁，自从照照帮她拍了一张坐在竹椅上的照片之后，就缠上了照照。

"姐姐，你帮我拍的照片是我这辈子拍过的最好看的照片了，以后我跟齐大哥结婚你也帮我拍照片好不好？"小菊喜欢齐思维，每一次见到照照的时候都要向照照划定她的地盘。

照照故意逗她："老齐喊你爸爸大哥，你又喊老齐大哥，你这个辈分是怎么算的啊？喊齐叔叔！"

"切！"小菊也不应战，直接粘到齐思维身边，"齐大哥，我初中毕业就不上学了，来帮你看店好不好？"

齐思维正在修理一张旧竹椅，头也不抬地说："我请不起伙计，等你毕业，我说不定都破产了。"

"那你破产了，我就去做导游养你呗，到时候我再给你拉好多团队过来，你就有生意了，你也就不会破产了。"

遇见你

51

旅游区小客栈的女儿，对于旅游这一块儿的门道早就了若指掌，菊香倒想把女儿送出去上大学，没想到小小人儿自己却早早确定了人生方向。

"我才不要上大学呢，我只想考张导游证出来，在我们屯溪，这个证比大学文凭还有用呢。白天做导游，晚上回家做饭洗衣服照顾齐大哥，我就愿意做个贤妻良母，过过自己的日子。"

一番话把齐思维和照照说得哑口无言。

这小家伙，规划好了职业，又规划好了人生，竟是比院子里这两个将近30岁的大人还要明白呢。

这天大家坐在齐思维的天井里吃井水西瓜。齐思维院子里有一口老井，用一只铅桶把西瓜浸下去，吃起来凉凉的，比放在冰箱里的要适口，还不会拉肚子，于是小菊就叫它井水西瓜。

菊香问起照照去英国留学需要的费用，然后拍拍老丁说："我们家小菊要是可以去留学，就把房子卖掉。"

"神经病啊，去英国留学又怎么样？做女人，还不是嫁人生孩子，这些还需要到英国去学？"老丁不以为然。

"谁说女人只能嫁人生孩子？你看人家大城市的那些女人，不结婚不是过得好好的？上次住在楼上的那个女画家，人家50岁了还没结婚，她说她这辈子没洗过碗没做过饭，想吃什么就上馆子，一把年纪了还有三个男人追她，你看看，这才是人过的日子。"

菊香无限憧憬地描绘着小菊的未来："我们小菊一定要离开这条老街，去外面见见世面。"

"不要！"小菊抗议。

"不是你说不要就不要的，以后你就会感谢我了！我给你报了英语班和电脑班，下个星期就去上课。我不过上到初二，所以只能嫁给你爸爸这种高中没毕业的，你要是上大学，就能找个研究生做老公。"

照照差点被西瓜噎到，照菊香的理论，博士只能找博士后，博士后的女人就铁定嫁不出去了。上大学原来是为了嫁得更好，菊香的这个结论不知道是怎么得出来的。

在照照的记忆里，小学中学里那些没上大学的女同学，都早早地结了婚做了妈妈，她算是同学里走得最远的，但也剩得最久。

正在很切实际地闲扯，忽然有人敲门。

齐思维家的木门一直是半开半闭的，现在却有人忽视开着的那半扇，认真地敲着关上的那半扇门。

小菊去应门，这就是胡照照和易辰的第一次见面。

当时照照对易辰并没有太过在意，她注意到的是易辰带来的那方鸭形砚。

那是一整块水坑的子料随性雕出来的，一只圆润肥美的鸭子慵懒地把头埋在翅膀里，也许是憩着了，也许是在梳理自己的翅羽。

温润的枣心眉，几乎没有现今流行的那些金星金晕，但看得出是一块上品。

齐思维看见那块砚台就来了精神，拿在手上仔细把玩起来。

"我想找人帮我看看这块砚台的来历。"

"这应该是你们家老人的东西吧，看刀法像汪律森的作品，汪老善治仿古砚，尤其是仿宋砚，方中带圆，圆中带方。这只鸭子完全根据石料的形状和纹路下刀，这种浑然天成的感觉现代人已经很难做到了，而且看砚石也看得出来，这种枣心眉的老坑石这些年根本就见不到，上面的包浆也看得出来，不是现在的商品砚，估计是家里传下来的吧。"

易辰的双眼发光："你说的没错，这是我妈妈珍藏的，我推算它来自于一位故人，你知道谁会有这样的砚台吗？"

"这就是大海捞针了，汪老雕的砚台全世界都有人收藏，如果是你妈珍藏的，她自然说得出来历，你何必舍近求远？"

易辰笑了笑："说的也是。"

遇见你

然后他就黯然地离开了。

一条街上就这么点故事，据说这个年轻人走访了所有卖砚台的店，就想找到这块砚台原来的主人。

隔天，照照在丁大哥的客栈里又一次遇见了易辰。

他看起来很疲惫，照照认出是他，便跟他打了个招呼。

易辰正在看一本旧的缎面日记本，紫色的软缎封面上印一朵金色的菊花，照照记得自己家里以前也有这么一本，是爸爸抽屉里的珍藏，于是，照照忍不住多看了一眼。

易辰索性递到她手里："这是我妈妈的日记本，整本用蝇头小楷记着一个'他'，他送了这方砚台给她，他和她深深爱着对方，但在我的印象中我妈一辈子都是孤独的一个人，这个她深爱着的男人到底到哪里去了？"

原来，易辰的妈妈生乳腺癌住进了医院，却坚决不肯开刀，医生说开刀可以挽救她的生命，但她却说活着已经没有什么牵挂，不想不完整地活下去，只想保持着尊严地死去。

只看一眼日记本上娟秀的小楷，照照对易辰的妈妈已经很有好感，一把年纪的女人还有着这种少女一般的情怀，更让照照珍惜。

她忽然很想帮易辰一起找到易妈妈的那个"他"。也许只有他能让她接受手术，坦然地活下去。

日记里看起来满是线索。

他们邂逅在杭州，大学的围墙外面，易安遇到小偷，偷去了她的钱包，他从后面奔上前去，捉住了小偷。

小偷只是个半大的孩子，衣衫褴褛面黄肌瘦，那时社会风气良好，没有胁迫孩子偷盗的集团，要不是饥饿，孩子不会做出这样的举动。

他夺下钱包还给易安，却从自己的口袋里摸出一点钱递给孩子，让他从此以后不要再做这种鬼鬼祟祟的事情。

那是照照和易辰都没有经历过的年代，那个年代的男人特有的正派和侠义心肠让他们对"他"心生敬佩。

这是个坦然、勇敢、热情的男人，难怪易妈妈对他钟爱一生。

其实线索不算不多。

照照说："你也不用在一棵树上吊死，细细读一读日记，一定有更多'他'的信息，一定是找得到的。"

"我依稀记得，我曾经在屯溪住过，但上学以后我一直生活在上海。可是，我觉得妈妈日记里记录的故事是发生在这里的，所以我才会回来寻找。可是，这个城市对于我来说真的是完全陌生的，没有姓名，没有工作单位，我不知道该从何下手。"

照照摸了摸日记本，很有读下去的冲动。她总觉得，一切的秘密都在这本日记本里找得到答案。

"如果可以帮我找到'他'，我希望你能先帮我读一读这本日记。"易辰诚恳地看着照照。

照照有种很幸福的感觉："真的吗，你相信我？"

"嗯。这里面记录的都是十分美好的回忆，我不介意多一个人阅读，尤其是你。至于我妈妈，她连生死都无所谓了。她说，家里的东西都留给我，随便我怎么处置，我想她更是看得开的。"

人有的时候更容易对陌生人敞开心扉，甚至会在屯溪老街上相识了，并决定一起去挖掘一段尘封的恋情，这不得不说是一种奇妙的缘分。

易妈妈也这样描绘自己和他的缘分。

"第二天，我在学校的阶梯教室又遇见他，他拿了一卷苏东坡，我的手里恰是一本李清照，没想到参加宋词研究兴趣组，居然会遇见他。婉约还是豪放，我们争论一下午，他说，你这么凶，应该喜欢辛弃疾。然后他请我去吃了校门口的鸭汤扁尖面，付钱的时候少一角钱，我递给他，他居然脸红了。我期待他回来找我还这一角钱，这样我们可以谈论更多的江城子和浣溪沙。我居然忘了问他的名字，连他是哪个系的也不知道，他找得到我吗？"

遇见你

CHAPTER [6]

大 方

不是所有的相遇都有美好的传奇。

易妈妈的初恋似乎没有开始就夭折了。

红藕香莲玉箪秋，轻解罗裳上兰舟。云中谁寄锦书来，雁子回时，月满西楼。花自飘零水自流，一种相思两处闲愁。此情无计可消除，才下眉头却上心头。

在下一页，易妈妈抄录了这样的一阕词。

她的日记满是浓浓的忧伤，她写到："他说如果是作为同学间的交往，我们可以维持这种单纯的联系，但他不会超越这个关系。"

少女的初恋是充满激情的，易安在伤感了一阵子之后，下了一个决定。

"我不想我的生活中没有他，所以，哪怕就是同学一般的友谊也可以，甚至，这一辈子就只是柏拉图式的恋爱，或者是我一个人的单恋又怎么样呢，爱在我的心里，是谁也拿不走的。"

喜欢李清照的女子，是会有这种刚烈的忠贞的吧。

不知道那个他究竟是个怎样的人，在后面的日记里，他们一起去买书、看电影、骑车、郊游，但始终保持着距离。

在那个年代，男女之间的交往还是很有分寸的，易安和他的每次见面，都有着别的同伴，开始是不固定的，后来变成一个不变的李德言。

有一页，易安用十分愤懑的笔调写到："原来他同意跟我见面，是为了李德言，即使你不中意我，也不用把我推脱给别的人，这是对我最大的侮辱！"

但可爱的易安，却是轻易就原谅了他。

"今天，他忽然拥抱了我，虽然是十分简短的一秒钟，但我感觉到了他的心跳，抑或是幻觉？就算是幻觉，我也希望记住那种节奏，有力，坚强。"

然后，日记到了最后一页，易安说："偷偷读过《旧唐书》，记得红拂夜奔的故事。爱情无关江山，我只是个小女子，他选择回乡，我决定跟着他，这样，我和他可以喝同一条江里的水，不敢有郎情妾意的奢望，但我已觉得幸福。"

易辰说他的户口本上的父亲叫做李德言，可是他自小失怙，印象中没有父亲的形象，只有母亲一个人独力养大他。母亲说，父亲是个十分善良的好人，看来她为了他来到屯溪，而李德言也跟着易安来到了这里。

照照忽然想到，李德言就是最好的线索，李氏是他的同学和好友，从李的信息中寻找，自然会找到他。

六七十年代从浙江来到徽州的大学生，基本都已经退休了，要找他们应该到哪里去找呢？

灵光一现。

照照的爸爸便是在浙江上的大学，也许，爸爸会有印象。

回到故乡已经月余，照照一直隐瞒着自己离职回乡的消息。但，这是不可能一直瞒下去的，也好，在告诉妈妈之前先跟爸爸知会一声，有了爸爸的支持，也就不怕妈妈的暴风雨了。

电话打回家，却是李二康接的，姐姐和妈妈上街去了，而爸爸，居然在出院后一直没有去局里上班，据说是去了上海休养。

他请的是公休假，也没有请秘书安排酒店和行程，就自己离开了。

照照的心里隐隐有些不安，父亲真的有什么事情已经在付诸于行动了吗？

遇见你

57

没敢告诉李二康她已经回来，没有父亲作为缓冲，如今的照照还不想跟母亲见面。

易辰也住在丁大哥的客栈，客栈很小，大家白天就聚在齐思维的家里。

这边照照和易辰一筹莫展，找不到线索，可是峰回路转，易妈妈很快来了电话，说她同意做手术了。

易辰决定连夜回去，易妈妈却叫他不急着改变行程，她请好了护工，不需要易辰照顾。

"我妈妈跟我向来就是这样，我们互相关心，但她待我又总是淡淡的。从我记事时开始，我就是自己去浴室洗澡，妈妈会拜托浴室里搓澡的工人照顾我，夏天再热她也不许我打赤膊。但她也不是不关心我，我们家是我们里弄第一个装空调的，装在我的卧室里。五年前她阑尾炎开刀，也是情愿高价请护工料理，绝不让我动手。"

易辰跟照照抱怨。

"也许她是个十分典雅传统的女子，我倒觉得这种清醒保持距离的亲子关系可以给孩子最大的自由。"

照照的妈妈进孩子的房间从不敲门，就连女儿的私信也会拆开来查阅，所以，自己有的，总不满足，别人手里的，会觉得更好。

失去了寻找的动机，也没有什么寻找的线索，照照又回过来做之前未完成的事情。

谜底揭晓，她拍了那么多照片，原来是把齐思维的砚台放到网上去卖。

易辰也爱砚台，忍不住把齐思维的砚台拿来玩赏。

"这一方用这几点金星点缀在荷叶上，取名叫巴山夜雨，好！若叫留得残荷听雨声就俗了，巴山夜雨涨秋池，合该就有残荷，但又不着眼在这几片人工雕琢的荷叶上，要的就是这几点天然生成的金星担任主角，这块石头本身有丝丝水波纹，老齐，你的心思还真是雅致啊。"

齐思维难得有人跟他契合，忍不住把库房里的得意之作全搬了出来，用一只上了桐油的旧澡盆，把砚台泡在水里，一直玩赏到天明。

第二天，照照一早去吃早点，见齐思维的门大开着，两个人一人一张藤椅歪在那里高卧不起。

脚边上乱七八糟堆的都是砚台的包装盒。

照照暗笑，这种风景也就在老街上齐宅里才见得着。

一个事生产不事销售的齐思维已经少见，这个易辰更是不知什么来路，也不上班，说是来老街上找妈妈的初恋，如今就这么荡在这里，难道他没有工作吗？

不过各人有各人的故事，在别人看来，照照自己不也是暧昧得很嘛，住在老街上一个多月了，是靠什么谋生的女子呢？

男子无所事事，一般总是有点家底，女子不事生产，似乎会被消遣得更加不堪吧。

老街不大的地方，照照想藏是藏不住的，很快就有熟人将照照的行踪报告了胡家。

爸爸出门，妈妈连他去了哪里干什么都不知道，但照照在老街上的消息一经传入妈妈耳朵里，她就立刻出现了。

照照正在电脑上修图，大方扑了进来。

"胡照照，你搞什么鬼？不在上海好好上班，死在这里干什么？"

大方就是这样的人，即使是关心你，但说出来的话永远充满火药味。

"妈！"

见到妈妈，照照只有这么一句，千头万绪，她也不知道如何回答妈妈的问题。

快30岁的人了，被别人半推半抱走了小半辈子，决定停下来想一想，然后决定人生的方向。

这样说，对于大方来讲，一定是太高深了，她没法理解。

我不想在上海生活了，想回到父母身边，轻轻松松地过自己想要的生活。

遇见你

59

这样讲，会被妈妈直接递解出境。

想过轻松的日子，不就是想不劳而获啊，在操劳了一生的母亲看来，这是犯罪。

照照印象中的母亲，总是天不亮就起床，做一家人的早饭，然后出去买菜洗衣服，到茶园去劳作，放学回来，母亲已经在做饭了，写完作业睡觉时，妈妈还在织毛衣。

的确，长到这么大，没见过妈妈翘着腿坐在沙发上休息。

照照的无言以对让大方更加恼火，她提高八度："你个死丫头，快给我老实交代，你在这里干什么？"

"老板把公司关了，所以我只好先回来再想办法。"情急之下，照照只能撒谎。

强势的父母，往往听不到孩子的心声，就是这个道理。

"那你为什么不回家，住在这种不三不四的地方干什么？"

"喂，你别骂人哦，我这里是正规的客栈，什么叫不三不四的，女儿这么大了，你还这么吆五喝六的，太不尊重人了！"菊香听见声音上来声援，她也是大嗓门，跟大方旗鼓相当。

大方一回身，看见菊香，倒客气起来。

"呵呵，老板娘，不好意思，我不是那个意思。"

民间女子有民间女子的智慧，大方态度缓和下来，菊香也立刻笑了。

"我也是有女儿的人，我懂的，你也别上火，照照住在我这里跟家里一样，你们好好坐下来聊，我给你们倒茶去。"

大方在房间里唯一的一张椅子上坐下来，打量了一下环境。

"家里有吃有喝的，你就算失了业，我总不会少了你的饭吃，就算是只剩一碗饭，再加两碗水，我们总可以吃上一顿泡饭，你又不是孤儿。张老师来告诉我说在老街上看见你的时候，我真的吓了一跳，儿行千里母担忧，就算你30岁了，总还是我的小孩，你有事不跟我说，也好跟你爸爸说，我今天要是不来找你，你打算瞒到什么时候？"

不知为什么，妈妈的一番话，竟让照照想哭。

她有点尴尬于自己的情绪化，只能回过身，看看窗外，正看见易辰微微笑着看着自己的窗户。

照照立刻又要脸红。

真是的，怎么竟有了这种少女的调调。

快30岁的人，为了男人脸红，又被妈妈说得快要哭了，可是照照的心里却有一种实敦敦的幸福。

父母就是这样的人吧。

前一句话才把你气得要死，但后一秒钟，他又为你做了别人做不到的事情，让你感动。

你的生命是他们赐予的，又一把屎一把尿把你养大，跟你说话难免会简单直接不讲方法。但正因为你是他们的一部分，所以，当知道你发生危险的时候，愿意挡在你前面的人，也只有他们了。

当然，他也会毫不留情地干涉你的生活。

巡视了照照的小房间之后，大方开始动手收拾她的东西。

"走吧，跟我回家，想不回上海就别回去了，重新再找一份工作，找不到之前就跟我去茶园干活吧。"

"啊，妈。我在这里还有工作。"照照情急之下只好再抛出一个谎言。

"什么工作？"

"我在帮人家商店拍照片整理商品，这是很重要的事情。"

"哪家商店？我去谢谢人家！"大方来了兴趣。

"妈，我工作上的事情你就不要管了，反正我也不会要家里一分钱，我能自己养活自己就行了嘛。"照照又开始赌气了，每次只要大方干涉她的生活，她就会升起一股无名火。

"也好，工作上的事情我是不应该管你，但你必须跟我回家住去，以前你

61

在上海我没办法，现在你既然回来了，没结婚的女孩子就要住到家里去，等哪天你结婚了，我再把你送到你老公手上，这是安徽，不是外国，由不得你胡来。"

大方毋庸置疑地把照照的行李塞进皮箱。

"妈，我就这样住在老街上工作起来方便，回了歙县，每天再赶半个小时的路程来上班，不是瞎折腾吗？"

"你在上海的时候住的地方离你上班的地方要一个小时的路程，你也没觉得不方便啊。"

大方一边反驳一边手脚不停地把照照的东西塞进皮箱。

照照无力地坐倒在床上，不管是 10 岁、15 岁、20 岁还是 30 岁，在大方这样的妈妈们面前，女儿永远只有 3 岁。

抵抗是无益的，所以照照任由大方把她的东西统统塞进皮箱，然后艰难地扛下楼。楼下，李二康在大门口候着，现在的他已经有点微微谢顶，但在衬衫西裤金丝边眼镜的掩护下，倒比当年显得入眼许多。

见母女俩出来，李二康懒懒地站起来，也不去接大方手上的皮箱，嘴里还讪讪地说："二小姐就算没有衣锦还乡，也用不着避而不见，搞得好像我们一家都是势利人一样。"

照照冲他翻翻白眼，心里却还念着父亲病危的时候是他及时相救才捡回的一条命，也就不去搭理他了。

门外，易辰和齐思维双双坐在藤椅上冲她挥手，大方立刻警惕。

"这两个是什么人？"

"妈，这不是我的同学齐思维嘛，这个人是——他的朋友。这是我妈妈。"

照照居然又有点脸红。

为什么把易辰介绍给妈妈，居然会有点羞涩呢？

易辰大大方方地站过来。

"妈妈好！"

大方吃一惊。

"你为什么叫我妈妈？"

"哎哟，妈，人家就是这么一叫，我们不是你想的那种关系。"照照低声地跟大方解释。

大方打量易辰："小伙子你不是我们本地人吧？"

"嗯，我从上海来。"

"来旅游还是在这里工作啊？"

"打算在这里工作。"

"大城市不住跑到我们这里来干什么啊？"

大方开始盘问他。

大概家里有女儿的妈妈们都是如此吧，女儿一过了适婚年龄，身边的单身男子就成了雷达扫描的对象。

"这里空气好蔬菜新鲜人也好相处，我倒觉得比上海好！"易辰笑眯眯地说。

"是这个道理！我也觉得我们安徽比哪里都好啊！我最民主了，我们照照自己愿意在上海发展，我也不叫她回来，现在她愿意回来，我真的是开心得很！你来了，就更好了！"大方冲易辰点点头，好像洞悉什么一样地大笑起来。

照照的脸更加红了。

妈妈一听易辰是上海来的，一定误会了。

照照连忙拉着妈妈就要离开。

易辰却跟上来帮大方提着行李，自来熟地说："妈妈，我还没去过歙县，我们方便一起走吗？我想去看看那个四方牌坊，搭你们的车吧。"

李二康开着一辆两厢的小别克，大方坐在副驾驶的位置上，易辰和照照坐在后排，在狭小的空间里，两个人第一次这么近距离地坐着，照照觉得紧张起来。

洗头控的她立刻想起自己今天早上又没洗头，她立刻浑身不自在起来。

易辰和大方聊得不亦乐乎，完全没有在意她的局促。

遇见你

63

"我们家这个宝贝从小就不吭声，但很聪明的，三岁的时候我带她去街上玩，不当心走丢了，我吓得一边哭一边找她，结果她居然自己走回了家，坐在石阶上等我，你说说看，这么小的小孩，怎么会自己认识路的？"

易辰笑着看了看照照，赞许地说："照照的眼睛一看就是聪明人的样子，深深的，黑黑的，就算不说话，也好像说着什么一样。我第一眼看见她，想到的就是目如点漆，现在看起来照照是像妈妈，妈妈的眼睛都遗传给照照了。"

照照还没回答，大方已经开心得不得了了："可不是嘛，我们家照照亏得遗传了我的眼睛，不然的话长得全像她爷爷，看相的人说，她爷爷才高福薄命短，才会没等到孩子出世就死了，有了我的这双眼睛，就好像黑路开了灯一样，以后的日子就亮起来了。"

你说这民间算命的人还真是挺有诗情画意，连照照都没见过爷爷的照片，这算命的哪来的天眼看得见？偏偏大方从来就相信。

照照的性格随爸爸，不太喜欢通过语言来交流和沟通，大方是他们的反义词，遇上易辰这个应声虫，今天的大方特别高兴。

回到家，胡清做了一桌子的菜，李二康却说学校里还有事情，脚不点地地走了，留下三个女人和易辰共进午餐。

很快，胡清的热情也被易辰点燃了。

桌子上一只咸鸭火锅是导火索。

易辰尝了一口，立刻赞不绝口，端起碗就盛了一大碗大嚼起来。

"姐姐，你这手艺可以去开饭馆了，只要这一道招牌菜，门口就可以排长龙了。真的，你相信我，我绝不是夸奖你。"

照照心说，这不是夸奖是什么？简直就是赤裸裸的吹捧，但胡清眉开眼笑的样子让照照也很愉悦，一家人坐在一起这样有说有笑地吃饭，是自己多年来的梦想，没想到，易辰轻易打开了这个结。

细想想，姐姐和妈妈一直辛苦操持家务，但习惯接受这一切的爸爸和照照，从来也没有像易辰这样坦率地说过感谢和夸赞的话。

你珍惜的东西也许正是被你自己一手破坏的呢。

"爸爸呢?"照照想起家里缺的这个人。

"过几天就回来,说是去上海休养,我要跟去他也不要,随便他。"

大方说得一脸豁达,照照心里却有点疑惑。

大病初愈,爸爸一个人去上海干什么呢?

但胡清和妈妈都是一脸淡定,似乎对老胡的神出鬼没已经习以为常,照照也就揭过了这一章。

照照的家在渔梁,饭罢,妈妈一定要让易辰到渔梁坝去看看,因为景点是要收门票的,但本地人又不用,所以大方决定自己带着易辰去走走。

沿街走过去,都是熟人,大方跟他们打着招呼,闲聊两句,易辰和照照被搁在一边,照照一时之间竟找不到什么话说。

"怎么一见到你妈妈,你就好像换了一个人?"易辰轻声问她。

"习惯了,见到我妈我的脑子就会进入空白的程序,任由她摆布,只要机械地按照她说的去做就好,从小就是这样。"照照低声地说。

"可是你妈真的是我见过的最好的女人,热情,真诚,一眼就可以看见她的心,真的是少有的单纯的人呢。"

"那你不妨跟她生活一段时间试试,你就知道其中的味道了。"

"我也正有此意,这条老街还真让人不舍得离开,比起屯溪的老街,这里更有生活的气息,就好像是外婆家的感觉,我没见过外婆,但印象中外婆的家就应该是这样的。"易辰愉快地看着老街两边的旧院墙。

这条街还保持着上世纪七八十年代的生活光景,斑驳的墙面,街道上拉着绳子晒晒衣服,是有点旧和乱,但又打扫得很干净。

易辰和照照的窃窃私语落在大方和邻居们的眼里,有一种小两口的甜蜜。

"大方,你女儿带了男朋友回来啊?"

"不知道是不是啊,你看着怎么样?"

"长得不错,斯斯文文的,哪里人啊?"

遇见你

"上海人。"

"那你女儿岂不是从此也不会回来了？"

"他说他倒也不反对到安徽来生活。"

"都讨论到这种事情了还不算男朋友啊？大方，不管他们以后住哪里，喜酒你们一定要在这里办的哦，我们全家都要来的，我可是看着照照长大的呢。"说话的是杂货店的王姨。

大方爽朗地笑了："那是一定的！"

瞧瞧，几句话下来，她把结婚请柬都发了一叠出去了，30岁的待嫁女儿，在渔梁坝的人们看来，实在是一大块心病呢。

CHAPTER 7

渔梁坝

渔梁坝的水，在夏天是最有气势的，激荡而起的水雾让人在酷暑的天气觉得分外清凉。

坝上，有人在做一艘新木船，说是船，其实就是小划子，比澡盆大一点，一个人坐在里面正好。小时候照照经常看见江上有人用这样的小划子漂着，小船用完了，就挑着回家，十分原始，但也很有用。

想来，就是江上的自行车。

这可是第一次见到正在制作的小划子，照照立刻掏出无敌山，拍起照片来。

徽州人是比较内敛的，所以对自己的生活也处在比较保守的状态，见有人拍照，正在制作的师傅停了下来，不愉快地说："有什么好拍？不要影响我干活。"

大方连忙上前去打招呼。

"老雷，是我女儿，不是游客，不要发火。"

雷师傅立刻笑了。

"原来是照照啊，出去这么些年，我都不认识了，变成大美女啦！这丫头小时候过年到我们家来玩，我刚穿上身的新衣服，就给她尿湿了，你还记得不？"

照照忽然想起，这个人是雷超的爸爸，是远近有名的木匠，小时候经常去看他干活，在一边捡刨花玩。

遇见你

自己的小桌子、木床都是把他请回家来打的,第一次见到墨斗就是在他这里。

可那时候的雷师傅是个沉默的年轻人啊。

如今的雷师傅已经两鬓斑白,脸上满是皱纹,算算他也就是不到70岁的人,却这么老。

但看他的胳膊,精瘦而有力,是好手艺人的样子,常年的劳作让他积存不起多余的脂肪,吃进去的食物都燃烧成了能量了吧。

易辰几乎是双眼放光。

"师傅,这艘船是你一个人做起来的吗?"

"嗯。"雷师傅是个内向的人。

"做船可是性命攸关的大事,你一艘船买回家不是放在那里看的,是要下水的,哪怕有一丁点大的小洞里漏水,也会出人命,你别看这江水平缓,下水去一游你就知道,大江和你们城里的游泳池可不一样,它是活的。"大方看着江面兴致盎然地介绍。

"那是,当年要不是你,你们家老板掉在河里就成了水鬼了,哪里还有今天。"雷师傅一边干活一边说。

歙县人叫老公都称老板,不知是不是徽商年代留下来的传统。

"这又是什么故事啊?照照,你知道吗?"易辰兴致勃勃。

照照倒也不知道父母之间还有这样的因缘。

易辰递给雷师傅一瓶水。

"师傅,喝点水休息一下,给我们讲讲吧。"

"大方,你跟你们家老胡是怎么认识的,你没跟孩子讲过啊?"雷师傅来了精神。

"扯那些干什么,走走走,我们上前面走走。"

"不忙不忙,我讲给你们听,他们两个的姻缘啊还真离不开这条渔梁坝。想当年你爸15岁,是我们这里有名的小状元,一人高的斗笔拿起来,一挥手就写出一个大大的'龙'。他是寡妇的遗腹子，宝贝得很，你奶奶不许他上山不许他下河，就怕他有闪失。但你爸也不是管得住的人，趁着你奶奶去收山货，跑到这里来戏水，结果被水草缠住了脚，眼看没命。你妈的水性可好了，亏得她从这里经过，一看有人要没顶，一个猛子扎下去就把他给救了，但你妈脸上被拉开一条大口子，就这么破了相。你奶奶为了报答你妈的救命之恩，给他们定了亲事。"

"哪有这回事！"大方居然有点害羞。

"呵呵呵，你说没有就没有，照照，你就当听我这个老木匠说回书。"

雷师傅一口气喝完瓶子里的水，又回身去自顾自地干起活来。

易辰蹲在雷师傅身边，诚恳地问："雷师傅，你收不收徒弟？我想学学这门手艺。"

雷师傅闷声说："这有什么好学？连我自己的儿子都跑得老远，怕苦，也挣不了大钱。"

"我不为挣钱，就是觉得有意思。"

"呵呵，年轻人，别一时头脑发热。你是大方家的朋友，就是我的朋友，你要觉得有意思就在这里看，别妨碍我干活就行。"

照照没想到，妈妈倒是很有人缘。

当年雷超和胡清没能结成姻缘，雷师傅和胡家似乎也没什么芥蒂，徽州民风淳朴，很多东西在外面的人看来是纠结，到了这条见惯兴衰的老街上，早就化作清风了。

易辰还真的留下来在雷师傅身边看起了造船。

"那小易啊，你在这里看，要回去的时候我叫二康送你，吃了晚饭再回屯溪吧。照照跟我先回去顺一顺，她的房间六七年没人住了，不整理一下住不下来。"

其实照照的房间一直保留着她上学时的原样，每年回来过年的时候都住着，没什么好顺的，照照知道妈妈只不过是有话要问她。

坐在自己的木床上，看着蒙古包一样撑着的蚊帐，照照有一种很幸福的感觉。小时候最喜欢躲在蚊帐里的夏天，天热，蚊帐正当中装一个小小的微风吊扇。渔梁坝的夏天，江里的水是最自然的空调，老房子到了晚上就凉快下来，由夏入秋，还会有夜凉如水的感觉。

没等妈妈发问，照照就一股脑倒出来了："我是回了屯溪才认识他的，我跟他最多算是普通朋友，什么关系都没有。"

"但我感觉他喜欢你，你也不讨厌他，那就抓紧处处看吧。对了，他是干什么工作的？"

"妈，你这么着急干什么，我都不着急。而且，我看这一次你要失望的，他好像没有工作。"

"没工作？不会吧，这孩子我看人品还是很不错的。你都要30岁了，还不结婚什么时候生孩子？你姐姐也是，结婚快十年了也不生孩子，我看是小时候脑膜炎烧坏了。"

"妈，我跟您解释多少次了，胡清生的是急性脑膜炎，治好了没有后遗症，她也不傻也不残，生不生孩子是他们家的事，你管得还真宽。"

"你看你跟你老娘讲话什么态度！我跟你说，等晚上你爸爸回来，你逃不掉的，就算是公司倒闭，上海就没有其他地方可以上班了？就这么自说自话地回来，回来以后也不跟家里打招呼，一个人野在外面，你想干什么？你说你现在在干什么工作？在哪个公司还是单位？有没有编制？照照我跟你讲，你只要没结婚，这些事情你都得跟我们交代清楚，你要是结婚了，我就不管你。"

很多女儿跟妈妈的谈话永远是这样的，女儿永远没有办法说服母亲，因为从一开始，母亲就没有把女儿当成平等的谈话对象。

而且，大方这样的妈妈又有种老母鸡一样保护女儿的本能。

胡再晨回到家，发现照照居然辞职回到了故乡，十分愕然。捕捉到他僵硬的表情，大方又立刻站到照照这一边。

"这种关关开开的公司真的害死人，我看照照也别回去了，你给她想办法找个工作。"

"我已经在上个月就申请退休了，还有谁会买我的账？再说了，家里出了钱把她培养到出国留学，还要再怎么出力？照照，你的人生从今以后你自己决定，家里也不要你一分钱，你也别指望家里。"

胡再晨的话说得十分温和，也很有道理，但听在照照的耳朵里，十分不是滋味。

这还是以前那个亲密无间的爸爸吗？小时候照照想要彩色铅笔，老爸冒着三伏天的大日头硬是骑自行车去屯溪买了回来。

现在却一副划清界限的态度。

照照没开口，大方已经被激怒了。

"你是生病烧坏脑子了吗？你应该还有半年才退休，为什么提前申请？也不跟我商量？再说了，照照是你女儿，瞧你那话说的，哪有爸爸这样把女儿朝外推的？"

"姐，你不要动不动就跳起来，你仔细想想我说的话有什么不对？我辛苦了一辈子，我又有多少是为了自己？这辈子我都为这个家而活着，我牺牲的是什么，你们永远不会知道。算了，我出去走走。"

看着拂袖而去的父亲，照照觉得陌生。

那种熟悉的冰冷的家庭氛围又回来了。

但在朴实的妈妈眼里，这似乎又很正常。

"别怪你爸爸，他这个人做老师做惯了，喜欢讲大道理，但对你们姐妹是最好的，你爸这个人，除了工作就是家庭，为人最是正派，你不要计较他说的话哦。"

大方说完自顾自收拾碗筷，忽然又惊叫起来。

"哎呀，那个小易怎么还没来吃饭？会不会是找不到我们家？照照，我给他留了饭的，你打电话问问他。"

真是心有灵犀，照照的手机就在这一瞬间响了。

遇见你

71

是易辰的短信。

"我留在雷师傅家吃饭，师傅喝高了，今晚就住在他家，明天见。"

这个易辰，还真的留在渔梁了。

第二天一早，大方就把照照叫起来。

"你不是要去屯溪上班吗？今天二康正好去局里办事情，可以给你搭个顺风车，你快点起来，别耽误他的事。"

桌上，摆好了丰盛的早餐。

茶叶蛋，南瓜粥，笋干豆干炒辣椒，老玉米。

都是照照喜欢的内容。

照照吃着早餐，大方坐在她旁边唠叨。

"你这个工作到底是干什么的？我看你去参加今年的公务员考试怎么样？你的学历好，随便歙县还是屯溪，考个公务员最好了，你要是想考，我叫二康帮你打听一下？"

"妈，我不想做公务员。"

"那你想做什么？"

"我现在在做的事情就是我现在想做的事情，等这件事情做完了，我再想想我想做什么。"照照被一根辣椒丝辣得咝咝的，站起身来找冷开水。

大方把自己的搪瓷杯子递给照照。

"妈，你这只杯子用了多少年了？都快烂了，换一只吧。"

"不是还好用嘛。什么东西都换新的，新的不见得比旧的好！"大方从照照手上拿回杯子，加上点开水，放好。

这是她的习惯，绿茶泡好只喝掉三分之二必会去加水，而硕大的搪瓷杯里泡的永远是自己茶园里出产的珍眉。

珍眉其实就是炒青，是徽州出产最普通的绿茶，照照从小喝到大，都是妈妈自己种自己做的茶，照照不算懂茶，但却很喜欢喝妈妈杯子里的茶。

茶汤清澈，味道甘爽，绝无农残。

她突发奇想："妈妈，我把你的茶也拿到网上去卖，好不好？"

"什么？挂在网上卖？怎么卖啊？我的茶有的是老客户来买，不愁销路，种多少卖多少，好得很。"

"诶，妈，在网上卖东西，是如今最流行的销售方式，上了网，你的茶可以卖到世界各地，身价也能翻好几倍呢，怎么样？"

"我不懂，我只知道人家来买我的茶，都要先泡一杯喝喝，喜欢了就谈价钱，然后提货，就这么简单。你在网上卖，人家怎么试喝啊？你说好他说不好，做生意哪有你说的那么简单。你别在这里胡扯了，要去屯溪上班就快点吃饭，不然的话你自己骑自行车去吧。"

大方站起来收拾餐桌，此时李二康的车停到了门口，他轻轻按了两声喇叭。

大方连忙探出身去应他，然后几乎推一样地把照照推出了门。

"二康，麻烦你了，你就把照照丢在老大桥口上就行了，她自己走着去，中午要是不应酬就回家吃饭。"

李二康的脸上也没什么表情，淡淡地应了一句。

车上，李二康几乎不说话。

这和照照印象中那个点头哈腰的姐夫有着很大的区别。

"李——二康，"照照还不习惯和他单独相处，"你不是在歙县上班嘛，怎么老跑屯溪？"

"办点事。"李二康看来不想聊天。

"我要是想找六十年代从浙江分到这里来的大学生的资料哪里找得到啊？"照照随口问。

"你问老头子，他全认识，前些年办过一次差不多的联谊会，是老头子牵头的，你要通讯录我给你找找。"李二康还是淡淡地回答。

"哦。那你有空找给我吧。"

"妈妈说你要考公务员的资料？"

"不用，我才做不了公务员。"

"嗯。"李二康点了点头，但他的回答听起来却很像一声冷笑。

照照侧头看他的表情，他却一脸平静。

再找不出什么话说，两个人都沉默了下来。

车子很快开到老大桥的桥头，照照下车，李二康毫不犹豫地开走了。

照照直觉觉得，李二康不喜欢她，甚至比多年以前更不喜欢她了。

为着姐姐胡清的关系，照照很想跟李二康缓和一下，他和姐姐已经做了十年的夫妻，但自己这一声"姐夫"却是叫不出口。李二康的工作似乎很忙，很少在家里吃饭，有时会半个月不回家，这是昨天胡清说的。

妈妈和胡清还真是有趣，对自己老公的行踪都不喜欢细究。妈妈是百分百相信爸爸，胡清呢，照照不得而知。

站在老大桥的桥头，向后走是一中，向前走是老街，不到8点，齐思维是肯定还没有开门的，照照决定回母校去看看。

清晨的校门口，热闹非常，和以前那个清幽的环境天差地别了。

如今的一中还和当年一样是本地进大学最有保证的中学，家长虔诚地把孩子送来念书，希望他们能通过考上大学改变命运。

徽州，历来是个崇尚读书的地方，看看古村落里的那些牌坊就知道，做生意发财在会做生意的徽商眼里不算出息，只有科举中了状元才是祖上积德门楣增光。

照照当年也是这些学子中的一个，初中毕业考进地招班，算是一脚踩进大学的门，偏偏高考发挥得不好，清华北大都不中，只在省里上个二流大学，还是学的摄影，大学四年被妈妈念叨了四年，这也是照照后来决定出国留学的动力之一。

靠在学校门口的防汛堤上，照照已经想不起来当年的自己到底想从事什么职业了。

现在的自己，想做什么呢？照照想起自己放在齐思维店里的电脑，那些还没有处理完的照片以及还没做好的网店，起码，认认真真做完这件事情吧。

齐思维今天倒起得很早，正在用水冲洗天井。

照照见他开了电脑，屏幕上是照照拍的一张抄手砚的照片。

"给你这么一拍，我的砚台好像变成奢侈品了，激动得我都睡不着了。"齐思维笑嘻嘻地说。

"会有那么一天的。"照照轻松地应了一句，坐到电脑前开始工作。

齐思维又看一眼她，嘴角忍不住微微牵了一下。

父亲去世之后，他变得十分散漫，最近，忽然觉得自己变得勤快了，看看这间老屋，竟有种想把它拾掇一下的激情。

"你帮我看一下店，我出去办点事情。"

说干就干，齐思维走出去，买了两桶涂料回来，刷起了墙面。

丁大哥诧异地跟进来。

"你这是准备装修娶老婆啊？"他的嗓门很响，照照正在全神贯注地修着图，被他吓了一跳，抬起头茫然地看着忙碌的齐思维。

"春天的时候漏水，墙面都花了，早就该刷一刷，客人走进来也整齐一些，这也是对客人的尊重嘛，照照，你说是不是？"

照照笑了："等你刷好墙，我帮你弄两个灯箱的设计，你的店马上就不一样，好歹你也应该有个店招，对不对？"

易辰好像消失在渔梁坝了，照照和齐思维也忙得没时间管他。

两个人自己动手，照照出主意出设计，齐思维付诸实施，把门头和店堂都收拾了一下。

齐思维的粉墙上，用木制的框子做的灯箱很有情调，大和姬酝着露珠，映衬着一块随形的金星，正是那块巴山夜雨。

门外，经常会有游客驻足细看，指指点点。

门头上的店招，照照想了个名字叫做"齐眉"。就是齐思维做的眉纹砚的意思，看在别人眼里却有无穷无尽的想法。

中英文日文的简短说明用小木牌子钉在门边，简单介绍砚台的前世今生。

一切信手拈来，却显得古朴而简约。

没几天，就有一个日本团队主动走了进来。

这是几个喜欢书法的老太太，利用业余的时间在同一个老师那里学书法，夏天又一起出来旅游，看见店招就立刻走了进来，把玩齐思维的砚台，个个爱不释手。

一个下午，就卖掉五块仿古砚，虽然不是很大的收入，但已足够让照照兴奋不已。

更有趣的是，还有客户找上门来。

对面卖山货的浙江人也是个识货的，听说齐思维的店招是照照设计的，居然拍出五千块钱，让照照帮他设计商标店招和包装袋。

"这里到处都是卖笋干木耳香菇的，你帮我做一个抢眼的，还要有品牌感，我以后是要做连锁店的。"浙江小老板不到30岁的年纪，戴着眼镜，很有书生气。

"好，我会给你三个不同风格的方向，让你挑选，一周以后你来拿。"

照照从网盘里找到以前为一家台湾土特产店做的整套CI方案，套个格式，又到他店里挑了些样品回来细细拍摄，忙得不亦乐乎。

如果缇娜听说完成这样的整套CI只收白菜价，一定会气得昏死过去——不仅包了设计，还送摄影，缇娜的报价向来是锱铢必较的。

可照照却觉得开心，五千块是她这个月的生活费加上置办电脑的钱，只要足够支付生活，就是好生意，反正所花的是自己的时间和精力，闲坐在那里也是资源浪费。

这种感觉像种自留地，只是为了果腹，但一手操办了自己的一亩三分地，有一种不再怨天尤人的独立感。

年轻的小老板想法很多，有时就坐在照照身边看她修改，要在以前，照照一定会觉得不胜其扰，但不知为什么，这一单钱少事多的活，却让她干得十分愉快。

"阿妹啊，我这张图想用香菇的照片，不过那张笋干也拍得老好的。"小老板讲话有点像电影里的蒋介石，慢条斯理，口音浓重。

"那这样好嘞，我给你做一个香菇的，做一个笋干的，风格一样，你一张摆在门口的灯箱上，一张放在收银台这里。笋干的放门口怎么样？节节高！讨个好彩头。"

"好的好的，你们英国留学回来的素质就是高啊。"小老板满意地走了。

齐思维笑话她："你这不是设计，是烹调，我怎么听都像在烧菜，香菇笋干木耳的。"

过了一会儿，小老板娘笑嘻嘻地进来了，手里拿着一大包笋干。

"阿妹啊，我们家的那个说你喜欢吃笋干，这是今年的新货，绝对好，你拿回去叫你妈妈烧肉给你吃哦。"

两夫妻都是天生适合做生意的人，相当懂得和气生财的道理。

照照接过笋干，真是不错的加班费。

不过，他们看起来也就二十四五，谁是阿弟阿妹还真不知道呢。

大方倒也喜欢这样的福利，把整包笋干泡起来，买了熟悉的人家养的黑毛猪肉，烧好笋干烧肉叫照照送一份到雷家去，易辰住在那边，学起了手艺。

照照用搪瓷罐装了满满一罐的肉烧笋干送过去，远远就看见易辰光着膀子穿一条大裤衩在那里刨木板，脚边是一地的刨花。

雷师傅眉开眼笑地看着红烧肉："照照，又送菜来啊，我们家也不会真给他吃萝卜干饭的。"

"不是给他吃的，是孝敬雷师傅你的啦。"照照发现自己也是可以随口开开玩笑的，是这种质朴的气氛让人开朗了吧。

"哦，那我就不客气了。你这个朋友不错的，估计他以前学过手艺，有一双有力气又灵活的手，这是个好男人，你跟着他不错的。"老雷笑着说。

照照的脸立刻红了起来。

遇见你

易辰接着说："不不不，师傅，不是她跟着我，是我跟着她。"

"那好啊，他们老胡家没有儿子，两个老人家都是带着遗憾走的，你要是愿意入赘，我这就帮你保媒去。"

易辰爽快地说："可以啊，我也没有聘礼，听说胡伯伯爱写字，我到时候送块好砚台给他。"

"那你可要掂掂分量，你丈母娘的娘家是祖传雕砚台的，你老岳父也是这方面的行家。"

"我走了，你们自娱自乐吧。"照照见他们越说越起劲，有点当面贩卖人口的意思，又羞又气，只能开溜。

易辰急忙跟在她后面跑了出来。

"照照，我是真心的，只要你不反对，今天的话一句都不是玩笑。"

照照也不回头，只丢下一句："妈妈叫你晚上来吃饭。"

易辰看着她惊慌离开的背影，愉快地笑了。

看着渔梁古街窄窄的天空，易辰有一种轻松的幸福感。

这条老街，一切都那么简单自然，也许是看惯喧嚣之后，有了一种返璞归真的通透吧。

CHAPTER [8]

再　晨

这些天，每天起床的时候，照照都会觉得有什么快乐的事情在等着她。这种体验上了高中之后就久违了，如今，又回到她的心里。

想到易辰，照照总是不由得有种甜蜜的感觉，他们之间，似乎从那天之后就更加亲近起来。照照自己知道，他们还没有到真正表白的那一刻，但在渔梁坝的人们看来，这就是在处朋友了。

两个人一天到晚在有空的时候去河边散步，照照从屯溪回来，易辰总会到街口去等她，看见她安全到了家才会继续去干活。照照呢，没事就会去看易辰做船，帮他送点解暑的绿豆汤。

照照的男朋友在跟雷师傅学做船，这让再晨很不能接受，他决定和照照好好谈一谈，所以他把照照约到他的办公室。

照照去的时候，再晨却又被叫去临时开一个会，照照只好无聊地在再晨的办公室里喝茶。

爸爸的办公室里用的是一组青花瓷的盖碗，瓷质细腻，有点半透明的感觉，杯子上的图案不是一般的青花梧桐，而是十分古朴的童子，四个盖碗的图案是一个系列，却又有不同，童子放风筝、童子戏蝶、童子垂钓和童子戏猫。

照照细细端详一下爸爸待客用的杯子，和妈妈平时喝茶的搪瓷杯完全是不同的境界。

照照又去端详再晨的书案。

遇见你

79

一只清雅的竹节杯，一组配套的文房，桌子上还有一只雕工精湛的竹笔架。

照照想起父亲是善于书法的，这些年在家里倒是很少看见父亲动笔了，家里也几乎没有写字的地方。

原来父亲在办公室里有自己的小天地。

照照在爸爸办公的藤圈椅上坐下来，随手翻翻父亲的抽屉，这是她自小的习惯，只要一到父亲的单位，就喜欢翻抽屉，有种探险的感觉。

抽屉里是一些书法和文物赏玩的书籍，跟照照以前印象中的一样，倒是十几年如一日。

照照又向下去探究，忽然感觉到一种熟悉的手感。

是一本软缎面子的笔记本，绣着一朵深紫色的菊花。

眼熟，但并不是同一本。

照照翻开笔记本，是父亲的笔记，是的，小时候曾经见过父亲有这样一本笔记本，一直锁在抽屉里。

照照忍不住翻开一页。是没有记日期的日记吧，随意写着生活的感受。

"今天，心情很不好，眼前所见的，正是我所期待的，但却是我没有资格拥有的，人生对我何其残酷。"

是针对什么写出的这样绝望的句子呢？

虽然是最亲的两父女，但互相真的了解吗？

印象中的父亲总是关心着自己的学习和生活，但两人却从来没有倾心相谈。父亲的工作，父亲的喜怒哀乐更是很少在家里流露。

为人子女的又有几个真正了解自己的父母呢？

照照又翻开另一页。

"我决定了，我要回去解决羁绊我的过去，哪怕接受最严厉的责罚，甚至决裂，我也要去追求我这一辈子都不想放弃的未来。"

隐隐的，照照觉得这是父亲在感情上的某些片段，是什么时候父亲拥有这么激烈的情感呢？

记忆中的父亲，沉默温和不苟言笑，对任何事情的评论都是中肯和客观的，"凡事退一步"是爸爸的口头禅。

照照经常开玩笑说："爸爸，你只需要剃度一下，就可以成为得道高僧了，六根清净看破红尘。"

每每这个时候，父亲总会淡淡一笑说："也许是的。"

可是，曾经的爸爸也有雷霆一样的决断和火烧一样的绝望呢。

日记的最后一页写到："人的心会先于人的肉体而死去吧，现在我，已经死了。从此，我不是胡再晨，只是两个女儿的父亲而已。我把她最爱的烙印在她们身上，时时提醒我自己，但我想，不需要提醒，我也绝不会忘记。"

照照低着头投入地阅读着父亲的日记，全然没有发觉父亲已经站在了门口。胡再晨看着正在阅读自己日记的女儿，轻轻地咳嗽了一声。

照照醒觉，不知所措地放下日记，看着父亲。

再晨笑了笑。

"写这东西的时候我才二十几岁，就是你这样的年纪。还是你们好啊，我像你这年纪时，觉得自己已经是上有老下有小的中年人，而你，还是风华正茂，人人都觉得你有不谙世事的资格。"

"爸爸，我——"照照嗫嚅着。

"没关系，你愿了解我的心思，我觉得很欣慰。那已经是过去很久的事情了，最近我也在读自己的日记，一晃三十年，恍若隔世，读着自己以前的心思，我才发现我这一辈子，一大半是浑浑噩噩浪费掉的。"

"这是爸爸以前的恋爱日记吗？爸爸除了妈妈以外还爱过别人？"照照问。胡再晨犹豫了一下，但还是转换了话题。

"今天我不是来讨论我的过去，那已经过去了，没什么可讨论的价值。我们还是来讨论你的事情吧。你很久没有恋爱了，或者说你一直没有很像样地恋爱过，起码在我和你妈妈看来是这样，因为你从来没有带过男朋友回家。

81

这个易辰对你是什么样的角色呢？还有现在和你天天在一起的那个齐思维，我记得他是你初中要好的同学，这两个人哪一个才是你在认真对待的？"

再晨的气场一下子就把照照压迫住了，让照照浑身不自在。

"爸爸，我跟他们都还没有到谈婚论嫁的地步。"

"那到什么地步了？"

"爸，你这让我怎么回答呢。人与人的感情是自己也控制不住的，我爱一个人，未见得能和他过一辈子。或者说，也许我还没有准备好和别人一起生活，找不到那个合适的人就一个人过一辈子。"

再晨的面色黯淡下来，好像被触动了什么。他叹了一口气。

"你的这种想法，的确无可厚非。但现在你周旋在两个男人中间，我希望你能理解别人的想法，尤其是我们的亲友，他们大多数没有你这么时尚。所以我作为你的父亲，必须跟你谈一谈。还有你现在的工作状态，几乎就是无业游民，我希望你能给我一个比较明晰的想法。"

照照觉得此时的父亲跟上次生病的时候又有了一些变化，好像对自己变得严厉和挑剔了。那时候他还说，你可以按照自己想要的去生活。

照照觉得委屈和愤懑。

父亲言语中那种隐隐约约的指责，充满了不理解，而在照照的心里，这个世界上最能够理解她的人应该就是父亲了。

可是她忽略了父亲和她之间年代和文化背景的差异，作为父亲，他觉得自己已经说得够婉转了，作为女儿，却觉得误会多多。

"爸爸，上次你说让我别再指望家里，我觉得很对。我不会再用家里一分钱，在家里吃住的话，我会交钱给妈妈，我以后的生活也会自食其力，你们供我去留学的钱，我也会慢慢还给你们。至于跟什么人在一起，我现在很难回答你，因为命运会怎么安排，我也不知道。"

胡再晨十分愤怒："你这么说，好像我是在跟你计较钱一样。照照，我可以说这个世界上不会有一个男人比我更爱你。齐思维，没上过大学，就这么守着他父亲留给他的一个小店混日子，他能给你什么？那个易辰，更是来路不明，他是干什么工作的，父母是哪里的？如果你们彼此有好感，是不是应该把双方的家庭背景都向对方坦诚才行？你自己也是一样。大学选择专业，毕业选择留学，回国选择工作，我都没有限制你。我现在只是希望你能告诉我，你的未来你是怎么计划的，作为你的父亲，我没有资格问你吗？"

看着父亲盛怒的样子，照照很想解释，她并不想激怒父亲，只是希望解释清楚，但似乎她的解释却成了导火索。

父亲的问题她真的无法给出明确的答案，但起码，现在的她在努力做到自食其力，她觉得自己并没有错。

父女俩几乎像对峙一样地站在办公室的中央，李二康在此时及时出现了。

"胡局，赵局请你再去一下。照照，你要的通讯录我找到了，你跟我去拿吧。"

胡再晨叹了一口气，拂袖而去。

李二康把一本薄薄的册子塞进照照手里，淡淡地说："你那位朋友的父亲李德言是你爸爸的同窗，你爸爸还不知道，如果他知道了，看法一定会不一样。但他说的没错，一个男人要追求一个女人，把自己的来路清楚地告诉她，才正常。"

"是你把我的事情告诉我爸的？"照照不满地看着李二康。

"他的身份是我的岳父，又是我的领导，我自然知无不言。"

"你不喜欢我，也不喜欢易辰，所以你进谗言？"

"你是我的妻妹，我对你有责任。"李二康冲照照点了点头，不置可否地扬长而去。

这天晚上，易辰打电话给照照，约她晚饭。

易辰把饭桌摆在齐思维家的天井里，照照到的时候，他正从丁大哥家往外端菜。

照照打算帮忙，他挥挥手说："不用，你坐着等，很快就好。"

遇见你

83

桌子上居然有四样凉菜四样热菜，还有精致的布丁和蛋糕。虽然餐具七拼八凑，明显看得出是齐思维家的不够了再到丁大哥家去借的，但是每道菜却看得出水准。

豆腐羹里的豆腐切得像头发丝一样细，一条松鼠桂鱼热气腾腾，身上的菊花刀纹丝不乱。一道辣子鸡红艳夺目，最惊人的是苦瓜酿肉，做出了孔雀的造型。

玻璃杯里是焦糖布丁和小蛋糕，没有烤箱，也不知他是怎么做出来的。

照照惊讶地坐在桌边，这一桌菜清淡悦目，还跨了好几个菜系，都是每个菜系最大众最有名又最有代表性的菜。

难道，易辰以前是个厨师？

难怪雷师傅说他有一双好手艺人的手。

就在照照惊愕之际，易辰扶着一个清秀的中年女人走了过来。

"照照，我给你介绍，这是我妈妈，她刚从医院出来，就一定要来见你。"

易安保养得很好，清秀温婉的样子让照照顿生好感。照照连忙走上去扶住她："阿姨，您才刚出院，怎么能这么奔波呢？"

易安是那种让人见到就忍不住想关心她照顾她的女人，精致，秀气，嘴角淡淡的一抹微笑，显得十分文静和优雅。

"现在方便，飞机四十分钟就到了。想当年我第一次来屯溪的时候，汽车在山路上颠簸一个晚上，清晨向外一看，正是三阳坑的那一段盘山公路，吓得我以为自己就此要滚下悬崖小命不保。下车的时候，满面风尘，衣服裤子却被冷汗浸湿了，何等凄苦。如今坐在飞机上向下看，山清水秀诗情画意，真正不可同日而语。"

照照也曾从飞机上向下看过自己的家乡，真的如画一般精致。爸爸生病那次她坐飞机回来，第一次发现自己出生的地方是如此美丽，胜过她去过的任何地方。

所以，她才会毫不犹豫地选择回家。

易安让两人坐下，自己坐在易辰和照照中间，齐思维从里屋出来，拿出一支瓷瓶子的汾酒。

"今天易妈妈来，易辰又烧这么惊人的菜，我无以为敬，只有把当年我老爸藏在床底下的一瓶老汾酒拿出来大家尝尝。"

易辰乐了："这可是好东西。"

齐思维一边挨着照照坐下，一边打开酒瓶子。

丁大哥正好在这个时候走了进来。叫道："好啊，你们平时到我那里蹭吃蹭喝，今天吃香的喝辣的，就把我关在外面？"

说完他一屁股坐下来，拿起齐思维喝水的杯子，自说自话倒了小半杯。

齐思维抢过瓶子给大家倒酒，每人也就倒了一小杯，瓶子里已经空了。

"这酒摆的时间长了，就会跑掉，尤其是瓷瓶子装的，有毛孔，一瓶还剩半瓶很正常。所以好东西要及时享受。"丁大哥一边喝酒一边发表宏论。

"不过，这酒的味道和我当年喝的已经完全不同，也不知道是因为时势变了我的感觉不同了，还是经过几十年的沉淀它不同了。"在座的只有易安喝过上世纪七十年代的汾酒。

"如今的酒醇和温润，喝下去让人觉得舒畅，当年的似乎微微有些火辣，喝下去心里像火烧一样。"

这种味道上的体验，再亲密的人也无法分享，只有你和你的舌头知道曾经的记忆是怎样的，就算是两个人当年曾经共享过同一瓶汾酒，但因为人与人的味觉是有差异的，所以还是无法共享同样的经验。

感情也是如此。

易安吃了一口照照给她盛的豆腐羹，笑着说："这样的场景让我想起我结婚的时候，也是四个人一张八仙桌支在天井里，菜还不如今天丰盛。"

"妈妈和爸爸是在屯溪结的婚？"易辰淡淡地问。

"是啊，没有父母到场，只有两个朋友作为见证，我们领了结婚证，自己动手烧了几个菜，大家分喝了一瓶汾酒，已经觉得是很奢侈了。"易安淡淡地说。

遇见你

回忆起结婚的场景，她似乎并没有多少幸福的样子。

"你的父亲是个好人，可惜，他没来得及见到你。"

"妈妈，谢谢你决定把我生下来，你明知道要一个人抚养我还决定把我生下来，这是我这辈子最幸运的事情。"易辰握住易安的手，动情地说。

照照注意到易安握住易辰的手，很快就放开了，然后她把自己的左右手紧紧握在一起，叹息着说："哪有母亲不怜惜自己孩子的呢？"

易安忽然很郑重地转过来对着照照说："照照，我今天之所以急着赶来见你，是因为我知道你的父母一定也十分爱你，当你的身边出现了像易辰这样的男孩子，你的父母一定会着急、紧张，你一定会很有压力。"

照照诧异地看着易安，她的话似乎和爸爸以及李二康的话不谋而合。

"我自己也做过别人家的女儿，我知道父母对子女的那种要求，所以之后我会再去见见你的父母。不过在见他们以前，我想先知道你的想法。我们易辰爱上了你，我看着他长大，我知道他是个好孩子，可他有他离经叛道的一面。科技大少年班毕业出来，他不工作，去学烹饪，花了五年的时间；然后又去学做裁缝，花了三年的时间。最近他说在学做木匠，这你已经知道了。我不知道他打算花多久来学这门新的手艺，学出来之后又打算如何谋生？他18岁从少年班毕业后我就不再干涉他的生活，但我知道，这样的人在父母们的眼里，不会是好丈夫。也许我现在说这话还太早，但我希望能清楚坦诚地把他的情况告诉你。"

易安的话让照照无法接茬。她设定了问题又自己回答了，而且听起来是那么设身处地地为照照着想，可是照照觉得紧张。

易安，有点拒人于千里之外的意思吧。

易安看了看照照，又说："我很羡慕你们这样的生活状态，几个朋友在一起，情趣相投，做一些自己喜欢的事情。但是，你们男未婚女未嫁，这中间的关系不可能一直这样单纯下去。你对小齐是很了解的，现在我把易辰的情况也如实告诉了你，今后你们走到哪一步，就看你自己了。"

这后面的一段话，似乎就有点批评和谴责的意思了，照照觉得在易安的心里，自己变成了一个脚踩两条船的物质拜金女。

可在易辰这个做儿子的听来，好像又很诚恳。

易辰一直沉默地听着母亲对自己的描述。在易安说完之后，他忽然站起身来，诚恳地对易安说："妈妈，到今天我才意识到，我是一个多么让大人烦恼的孩子，也只有你这样的母亲才会容忍我一直由着性子生活。"

易安微微笑着说："易辰，我今天来也是想找你谈一谈的，你对自己今后有什么打算呢？我知道你十年前低价买进了几套房子，靠着房租足够支付你自己的生活，但如果你还有组织家庭的打算，你是不是还应该更积极一点呢？"

照照有点窘迫。

和易辰的相处是愉快的，但她，还没有开始计划更远的未来。而易安的话却把她逼到了角落，似乎现在她就要在齐思维和易辰之间进行选择一样。更让她尴尬的是，这件事情把齐思维给扯了进来。

照照不忍说出让易安尴尬的话来，毕竟她是个刚刚做完癌症手术的人，可是，易安所做的事情的确让她为难。

她和易辰至今不过是牵牵手散散步的状态，而齐思维跟她并没有太多感情的纠葛。一件在照照看来只要交给时间慢慢流淌自然就会看出结果的事情，在两家大人的干涉下，有了十分戏剧性的桥段。

齐思维给她解了围，他微微笑了笑，放下酒杯说："有妈妈真好啊，有人会关心你的一切。"

"我知道你们年轻人不喜欢别人干涉你们的自由，但像我们这个年代的人，经历得多一些，就会更谨慎一点。在你的一生中，遇到一个投契的人并不是很容易的，如何安排好一切，让有情人终成眷属，是需要一些智慧的。"易安的话在照照听来，完全是有感而发。

易安又说："我知道易辰你拿走了我的日记本，也许照照也已经读过了。很多年前的事情，我不忌讳跟你们坦诚。当年，我爱上一个很优秀的男人，因为对他家世的不了解，我一头栽了进去，无法自拔。后来才知道，原来他认识我的时候已经结了婚。在我们那个年代，没什么离婚的说法，我们根本就没有可能。可是，我却幻想了很久，因此也伤害了别人。我的一辈子，因此变得了无生趣，所以我才会明知道说出来的话会被你们讨厌，也要来跟你们谈，我不希望你们中的任何一个人变成我。"

易安说完，轻轻地放下筷子，走了出去。气氛变得很僵硬，还好丁大哥咳了一声，举起酒杯说："来来来，别辜负了这一杯美酒和易辰做的这一桌子好菜。你们要不吃我叫我老婆孩子过来吃了哦，她们可是饿死鬼投胎，吃得你们片甲不留。"

易辰说："对了，忘了叫他们过来了，我去叫。"

菊香和小菊很快过来，易辰却没有再走过来，菊香说易安和易辰都在易辰的房里，门关着。

照照觉得，易安一出现，她和易辰之间便隔开了一条天堑。易安，看起来温文尔雅，但她，紧紧关上心扉，也许，把易辰也关在了里面。

大方的电话给照照解了围，李二康正好要从屯溪回歙县，大方立刻想到女儿可以搭顺风车，叫照照走出来到老大桥的桥头去等。

照照借此机会从压抑的气氛中走了出来。

CHAPTER [9]

旧　情

　　第二天，照照没有到齐思维的店里去，她一下子找不到那种精神抖擞去工作的劲头了。

　　爸爸的话一直在她耳边盘旋。

　　"齐思维，没上过大学，就这么守着他父亲留给他的一个小店混日子，他能给你什么？那个易辰，更是来路不明。你自己也是一样。"

　　易安的话也让她很受刺激。

　　"你们男未婚女未嫁，这中间的关系不可能一直这样单纯下去。"

　　相比之下，大方却很看得开。她托着一碗粥走进照照的房间。

　　"今天怎么不去上班？不舒服就休息一天。易辰一早就在雷师傅那里，你要不要去叫他来吃中饭？"

　　"妈妈，你不讨厌易辰吗？"

　　"为什么要讨厌他？雷师傅说易辰的人品很好，也很肯干，我喜欢还来不及呢。"

　　"那齐思维呢？"

　　"那孩子也很不容易啊，妈妈早就死了，父亲又不在了，可他把父亲的手艺传了下来，清清白白守着祖传的店。关键是，女儿，你喜欢谁？你喜欢谁，妈妈就喜欢。"

　　照照看了看大方的笑脸。

遇见你

常年的户外劳作和家务的操劳,让她显得十分苍老,看起来比易安要大十几二十岁的样子,可是相比温和内敛的易安,大方的朴实让照照觉得安心。

"爸爸好像不喜欢我和他们来往。"照照轻轻地说。

"你也别误会你爸爸,我听说了,你被你爸爸训了一顿。他只是希望你能明白自己做的选择,说到底你是已经快30岁的人了,我们就是希望你早一点定下来,过上有工作有家庭有孩子的正常生活。"

"我昨天见过易辰的妈妈了。"照照嘀咕了一句。

"是吗?她来了?那我要去见见她。虽说应该是她上门来,但我们是主她是客,再说她又是个病人,应该我们去看望她。她住哪里?我们今天就去!"大方发自内心地高兴起来。

"人家不见得愿意见我们,我觉得他妈妈不喜欢我。"照照低落地说。

"你们才见一面,怎么可能互相了解?女儿,如果你真心喜欢易辰,他的妈妈就是你的妈妈,先不要管她喜不喜欢你,你真心地对待她不就好了?"

"妈,有些事情,我不想太争取,随它去吧。"照照嘟哝了一声,翻身睡倒在床上。

看着照照的样子,大方想起自己第一次见到婆婆的时候。

李寡妇是个能干的女人,一个人把遗腹子带大,还把家里的茶园打理得像模像样,看见大方的第一句话她就说:"以后你就是我的女儿了,再晨的命是你救的,现在先让他叫你姐,到他18岁我就帮你们办大事。"

她的衣服在肘部打了补丁,但浆洗得十分干净整齐,衣襟上还别着两朵白兰花。乌黑的短发整齐地拢在脑后,到死她都是这个发型。

大方还记得她的那双解放脚,嫁到胡家的时候她是裹好了脚的,因为胡家是有家规的书香门第,几百年来出过状元一个,举人十几个,可不能娶一个天足的媳妇。

很快丈夫去世,家道衰落,她便放开了裹脚布,自食其力,所以她的脚很小,只有34码。

婆婆很严厉。

采茶的季节，天没亮大方就被叫起来，上山采茶。一天要采几万朵叶子，回到家腰就好像要断了一样，但婆婆还要督促她把青叶摊开晾干，然后再去炒茶。炒茶锅很烫，大方的手很快就黑了。

但婆婆给她看自己的手，左手细嫩，右手黝黑。婆婆得意地说："这个家里最值钱的就是我这只手，茶好不好只有它知道，靠着这只手我把再晨养大，别的都是假的。别看再晨现在去上大学，好像有了功名一样，但有了我这般炒茶的手艺，你才是这个家里的顶梁柱。"

有些话，婆婆说得很有道理，大方这个年纪的人，后来真的经历很多事情，家里的茶园没有了，但大方的手艺还是受人尊敬。

又数年，大量的年轻人出去打工，茶山荒废了，公社来找大方，把茶园重新交给大方承包。守着这一片茶山，大方觉得实在，初夏正午，站在茶园里，看着被日头晒得发亮的青翠鲜叶，大方会觉得自己十分富有。

就连照照，也是在茶园里出生的。

那个春天，真的是多难。

开春，莫名其妙来一场冰雹，刚出的茶芽都被冻僵了，快五月，才开始采茶。偏这一季的茶还就特别好，大方怀着照照，和大家一起劳作，整整一个月都吃住在山边的厂房里，刚采下来的青叶就地摊晾加工，是大方摸索出来的方法，也不知为什么，这样做出来的茶，人虽然辛苦一点，但滋味却十分甘甜。

六月的一天，大雨，大方偏偏要临产了。同事们把大方抬到路边想找车子把她送去医院，但山洪冲断了公路，完全没有办法通行。

是山边小学里的一位年轻女教师救了大方和孩子。

那是一个清秀的女孩子，看上去很年轻，自己没生过孩子，临时从图书室拿来一本赤脚医生的医疗常识手册，根据书上的指导，帮助大方生下了孩子。

孩子的脐带是她咬断的，满身血污的新生儿，是她用自己的脸盆装了温开水轻轻洗干净的，包裹孩子的是她的枕巾，淡淡的蓝色毛巾，大方到现在

遇见你

还留着。

然后她还骑自行车去公社办公室打电话，通知了再晨。

后来人方多次去找过她，了解到她是上海来的知青，跟屯溪的一个教师结了婚，调走了。

大方一直记得这个恩人的名字，一听就是有文化的人家出来的女儿，叫做易安。

大方也请人到屯溪去打听，就这么个弹丸之地，没有几所学校，却再也没有找到一个叫做易安的女教师。

兜兜转转，大方终于要见到她的恩人，而易安将再次面对这个将她心爱的男人据为己有的女人。

并且，他们都有了新的身份。

他们的儿女如今正在一起憧憬着未来美好的生活。

冥冥中，是照照和易辰在拉扯着他们在几十年后重逢在当年的伤心地吗？

又或者，老天爷觉得，有些事情终将面对，一五一十来个交代。

大方还记得易安把照照抱在怀里，微笑着说："这真是个漂亮的孩子，好努力啊，辛苦地从妈妈肚子里爬了出来。大姐，你的女儿很心疼你，你生得很快，也很顺利，要是当中有什么问题，我这个假冒的接生婆可应付不了。"

大方一听，失望地说："又是个女儿？我怎么跟家里交代？"

易安正色道："你我都是女人，为什么这么说？女儿不好吗？你的丈夫就这么想要儿子吗？"

"倒也不是，只是他们胡家太需要一个传宗接代的儿子。"大方生完孩子，几乎虚脱，却还记得父亲临终前的话："大方，你一定要替再晨生一个儿子，他们家三代单传，不能在你手上断了香火。不然我死不瞑目啊！"

易安叹了口气，将冰凉的手放在大方的额头，安慰她说："你睡一觉吧，睡醒了，就能看见你的男人了。"

这之后，易安就消失了，再晨很快赶来，他紧紧地搂着照照，脸上有哭过的痕迹。大方一醒过来，他就说："姐，你真傻，我不需要什么传宗接代，以后，你不需要再为我生孩子了，我们一起好好把两个孩子带大！"

在丁大哥的客栈，易安也回忆起了这一幕，当时她就站在门外，听见再晨说完这句话，就默默地离开了。

当晚她答应了李德言的求婚，并草草办理了婚事，搬去了屯溪。

"知道吗？我之所以会在那个乡村小学当老师，是因为他老婆的茶园就在山上，他每次带女儿去见妈妈的时候可以经过我们学校门口，我们隔着门互相注视对方，然后离开。在那个年代，你不可能公然和一个有妇之夫单独来往。我第一次见到他的妻子，就是在这样的状况，那是一个朴实勇敢的女人，而我，不忍心既伤害她又让那么小的孩子失去父亲。"

"妈妈，那后来呢？爸爸是怎么死的？"

"你爸爸死于意外，他骑自行车回家，一道沟绊倒了他，他口袋里的圆珠笔插进眼眶，被人发现的时候已经死了。"易安淡淡地回忆过去，但又忍不住闭上了眼睛。

李德言的死是十分突然的。一个极其普通的夜晚，他去学生家里家访，走之前他还跟易安说："不用等我，我回来就自己洗洗睡了。"

易安先睡了，醒来才发现李德言一夜未归。从此，他再也没回来。

易辰轻轻搂住妈妈，易安睁开了眼睛，她拍了拍易辰的手，从他的拥抱中不露痕迹地挣脱出来。

"没关系，都过去了。现在我们很好。分开近三十年，这一次在上海，他找到了我，陪我动手术，照顾我出院，如今的我，就算死了，也已经很满足了。"

"妈妈，你真傻，如果你们现在还珍惜彼此，为什么不争取再生活在一起呢？孩子都大了，不再是一个借口，我会发自内心地祝福你们。"

易安竟有点羞涩。

"分开这么多年，我们不可能抛下所有的东西迅速地在一起，我们都有一些需要处理的事情，比如，你的婚事，他也有女儿的生活要安排，而那个和他生活了一辈子的女人，并没有什么过错，他也不忍心就这么破坏她的生活。"

易辰诧异地说："妈，难道说都这种年纪了，你们竟打算发展地下情？他和她生活了一辈子，但你何尝不是等了他一辈子！爸爸去世之后，你是如何孤单艰难地生活着的，我难道不清楚吗？"

易安摇了摇头，叹息着说："不，我们不是你们想象的那种状态，只要能经常见面，一起吃饭聊天，甚至一起看看电视，我已经觉得满足了。他在栗里街那边帮我租了一套小房子，有空你可以来做客。我今天就会搬过去。"

易辰很不安："不，妈妈，这不是我设想的。"

"傻孩子，有情人终成眷属，那只是小说。在我们这一代人里面，能和自己心仪的人在晚年重逢，已经是足够幸福的了。如果你希望我不要干涉你的感情生活，那么，你也不要干涉我的。"

如果，易安知道，如今的胡再晨还有一个新的身份，就是她的准亲家，不知道她是否还能如此恬然地憧憬她的新生活。

幸好，在目前这一天里，她还不知道这一切，所有的人也都没有洞察这一点，所以她还有悠闲的心意，收拾着再晨为她租下的小屋，在案头铺开羊毛毡和宣纸，并把那方眉纹砚放在案头。

这是上辈人传下来的砚，在再晨得知易安将要嫁给李德言的时候，他把砚台送给易安，并在上面刻上了那一阕两人第一次在阶梯教室共读的词。

红藕香残玉簟秋，轻解罗裳上兰舟。云中谁寄锦书来，雁子回时，月满西楼。花自飘零水自流，一种相思两处闲愁。

此情无计可消除，才下眉头却上心头。

"我的心里不是没有你，而是从我15岁的时候我就错过了你，认识你的时候我希望能和妻子离婚和你在一起，但她已经怀孕。你追着我来到屯溪的时候，我又一次想抛弃一切来到你的身边，但她全心照顾我的母亲和女儿，即使我对她不闻不问，她也毫不计较，我不知道怎么跟她开口。然后，她又冒着生命的危险为我生下第二个孩子，我不爱她，但她是我的亲人，也是我的救命恩人。我不能以德报怨，那样的我，你也不会喜欢。"

照照出生的那天，当再晨赶来的时候，他最先看见的是易安，两个人很久没有交谈了，借着这个机会，再晨跟易安说出了这一大段的心里话。

易安什么也没有说，只是轻轻地点了点头。

男人和女人，相遇的时机的确十分重要，而在那个年代，已婚的身份更是一道无法逾越的鸿沟，何况，还有两个孩子的存在。

易安跟易辰说："即使今日，离婚已经不算什么，但他，绝不是一个可以轻易抛下责任的人。"

这就是易安之所以会不可自拔地爱上胡再晨的缘故吧。

易安还留着胡再晨写给她的唯一一封信。在那个年代，没有工作关系和亲属关系的男女通信是很危险的，所谓的生活作风问题困扰着人与人之间的交往。但胡再晨冒天下之大不韪一定要写封信给易安，是为了告诉她，自己的妻子为什么会再次怀孕。

当时，易安苦苦等待着再晨，她已经知道了再晨是有家室的人，还有一个女儿。

那个清晨，易安从客车上下来，没有立刻去单位报道，而是直接来到了胡再晨家，地址是李德言给她的。

她想给再晨一个惊喜。

她想像夜奔的红拂那样突然出现在李靖的面前，说："我来了！"

但她看见的却是她的李靖身边已经有了一位红拂。

胡家的门开了，一个扎着麻花辫子的少妇走了出来，拎出一只煤炉，手脚麻利地生好炉子进去了。

遇见你

过了一会女人挎着菜篮手上牵着一个女孩走了出来。

女孩冲门里叫："爸爸，爸爸！"

胡再晨伸头出来说："清清，乖，爸爸要上班，你跟妈妈去买菜哦！"

自始至终，易安看见的只是背影。

门关上了。

她的爱情也轰然崩裂。

轱辘辘的车轮声，一辆运粪的板车从她身边经过，滴下几滴黄色的粪水，整条街变得奇臭无比。

也许是因为生在上海的易安第一次闻到这样的味道，她的胃痉挛抽搐，惹得她惊天动地地呕吐起来，一夜并没有进食，她吐出的是水和胆汁。

吐完，她瘫坐在长街上，心里的绝望已经不是后悔或恨能够描绘的了。

毕业的时候，她可以选择回上海或是留在杭州，但她执意到边远地区去，又跟老师软磨硬泡要来徽州。现在，她来了，但爱情不在。她被自己抛到了一个偏僻的山区小城，在痛苦中永世不得超生。

行李已经被李德言带回去了，他倒是个忠诚的骑士。可是，如今的易安，在黑暗的河流中已经没顶，什么样的救赎都不足以让她超脱了。

她从未拥有过的，再也不可能拥有了。

学校给他们这些新来的教师安排了单身宿舍。新粉刷过的白墙，简单的木制家具，是特地请当地的木匠新制的，一床一桌一椅一柜，整齐划一如同军营。

整顿好之后，学校通知新老师们可以用几天的时间回自己的家休整一下，易安选择了留下，李德言也就留下了。

易安不愿意回去，对外的原因是老父在母亲去世后娶了年轻的妻子，他们的孩子很小，继母虽然并没有不欢迎易安回去的意思，但听说易安毕业分配不回上海，明显松了一口气。家里的房子只有一间半，还请了一个保姆帮忙带孩子，这么大的女儿回来住哪里？

李德言倒是家里的独子，父母盼着回去呢，但想到易安人生地不熟的，一个人住着，李德言也就离不开了。

山城的夏天，蚊子甚多，易安不堪其扰，天天带着黑眼圈起床，李德言决定带她去百货店买蚊香和蚊帐。

其实，易安知道自己夜不能寐的真正原因，但这个原因如何能跟别人说呢？

于是，无法推脱地跟着李德言去上街。

小李还真是有本事，不知从哪里弄来一辆半新的永久自行车，二十八的，高头大马一样。他让易安先坐在书包架上，然后自己用脚一点就骑了起来。易安还是第一次坐在别人的自行车后面，颇有点胆战心惊。

李德言下车的时候，易安的脸吓得红扑扑的，刘海也被风刮得乱七八糟。

李德言忍不住伸手飞快地拂了一下她的头发。

真的只是一瞬，但却落在别人的眼里。

百货店门口，胡再晨拿着一盒痱子粉出来，看见易安和李德言亲密地从自行车上下来，整个被钉在了当场。

"老胡，我正打算帮易安买好东西就去你家拜访呢。我说过我会给你一个巨大的惊喜，怎么样，没想到吧，我们是秤不离砣砣不离秤的好兄弟，所以我追随你来了！"

胡再晨黯哑着声音问："那你和易安？"

"不不不，你别误会，我们只是同事，当然，如果她愿意和我发展超越同志般的友谊，我一百个愿意。"

易安看着胡再晨，眼泪几乎夺眶而出，但当着李德言的面，她只能压抑自己的痛苦。她捂着肚子忽然蹲下来说："不好，我肚子疼，刚刚我看见那边有个中医院，我先去方便一下，你们俩聊，东西明天再买吧。"

易安飞奔着逃走，满脸是惊惶的泪水。

和胡再晨面对面地站着，她发现自己完全没有恨他的意思。而且，当胡

遇见你

再晨误会她和李德言的时候，她本能地希望撇清。

她还是那么深深地爱着他。

很晚，易安才回到宿舍，门开着，胡再晨竟在她的宿舍里等她。

房间里点着蚊香，床上的蚊帐也撑好了。

"是我和李德言一起弄的。但是易安，这并不是我欢迎你来的表示，你为什么在这里？你太胡闹了！"胡再晨压低着声音说。

"我，我不是为你来的。"易安负气地保持着自己的尊严。

胡再晨叹了口气说："那就好。我试过回家来离婚，也试过对妻儿不闻不问，如同遗弃，但她却不离不弃。而且，她是我的救命恩人，在认识你之前的很多年我们就订了亲。我是个没有资格接近你的人，小李是个很不错的男人，祝你们幸福。"

胡再晨冲易安点了点头，决定离开。

易安一把拉住他，愤怒地说："你不用安排我的未来，我也不会成为你的负担，你用不着这么特地跑来警告我！我会自己对自己负责。"

胡再晨转过身来，易安在他的脸上，看到的是无比痛苦的表情，易安震惊了。

"你知道吗？我不是安排你，我是心疼你。毕业了，我想，好吧，我们就这么结束了，从此各奔东西，我们没有谈过恋爱，所以你很快就会和别的人恋爱结婚，过上幸福的生活。而我，可以一个人去承受痛苦的滋味。爱上一个得不到的人，痛苦是最好的责罚。但是你忽然出现在我面前，那么，就意味着你和我一起跌进了痛苦的深渊，易安，我受不了的是，你，会在痛苦中生活！这天底下我最希望的就是，你，能快乐幸福！"

胡再晨压低着声音表达着自己，并在每一个"你"上面加重语气来表达他的真诚，这让易安从痛苦中挣脱出来，满心充满了喜悦。

"你爱我？你在乎我？如同我一样？真的吗？我太高兴了。"易安上前去紧紧地握住了胡再晨的手，用悦耳的声音说："现在，我知道了，你放心，我不会痛苦,只要知道你的心和我是一样的,我就满足了!"

好吧,大悲之后的大喜,支撑着易安又活了过来。

如今,她和胡再晨已经两鬓斑白,而此刻,胡再晨按响了她的门铃,他们终于在分别近三十年之后又回到彼此的面前。

但,易安,这个世界上的很多事情,是牵一发而动全身的,你真的以为只要你把爱放在心里,坦荡地和他面对,一切就能安然无恙吗?

遇见你

故 人

易辰的妈妈来了屯溪，这个消息对于大方来说不啻是一团火，烧得她兴奋不已。

易辰和照照不咸不淡地交往着，这让妈妈很着急。

她想，易辰的妈妈刚刚动完手术就特地赶来，一定也是对儿子的婚事比较着急吧。现在的孩子不知为什么，好像对结婚的事情都不上心，所以，两家的妈妈应该行动起来，促成此事。

大方喜欢看新闻，想到促成的时候，又想到另一个词——玉成，是的，玉成此事。

一早上，大方都被自己的这个念头折磨得欢天喜地，等照照和再晨都出门了，她拿上自己炖好的鸽子汤也出了门。

昨天她就跟易辰打听过了，今天他妈妈会在丁家客栈，因为易妈妈以前也是老师，所以菊香求她给小菊查查功课。

大方进门的时候，菊香十分诧异，但七窍玲珑的她立刻明白了大方的来意。她含着笑指指楼上说："在易辰的房间里，正在给小菊补课呢。"

大方笑着说："我给她送点汤水来，她身体不好，一个人住在外面，营养自然是比不上在家里的。"

菊香点头："那是，你倒提醒我了，以后她来我也给她熬点好汤。易老师人很好，给我们家小菊补课，一分钱都不要。她可是大学生，英语说得跟外国人似的。我们家小菊跟别人上课都坐不住，只有跟她在一起，听话得很。"

大方意外地说："怎么，易辰的妈妈也姓易啊？"

"是啊，他爸爸死得早，易辰随他妈姓的。"

对于姓易的女人，大方有一种天生的好感。她忙不迭地走上去。

隔着门，大方听见易妈妈正在跟小菊讲着课。

"这首《声声慢》不仅写得好，而且它里面蕴含的思想境界也是很有意思的，读这阕词你要了解李清照这个人的生活背景。"

"我知道，她18岁嫁给赵明诚，两个人情投意合，后来赵明诚死了，她也没钱了，就很可怜，所以写了这个。"

"小菊，你知道得还真不少呢。"

"我是看电视剧看来的。"

"呵呵，不过现实跟你看到的可能有点不一样。李清照的老公在大兵压境的时候，居然自己弃城逃跑，这让李清照很不满，特地写了信去讥讽他，没多久，赵明诚就去世了，到死，他们夫妻俩也没见上一面。"

"那她的老公也不怎么样啊。"

"嗯，后来李清照还被一个姓赵的给骗了，她以为他是好人嫁给了他，没想到对方是利用她。李清照又在结婚一百天之后和他离婚，哪怕陪着坐牢也向官府告发了丈夫的罪行。算得上是敢爱敢恨，所以她是我最喜欢的词人。"

"唉，她还真是命苦，遇到两个男人都不怎么样，换作我，只想要一个一心一意对我好的人，跟他过一辈子，这才是最成功的女人。"小菊没心没肺地说。

"小菊，你是哪里来的这个想法？你竟比很多大人都明白呢。"易安笑着说。

"呵呵，对吧，易老师，你书读得多就是不一样。每次我这样说，我妈就会把我狠狠骂一顿，说我没出息，她就想把我送出国去，像照照姐姐一样去留学。"

"留学不好吗？"

"那看什么人了，像我们班上的学习委员，长得那么丑，估计没有男人喜欢她，她就应该要出国去，自己努力上学挣钱养活自己，不用靠男人。我呢，我已经有喜欢的人了，所以我哪里也不去，我要看着他，免得他被别人抢走。"小菊说得很认真。

"是吗，你喜欢谁啊？"

"齐大哥咯。"

易安笑了："那你喜欢他什么呢？"

"就是喜欢，要什么理由啊，你们这些大人，太复杂，你们懂不懂啊，歌里都这么唱——爱你，不需要理由。"

大方听到这里忍不住笑着推门进去了。

"小菊，你要是我女儿就好了，这么懂事，我就不用操那么多心了。"

小菊和易安都诧异地看着这个不速之客。

大方赶忙自我介绍："我是照照的妈妈，易老师，不好意思，也没打招呼就来了。我怕你在外面吃不惯，特地给你炖了点鸽子汤来，这是我邻居家养的老鸽子，对刀口是最好的。"

易安惊喜地站起身："哎哟，你是照照的妈妈呀，真不好意思，应该由我登门拜访的。但易辰说要挑个合适的时候，他会安排，所以我就只好干等着，你看看，这样我真的被动了。"

大方摆了摆手："没那么多客套，易老师，以后你就叫我大方，他们孩子的事成不成我们不着急，但我看你面善，咱们这些老人自己先交了朋友再说。"

"我叫易安，大方姐，以后你就连名带姓地叫我好了。"

大方疑惑地又看了看易安的脸，忽然问："易安？哟，你是不是二十九年前在歙县做过老师？顶谷小学？"

"是啊。"易安看着大方的脸，搜索着自己的记忆。

"哎呀，真是有缘啊，你是一定不记得我啦，可我忘不了你啊。"易安被大方的话吓得一抖。

"你是我们家的大恩人啊，你记得吗？二十九年前你在路边遇到一个女人要生孩子，你把她带到你的宿舍里，一边翻书一边帮她接生，那天生下来的是一个女孩？"

易安的脸变得煞白。

"照照就是那个孩子？"

这句话听在大方的耳朵里，只有一个意思——照照就是易安亲手接生的那个孩子。

但在易安却有另一层意思——终结了她和胡再晨多年纠缠的就是照照，因为照照的降生，她对自己的等待绝望了，才会选择嫁给李德言。而且正是因为目睹大方竭尽全力生下照照的过程，那种忘我的竭尽全力，让易安震动，她才会选择放手。

照照原来是胡再晨的小女儿，如果是这样，易辰就不应该再和照照来往了。这是易安的第一反应。

一切的沉渣会因此泛起，她和再晨安安静静的相处也会变得复杂。

她和照照的缘分还真是奇怪，每一次，照照都是她和再晨的终点。

易安的表情黯淡下来。

"大方姐，我忽然有点不舒服，我今天可能就要回上海去了。走以前我想把我的态度跟您坦白——我们家易辰到现在连个工作都没有，照照是我看着生下来的，我不能这么不负责任地让她和易辰在一起，易辰这孩子干什么都没有长性，他配不上照照。"

大方的一番热情还没施展就被易安的话给浇灭了，她还想再说什么，但易安站起身来说："那我就先走了。"

易安淡淡地说完，转身下楼去了。

大方看着易安的背影，觉得这拒绝来得太突然了。刚刚易安还是一脸愉快的表情，却在知道了她和照照的那一段奇特的缘分之后立刻冷了脸，大方仔细回忆也想不起来自己当时有什么得罪易安的地方。

晚上，照照和再晨才知道，大方白天去见过易辰的妈妈。

大方问再晨："当年帮我接生的那个易老师，跟我们家会有什么过节么？"

"为什么这么问？"再晨的表情僵住了，大方在这个时候问起易安的情况，实在是太巧合了，难道她发现了什么？

"我今天去见易辰的妈妈，才发现她就是当年帮我接生的恩人，可是她好像并不喜欢照照，直接回绝了我。"

照照的表情也僵住了。

"妈，你怎么可以背着我去见易辰的妈妈呢？我不是说了吗，我和易辰还没有什么呢，你这样让他妈还以为我想怎么样呢！"

"可我什么也没说啊，我跟她才见面，她自我介绍，听说她叫易安，我才随口问她是不是在歙县当过老师，这才对起来，知道她就是当年接生你的那个热心人。结果她第二句就说，她要回上海看病，还说易辰配不上你，我还什么都没说呢，她就走了，你们说怪哇？"大方委屈地辩解。

照照又羞又气，易安对她和易辰关系的不认可，在上次见面的时候，她是隐约感觉到的，但易安当时很客气，照照也就当自己没有看出来。

她很重视易辰，并不打算因为他妈妈的不满意而放弃。起码，只要易辰没有离开，她还打算再等待。但，大方的多事让她觉得尴尬的事情大白于天下，这让照照觉得悲催。

"妈，我真的不知道怎么说你好，这下子我丢脸丢到家了，你满意了吗？"照照只想把自己的愤懑发泄到母亲身上，似乎是因为母亲易安才会不接受她一样。

人在受到挫折的时候总想为自己找一个借口或者是宣泄点，很多时候最亲近的人成了这个借口和出口。

大方自然也会觉得委屈。她当然不知道，这当中的一切原因只是因为她对再晨和易安关系的不了解，而在大方看来，凡事总有争取的可能。

她试着再跟女儿解释，并希望能给女儿一些安慰："你也别急，我再去找他妈妈谈谈，看看她到底是哪里有误会。再说了，就算他妈不同意，我去问易辰，如果他心里是有你的，你们也不一定需要他妈妈的同意。"

"妈，你想逼死我吗？人家喜不喜欢我，他自己不会说吗？我又不是急着找人出嫁，我犯得着吗？我真后悔回来，真的，以后我的事情请你不要再管了！"照照重重地放下筷子，又羞又气地跑回自己的房间。

大方转向再晨，气愤地说："你看看你这个女儿，都是被你宠坏了，她难道看不出来我都是为她好吗？她都要30岁了，再不嫁掉就要变成老处女了。"

再晨不悦地说："姐，你能不能不要再干涉照照的事情呢？易辰和齐思维我都不喜欢，嫁给这样的人还不如不嫁！你这个人就是管得太宽，偶尔你也给人一些空间，好不好？我出去一下！"

再晨放下吃了一半的饭，急匆匆地走了。看着一桌子饭菜无人问津，大方十分不解，自己到底错在了哪里？

但大方可不是一个会坐在桌子前面发呆的人，她想了想，找出一只搪瓷盒子，把几样荤菜细细择进去，出发到雷家去。虽然照照很不满，但她还是决定去见见易辰，面对面了解易辰的想法。

大方就像一只火车头，决定的事情是绝不会停下来的，既然她认定易辰和照照可以结婚，她就决定迅速玉成此事，女儿的青春耽误不得，她甚至是一路连走带跑地出发了。

再晨也几乎是跑着出门的，一走到路口他就扬手叫了一辆出租车。

再晨虽然已办了退休，但还没有正式退下来，所以他是有司机的。司机小胡跟他算是远亲，其实就是本家，是个单身汉，就住在再晨家后面的巷子里，一般再晨出门，小胡都会跟着，尤其是他被抢救过之后。

这么晚了出门，还叫出租车，对于不喜应酬的胡再晨来说，是很异常的。

这个异常的举动偏偏就被准备回家的李二康看见了。

二康正打算叫住再晨，他自己有车，可以为岳父效劳。但他想了想，却选择悄悄地跟在了出租车的后面。

车越开越远，向屯溪方向去了，李二康更觉得诧异，紧紧尾随。

再晨并没有注意到后面有人盯梢，他急着赶去见易安。

发现了照照是自己的女儿之后，他知道易安一定惊慌失措，而且事情是中午发生的，半天时间里她却没有和再晨联系，再晨判断，她选择了离开。

离开，易辰和照照还可以顺利发展，大不了她就做一个不想见媳妇的婆婆吧；不离开，当年的往事会和现在的事情搅在一起，叫照照和易辰如何继续下去呢？

再晨自信他和易安有这份默契，所以，如果不赶快找到易安，他们这辈子可能都见不到了。

一向谨慎隐忍的再晨，感觉到当年抓小偷时那个意气风发的年轻人又回到了自己身上，他一定要见一见易安，找一个两全其美的办法。

易安并没有多少行李需要收拾，房子是再晨租下的，里面她简单地布置了一下，反正是客居，所以并没有花什么心思。让易安举棋不定的是，那块眉纹砚要不要带走。

留下？没有直接还给再晨，总觉得不安心。带走？这一走就不再打算和胡再晨有什么瓜葛了，还留着它干什么呢？

一块砚台的去留，让易安几乎肝肠寸断，她很想为自己痛哭一场，但她悲哀地发现，如今的她，却是欲哭无泪。

缘分，促成了世间多少对看似无缘的有情人，偏偏却对我这么苛刻吗？那天，当再晨出现在易安上海的家门口时，易安真的觉得震动。

她早就放弃了等待，但她的心其实一直在等待。李德言去世二十多年了，再孤独的时候，她也无法接受别的男人的温暖，守着孩子过了半辈子。

后来，易辰长大了，他是个风一样没有定性的孩子，四处漂泊追求自己的自由，易安大多数时候是一个人孤独地生活着。

生病的时候，她请护工和保姆照顾自己，从不寄望于易辰。她不想成为易辰的负累，并且，她也很喜欢一个人清净地生活着。

对于胡再晨，她想，他一定过着儿孙绕膝的生活，热闹而幸福，起码，这个家庭被呵护了下来，呈现幸福的局面。

有时她会想象，那就是她的家，她的孩子，她的幸福，聊以自慰。

可是再晨来找她，那么他其实也是不幸福的吗？

易安脑海里的幻想破灭了，但心里的快乐生长了起来。

再晨说："易安，这一次我们什么都不要考虑，哪怕家人知道我们来往，我也不在乎，我就是希望不留遗憾地走完我的人生。"

是再晨鼓励她接受了手术。

"易安，你快点好起来吧，接下来，我们为自己活着吧。如果那天早上我就那么死了，我的人生有什么是值得感动的呢？孩子养大了，有他们自己的生活，我尽到了我的责任，可是，除此之外，我一无所有。我们还能活多久呢？天知道，但每一天怎样才会开心呢？我们自己知道。"

再晨还像年轻的时候那样热忱，他的语言融化了易安，激起了她求生的欲望。手术很成功，手术室外，医生跟再晨说："五年，应该是没有问题的，也有更久的例子，祝贺你们！"

再晨接易安出院，在她小小的两室户里，两人终于第一次长时间地拥抱在了一起。

易安的家清雅整洁，紫灰色的墙纸，浅色实木的家具，一张硕大的明式书桌十分抢眼，书桌上摊着羊毛毡和宣纸，纸上写着行云流水一般的几个字——才下眉头却上心头。

一看之下，再晨以为是自己写的，恍惚中好像他和易安一直在这里生活，从未离开。

"这是我儿子写的，从小我让他练字。"

"写得很不错，他人呢？"

"他自己住。"

易安淡淡的不愿意再谈，再晨也就没有再问，现在的他，心无旁骛。

易安找出一只白瓷皮球花的盖碗，洗干净，为再晨泡上一杯龙井。

遇见你

"上学的时候一到春天我们就到山里去找茶农买茶，那时候的龙井才是真的好，现在的只能勉强喝喝，不过也还算清雅。"

易安在米灰色的布沙发上坐下来，含笑看着再晨。

再晨轻轻端起盖碗，啜一口茶，幸福得几乎落下来泪来。

下了班，和妻子喝茶聊天，谈谈一天里发生的事情，这是他想象当中最平实最幸福的生活。

可是这一辈子，他却从未享受过这样的生活。

现在，再晨回忆着那个温馨的晚上，一路飞车而去，希望挽留住自己的幸福。

至于照照和易辰，如果真心相爱，他不会干涉，而如果在事实面前他们因此产生嫌隙，那只能说明他们的确没有到可以共度一生的状态。

人生面对考验的机会太多了，爱情怎会如此不堪一击？

他要见到易安，把这个想法告诉她，甚至，他要把易安带到家人的面前，告诉他们一切。

再晨冲进易安房间的时候，易安正打算离开，她找到了处理眉纹砚的办法，就是在寄回钥匙的时候把它一起还给胡再晨。

想到这个两全其美的办法，易安叹了口气，把砚台放进行李箱，准备离开。这时门发出一声巨响，胡再晨碰上门，急切地走了进来。

"我就知道你又要走了，这一走你不打算再和我见面了吗？看来你爱易辰比爱我更多，毕竟他是你的儿子，对不对？为了他你打算放弃我！"

易安点点头："对，我们已经荒废了，何必再害了他们！"

再晨愤怒地喊到："就是因为我们已经浪费了一辈子，所以现在不是应该他们体谅我们了吗？他们如果相爱，何必在意我们？如果那么不堪一击，怎么在一起过一辈子？我不是跟你说过吗，我们要开始为自己活着！"

易安摇了摇头，叹息着说："我并不在乎易辰，我怜惜的是照照。当年我把她裹在我的枕巾里，她那么小，却用黑亮亮的眼睛盯着我看。我不敢再见到她，如果她的眼睛再次看着我，我会不断想起那个婴儿，那个痛苦的早晨，那个声嘶力竭产下孩子的母亲。痛苦会掩盖我们在一起的欢乐，唯有离开，想到所有的人都是幸福的，我才会放心。"

"他们都活得好好的，不用你操心，你只想想我，你忘了我会伤心孤独失落吗？"

"不会，等照照和易辰有了孩子，你当了外公，你的心自然会有东西填满。相信我，在我最痛苦的时候，我把易辰抱在怀里，我真的忘记了很多痛苦。"

易安拉起箱子，决绝地说："你让我走吧，就算我留下来，我也不会幸福了，我们的缘分真的结束了，再留下，就变成了勉强在一起，你知道时间窗这个词吗？我们的时间窗已经关上了，再晨，别做让你我后悔的决定，我知道你从内心也是愿意牺牲自己成全别人的，不然我们怎么会相爱呢？"

易安从随身的背包里拿出钥匙和眉纹砚，递给胡再晨，走了出去。

再晨试图拉住她的手，最终还是放开了。

再晨跌坐在椅子上，他很想捶胸顿足哭泣一场，但就像刚刚坐在这张椅子上的易安一样，他也是欲哭无泪。

岁月风干了你我的泪腺，让我们承受更多无法承受的痛苦，他们以为年老的心坚韧无比，却不知道任何时候，心都是柔软的。只是，包裹它的外壳会越来越厚，无法穿越。

有人轻轻走了进来，再晨充满希冀地抬头，却看见李二康站在自己的面前。李二康的手上拿着一只手机，画面上正是再晨和易安在一起的照片。

李二康得意地说："爸，我都看见了，你的爱情宣言我也录下来了。如果你帮我坐上你现在的位置，我立刻把它删掉，家里人永远都不会知道。"

遇见你

CHAPTER [11]
揭　发

　　胡再晨再一次进了医院。又是李二康把他送进急诊室的。

　　家里的电话响了，只有照照一个人在家，当时，她正躺在床上生闷气，电话一直响着，她以为爸爸妈妈都在外面，也就没有接电话。

　　找照照的电话一般都打她手机，家里的电话基本是找她的父母的，所以她几乎不接。但这个电话响得太久了一点，她只能不情愿地从床上爬下来去接电话，走到电话机边的时候，电话又不响了。

　　照照四处看看，这才发现父母都不在家。

　　饭桌上，扣着一只碗，照照拿起来一看，是一盘菜和一点米饭，这是大方给再晨留的晚饭。

　　大方在老雷家，易辰不在，雷超正好回来看父亲，就和大方聊了起来。

　　照照从冰箱里找出一片西瓜，无聊地一边看电视一边吃。今天易辰到屯溪去了，也没说什么事情，而且今天照照也不想见他。

　　易辰的妈妈明确地拒绝了大方，这种时候，照照首先想到的就是向后退。

　　一个人会到 29 岁还没有好好谈过恋爱，她对自己的保护早已成为一种本能。

　　在照照的身边，并没有见过好的爱情楷模，爸妈从小就是一种奇怪的状态，要说他们不相爱吧，也没看见他们有什么不忠不贞的蛛丝马迹；要说相爱呢，实在也看不出来。

爸爸上班很忙，回家就是看书写字一言不发；妈妈照顾茶园料理家务，总要忙到晚上八九点才会停下来，然后就洗洗睡了。

这如果就是正常的夫妻生活，好像和照照的期许是不一样的。

胡清和雷超从小一起长大，在邻居和家人的眼里，是注定要结婚的两个人，可是当李二康出现，姐姐却选择嫁给他，这也让照照觉得纳闷。

人的心是可以这样随便改变的吗？

秋葵和如因，缇娜和老板，这些更是不值得一提的。

照照只希望自己的家像以前齐思维他们家那样，和睦快乐言笑晏晏，可是齐爸爸一早失去了爱人，再后来齐思维也成了孤儿，难道琴瑟和谐的夫妻又注定会不长久吗？

照照一直没能从青春期的抑郁中走出来，所以，她不知道该怎么投入。

这个纷扰的晚上，偏偏易辰也消失了，这更让照照烦恼。她刚刚坐下来打算用俗套的电视剧消磨一下人生，胡清急匆匆地冲了进来。

"妈妈呢？你为什么不接电话？快点找到妈妈，爸爸又送去抢救了。"

刚才的电话是李二康打的，家里没人接，他又打去找胡清。

据说是昏倒了，被送进了屯溪的医院。

"可是为什么不就近送进这边的医院呢？"照照觉得奇怪。

"听说爸爸是在屯溪晕倒的，这大晚上的，他怎么会和老李一起在屯溪呢？算了，等到了再细问，先去找妈，妈呢？"

照照摊摊手。

大方没有手机，但在渔梁坝要找到她，很容易，出门都是情报员。

晚上的渔梁坝，人们还是喜欢坐在户外纳凉，竹床、藤椅，用井水把家门口的地浇一浇，摇着芭蕉扇，十分惬意。

姐妹俩出门去一打听，才知道大方到雷师傅家去了。

胡清有点迟疑。

结婚之后她几乎没有再和雷家的人来往，平时走路，也会尽量绕开雷家

遇见你

门前，雷超后来也搬出了老街，但她还是下意识地回避那块地方。

照照没有注意到这一点，她不停脚地向雷师傅家跑去。

胡清也只能跟在妹妹的后面向雷家挪去。

还没到雷家，就看见雷超和大方慢慢地走出来。

大方看见两个女儿心急火燎地走过来，也吃了一惊："你们这是来找我吗？"

"快走，爸爸又被送进医院了。"照照急切地说。

大方脚底一滑，险些摔倒，雷超连忙扶住她，镇定地说："不要慌，我送你们去，我有车。"

雷超搬到新城区以后，买了一间店铺开了一个家电修理点，又添了一辆二手的面包车平时代步运货都比较方便，现在正好派上用场。

就在胡家的三个女人在雷超的帮助下赶赴医院的时候，易辰在火车站找到了易安。

"妈，你怎么这么急着回去？丁大哥说你白天见了照照的妈妈，你们出了什么事吗？"易辰来是想挽留母亲。

"不不不，这跟照照没有关系，我真的是觉得身体很不舒服所以急着回去，越早越好，夜车走，明天就可以去看医生。"

"那我跟你一起回去吧，这种时候我怎么能不陪在你身边呢？"易辰看妈妈不像在找借口，心情倒变得更加沉重了，难道是手术不成功或者癌细胞扩散了吗？

"不需要。你18岁离开家的时候我就跟你说过，从此我们各过各的，谁都不要成为另一个人的负担。现在你正在学手艺，怎么能说走就走？与其你陪在我身边碍手碍脚，还不如定下心来把你自己的生活安排好，我希望你这一次能把事业和家庭的问题都定下来，我就算死了也瞑目。"易安温和地说。

"妈，我和照照不用你担心，我自然会去争取。但是我也不能忘记我是你的儿子啊，母亲生这么重的病，儿子却不去照顾，你觉得这样的男人照照会喜欢吗？"易辰抓住易安的手，希望能打动她。

"不管你是什么样的男人，如果你们真的相爱，如今的你们完全可以毫无羁绊地在一起，我不担心。我你也不用担心，能治疗我的是医生，能照顾我的是护工，你把自己的日子过好我就安心了。你回去吧，明天还要早起，再不走我就要生气了。"易安冲易辰挥了挥手。

易辰恋恋不舍正要离开，他的手机响了，是雷师傅打来的。

"什么，照照的爸爸被送去抢救了？什么医院？好，我知道了，我正好在屯溪，我现在就过去。"

听了易辰的话，易安的心一颤，再晨出事了？

刚刚怎么劝也不走的易辰这下不得不走了，连易安也犹豫了，听见这样的消息，你让她怎么走得了？

她想了一下，理智被压抑下去，对再晨的关心让她方寸大乱——"走吧，易辰，我和你一起去，了解了情况我再走。"

"你的身体吃得消吗？"易辰对妈妈的迅速转变有点诧异。

"没事，我可以坐明天的飞机回去，一样的。"易安坚定地说，然后拉着易辰就走，显得比易辰还要着急。

易辰隐隐觉得有些怪异，易安平时不是个这么热情和激进的人，虽说是照照的爸爸，但似乎也不用她这么在意吧。

易辰和易安一起出现在医院的时候，大方和照照胡清也才赶到。

再晨在抢救室，赶来的人们只能围住抢救室外的李二康。

"我也不知道情况，只能等医生出来才知道。"李二康有点惊慌失措。

"胡再晨的家属在哪里？"一个护士长模样的女人从抢救室里出来，"去付钱。"

一叠单据被递到大方的手上。

"医生，他是什么病啊？"大方像抓住救命稻草一样抓住那个护士。

"应该是脑子里有个瘤，造成了脑出血，医生正在处理，之后会有人来跟你们解释的,你们谁去付钱?"

照照连忙抓过那叠单据,说:"我去!"

大方已经乱了方寸,紧紧地抓住胡清,一叠声地说:"怎么会这样呢?"

胡清也吓得几乎要哭了。

"老李,这究竟是怎么回事?你跟我爸一起去做什么了?医生不是说他没事了,怎么会又被送进医院呢?"

"这关我什么事,对了,你问她,你爸是跟她见过面之后才晕倒的,跟我没关系。"但李二康的表情明显是内疚和紧张的。

他忙不迭地把易安给指证出来。

胡清回身看见易安,忽然像触电一样地颤抖了一下:"是你?你怎么又回来了?你不是答应我从此不再跟我爸见面的吗?易辰,你怎么会和她在一起?"

胡清愤怒地质问易安。

大方拉住胡清:"你干什么,急糊涂了吗?这是易辰的妈妈,也是当年帮我接生照照的恩人。"

胡清正要分辩,易安轻轻扶住她的手说:"你爸正在抢救,你别吓着你妈妈,我是来看易辰的,知道你爸没事了,我立刻就会走的。"

易安颤抖的手一定是冰冷的,胡清不由得一激灵,她甩开易安的手,护住大方,悲愤地说:"我的爸爸是死是活跟你都没有关系,如果易辰是你的儿子,你把他也一起带走吧,我们家不欢迎你和跟你有关的一切!"

易辰和大方不解地看着胡清和易安,李二康忽然很不合时宜地插话:"胡清,你别激动,她本来是要走的,我看着她拿着箱子离开的,但现在你爸爸正在抢救,如果他醒过来,说不定会愿意看见她,你不要这么不讲道理。"

胡清的火气转向李二康:"我爸跟你才不一样,我知道你在屯溪养了一个小三,我一直不说只是怕我爸妈担心而已。李二康,这里没有你为她说话的份,你再多一句嘴,我就跟你离婚,成全你和那个理发妹!"

胡清的话就像一只只炸弹,把大家炸得晕头转向,尤其是不明就里的大方，此时已经完全接近崩溃。

小女儿的婚事还没有着落，大女儿又要离婚，女婿还养了小三，而自己的丈夫，似乎和易安也有什么瓜葛。她一直以为自己有一个幸福的家庭，丈夫稳重成功，女儿幸福快乐，如今竟全成了泡影。

其实，李二康不怎么回家，又一直不间断地跑屯溪，怎会看不出端倪？

在一片吵闹中，大方觉得自己腿一软，就要坐倒，刚刚交完钱赶来的照照，正好扶住妈妈，她不快地说："为什么吵作一团？有什么事情一定要在医院里讲清楚吗？"

李二康冷笑一声："哼，你不用装，这个家里你是最大的寄生虫，父母一辈子的积蓄被你拿去留学，现在却失了业回来，找了个男朋友，却带回来一个丧门星，你的姐姐也不是什么好人。"李二康指了指雷超，"她自己还不是和旧情人不清不楚？离婚就离婚，你们家对我来说也没什么利用价值了。胡清我老实跟你讲，我跟你结婚，就是因为你老爸可以提携我，现在他废掉了，你也就废掉了，我今天就搬走！你们家的房子我也不要了，我会把离婚协议寄给你！"

李二康扶了扶因为激动已经歪掉的眼镜，想要扬长而去。

雷超拦住了他："别把人都想得跟你一样，我和胡清清白得很，倒是你，刚刚承认你自己有外遇，我们都是证人，胡清会跟你上法院离婚，判得清清楚楚，你别想往她头上扣屎盆子！"

照照也气得浑身发抖，她一伸手就给了李二康响亮的一耳光，把他好不容易扶好的眼镜直接拍到了地上："你算什么，堂堂中学校长，靠结婚换取现在的地位，你才是不清不楚的寄生虫，你还把我姐废掉？你自己把你自己废了吧，王八蛋！"

李二康摸索着捡起眼镜，气急败坏地说："好啊，你敢打我，你不得好死！你的男朋友说不定是你亲哥哥呢，我查过了，李德言是你爸的好朋友，这个女人跟他结婚才一个月他就死了，谁是他的爸爸？你爸跟她都反对你们在一起，那是他们演的一场戏，我看是为了阻止你们乱伦吧！我也不看这场好

遇见你

戏了，你们人多，我走就是了！"

李二康飞快地逃走了，剩下的人们互相看着，很难消化他说出来的这么多不堪的事实，只能一起看着易安。

易安的脸变得煞白，她急切地说："不不不，他说的不是真的，易辰，你和照照没有血缘关系，你也不是再晨的孩子，你只是我领养的孤儿而已。"

随着这个惊人的秘密被易安公布，医生也走了出来。

他自然而然地走到易安面前说："你是胡局长的夫人吗？他的情况很不好，脑子里有一个瘤，但昏倒是因为急性心脏病发作，接下来的二十四小时是最关键的。如果他醒过来，你们可以见他，但请不要有任何刺激他的语言和行为，而且这里是医院，你们太吵了也会影响别人，主要的家属留下，别的人先回去吧。"

现在也没有人计较医生是否认错人了，之前那一大堆的不堪都被胡再晨的病情挤到了一边。脑瘤、心脏病，听起来每一个都是致命的，谁还去计较以前的那些问题，根据医生的话，胡再晨竟是连能不能活过这个晚上都不知道呢。

人生，何其脆弱，在生离死别面前，一切的纷纷扰扰还有什么意义？

医生走后，雷超清了清嗓子，打破压抑的气氛："照照，医院隔壁有一个宾馆，你带上他们去开一间房间，休息一下，有什么话也坐下来谈，会比较好。我在这里等着，一旦胡伯伯可以见人了，我立刻打电话给你们，你们过来也不迟。"

照照点点头，扶住大方说："妈妈，我跟你一样，什么都不明白，我们一起去休息一下，别的慢慢再说，好不好？"

大方痛哭起来："照照，你留过学，脑子最好，你告诉妈妈，到底都发生了什么事情，好不好？妈妈本来就没文化，现在更是老糊涂了，我怎么完全不明白他们说的话啊？"

照照轻轻抚摸妈妈的后背，安慰她："妈，我感觉，今天的事情不见得是坏事，我跟你都是被蒙在鼓里的人，但事情总是会搞清楚的。而且我相信爸爸也不会就这么离开我们，所以我们先走吧，别让医生再来赶我们。"

家庭的变故让照照的头脑一下子清醒了。现在她是需要解决这一切问题的人。

那是一间快捷酒店，好不容易找到最大的一间房间安顿下来。易辰本来想另开一间安顿易安，但易安却执意和胡家人在一起，她希望第一时间知道再晨的病况。

进了房间，易安找了一张床，靠着枕头半躺了下来，她觉得十分疲惫，但却完全睡不着。

胡清远远地坐在沙发上，厌恶地看着易安。

照照找出茶杯和卫生间里的漱口杯，给大家烧水泡茶，宾馆虽不大，但提供的袋泡茶却是珍眉，朴实的味道在这个时候安慰了人的紧张心情。

大方招了招手，叫胡清坐到她身边，低声问："二康在外面有人，你什么时候知道的，为什么不告诉我？"

"妈，他的事情不用再讨论了，我们两个人早就是名存实亡的夫妻，能离婚也是一种解脱。他在屯溪用那个女人的名字买了房，我是查家里的存款才发现的，而且，那个女人快生孩子了，所以他才三天两头往屯溪跑。没有今天的事，我也想找他谈离婚的，我不想挡着那孩子的路，他生下来总得有个爸爸。"

"那离了婚，你怎么办？"大方痛苦地问。

"没离婚前，我们还不是各过各的，离了就离了呗。我有地方住，有自己的工作，离了他又不会死，妈，你不用担心我。"胡清坦然地说。

照照看着姐姐，忽然觉得她实在是个了不起的女人，她总能找到自己觉得对的方向，然后果断向前走，哪怕受伤的是自己，得益的是素不相识的陌生人。

"那你又是什么时候认识易辰的妈妈的呢？李二康刚才说她的那些话都是什么意思？"照照不解地问。

"就是啊，你冲易安发了好大的火，是为什么？"大方也很不解。

"妈，这些事情我不会说，你还是等爸爸醒过来自己问他吧。"胡清又开始守口如瓶，但她的目光却炯炯地盯住易安。

易安的头埋得更低，好像周围的一切都和她没关系一样。

"妈，你刚刚说的又是什么意思，你为什么说我不是你亲生的？"易辰低声地问易安，他的语气尽量显得轻柔，但还是听得出急切。

"易辰，你是个孤儿，父亲车祸死了，母亲生你的时候难产也死了，我跟你妈是同事，就收养了你。那时候的我寂寞孤单苦闷，是你帮我走出了绝境。你的父母也都是好人，我一直想告诉你，但找不到机会，现在也是你该去认祖归宗的时候了，他们也是安徽人，你的外婆家好像姓吴，如果你需要寻亲，可以去顶谷小学打听。"

易安叹息着拍拍易辰的手，易辰却把手缩了回来，迟疑地说："那么，你日记里的那个他，就是照照的爸爸？"

易安摇了摇头，无力地说："胡清说得对，一切都等再晨醒来再说吧。"

胡清走过去，啪的一声打开了电视机，深夜的电视节目却是空前热闹，正在直播伦敦奥运会的游泳比赛。

大家沉默下来，电视解说员的声音显得更加兴奋。

游泳比赛本来并没有太大的期待，但随着叶诗文一个漂亮的转身，开始进行最后一百米的冲刺，房间里的人也紧张起来，当叶诗文把标识世界纪录的黄线甩在身后并触碰池边的那个瞬间，大家的心都激动地跳了起来。

这真是一种奇妙的感觉，整个家庭的人几乎人人面临变故，情绪低落，而身边的世界自顾自地燃烧着另一种情绪。

在你的故事里上演的是悲情催泪剧，可是那只是你一个人的剧集，就算你跟别人倾诉剧情，又有几个人能感同身受？

大方忽然像想起什么似的站了起来，吩咐易辰："小易，你妈身体不好，你让她睡吧，我们去大堂里坐一下。"

易安摆摆手："不不不，我睡不着，歪着就很好了，大方姐，你也睡一下吧，上了年纪的人不能熬夜。"

两人正在推让，雷超的电话来了，胡再晨醒了。

CHAPTER [12]

真　相

一大堆人走进来，胡再晨最先看见的是易安，他欣慰地笑了。

"你，不要走！"胡再晨微弱但坚定地说。

大方把一个枕头塞在胡再晨肩下，让他舒服一点，见再晨的嘴唇干裂了，又吩咐照照出去买水，易辰跟了出去。

最近都是晴朗的好天气，星星闪烁，夜风如水，照照回头看看易辰，竟不知能跟他说点什么。

易辰犹豫了一下，伸过手来握住照照的手，央求说："不管他们发生什么，答应我，千万不要放弃我，好不好？我妈说的话我认真考虑过了，我会学着定下来，做一个好丈夫好男人，你愿意相信我吗？"

照照看看他，不悦地说："现在能不能不要跟我说这个？我的心真的很乱，如果你妈心心念念爱着的那个男人就是我爸爸，那么你知道吗？我爸爸曾经打算放弃一切跟你妈妈在一起，我看过他的日记，可是后来应该是为了什么又放弃了，而现在他们重逢了，你让我怎么办？祝福他们有情人终成眷属，那么我妈呢？她的一辈子又算什么？"

易辰紧紧拉住照照想要挣脱的手，低声说："不要冲我发脾气，你也听到了，我到今天才知道自己的身世。我是个孤儿，难怪我妈总对我若即若离，那是因为我们是没有血缘关系的母子。你以为我的心里会好受吗？但是照照，这些事情不管你接不接受它都已经发生了，我们为什么还要伤害无辜的彼此

遇见你

119

呢？起码，我和你的爱情之间并没有障碍。我爱你，真的，我爱你，我愿意一辈子和你在一起。这些话我早就想说，但觉得你是懂得的，说不说都无所谓，而现在，我一定要明明白白地告诉你，不要放弃我，不要把自己变成易安和再晨，也不要因此再使另一个人变成大方，好不好？”

照照的心一阵颤动，易辰的话打动了她，扪心自问，她为什么会喜欢易辰？真的是完全说不出理由的，就是喜欢了，爱上了，这样的才是真的爱吧。听见易安说他是孤儿，照照对他的看法也完全没有改变，但照照不得不顾及大方。

“易辰，我们都还年轻，你不要着急，让我们再等一等好吗？让我们的父母把纠结的问题都解开了，我们再来坦然面对，好不好？如果你我相爱，又何必害怕呢？”

易辰点点头，把照照的手轻轻放开：“我懂了。”

“去陪陪你妈吧，我姐姐好像跟她有什么芥蒂，买好了水我也会迅速回来的。”照照几乎跑着去了，易辰看着她的背影，吁出一口长气来。

想当初他是为了寻找妈妈的初恋来到这里，却在这里找到自己的爱情，如此美丽的夏日星空，让他忍不住想唱一首歌，但这样的背景衬托的却是纷繁复杂的一出家庭伦理剧。

选在这样的时候他终于对照照表达了心意，他并不觉得有什么不妥。

如今的照照，内忧外患，正是需要支持的时候，他愿意自己是能够支持她的那个人。

病房里，再晨坐起身来，精神看起来还不错，刚刚医生来过，说他明天需要立刻手术，手术有 50% 的危险，这倒让他显得轻松了。

有了死亡做借口，人会有一种慨然的境界，所以，他决定，把一切说出来。看见易辰走进来，再晨点了点头，向他致意。

易辰连忙快步走到再晨的床边。

再晨握住易辰的手说：“孩子，我听你妈妈讲过一些你的事情，你很聪明，不断寻找自己，这是对的，但有规矩的自由才是真正的自由。如果你想得到你爱的人，你就要用家庭约束彼此，然后获得真正的踏实的幸福，你和照照如果彼此相爱，我祝福你们。"

易辰热切地握住再晨的手说："爸爸，我会的。"

再晨笑了："你们这一代人跟我们真的是天壤之别啊，换做我，最多只会说——是。我们实在是对自己太苛刻了，有时也因此苛刻了别人。"

胡清忽然发作："爸爸，你这是怎么了？之前那么反对，现在就因为他是那个女人的孩子，你就同意了？说到底，你们到底在做什么，为什么是二康把你送进了医院？"

再晨温和地冲胡清摆摆手："不要急，慢慢来，如果我明天从手术台上下不来，有些事情我总是会交待的。二康呢？叫他来，叫他不用怕，不是他把我吓昏的。我昏倒是因为身体到了这个地步，我还要谢谢他把我送进医院呢。"

胡清不忿地说："他不敢见你，也不用见了。我们决定离婚，他有别人了，还有了孩子，我决定放他自由。"

再晨点点头："好，这件事你终于还是知道了。上一次我之所以昏倒，就是知道了这件事，但我没有告诉你，是希望你自己解决。如今这样的结局，我很满意。女儿，老爸对不起你，给你安排了一门不中意的亲事，你能当断则断，是明智的。"

胡清哭了起来："可是爸爸，我之所以同意嫁给李二康，只是因为我希望你能开心，我害怕你离开这个家，但我没想到你居然还是和这个女人在保持来往，你怎么对得起我这十年的青春？"

再晨诧异地问："胡清，你这是什么意思？"

胡清声泪俱下地说："那时候我正上初中，那天我回到家，看见你和她抱在一起，然后又分开，你跟她说，为了孩子，我们从此就不要再见了。"

胡清擦了一把眼泪："爸，我在门外看见她走了以后，你蹲在地上大哭起来。那时候我就跑了出去，正好遇见她。她说，你不要哭了，我不会再回来，我把爸爸还给你们了，你不用怕。这件事情一直藏在我心里，我讨好你顺从你，是因为我知道，只有我们做你的好女儿，你才不会离开妈妈。"

易安跌坐下来，叹息了一声。

大方则一言不发神情几乎呆滞地看着这一切。

照照拿着水进来，看见这一幕，也是十分不解。

"怎么了？爸爸，你的病到底是什么状况？姐，你为什么哭啊？"

胡再晨长叹了一声说："看来，我打算瞒你们一辈子的事情终归是要讲清楚的，正好照照也回来了，我就讲清楚吧。"

大方惊恐地说："不，我不想听，我情愿什么都不知道！"

再晨温和地拉住她的手："姐，这件事你也应该知道。听了你才不会怪我，我才能放心去做手术。"

大方被照照搂着坐了下来。

多年前的一段往事终于在所有的人都在场的情况下被回忆起来。

15岁的再晨在渔梁坝戏水，不慎被水草缠住脚，几乎丧命，路过的大方救了他，就这样两家订了亲。

再晨考上了大学，临行前和大方结了婚，大方搬去胡家和婆婆一起料理茶园。

大学里的再晨因为见义勇为认识了易安，两人互相倾慕，再晨意识到自己已婚的身份不宜接近易安，处处躲避。

易安说："是的，他越是冷淡我，我越是想接近他，如果知道他是因为结了婚才回避我，我自然会知难而退，但他不说，心高气傲的我更想征服这个难题。"

"那是我的私心，我想效仿徐志摩，回家离婚，但是放假回家却发现大方怀孕了。我妈对将要降生的孩子无比期盼，我是遗腹子，怎么忍心伤害为我操劳了一辈子的母亲呢？所以我隐忍下来回到学校，我特地跟易安进行交谈，划定界限，以为她就此放弃。"

"但是我却误会了，我以为他担心我是上海人，他是安徽人，以后分不到一起，所以一早下定决定跟随他分配回来。"

"毕业了，我带着黯淡的心情回到家乡，那时候清清已经快3岁了。上学的那几年，我几乎没有回过家，连清清出世我也没回来。但一回到家却发现妈妈中风瘫在床上，大方一个人又带孩子又照顾我妈，还要去茶园劳动，我对她一直是很敬重的，如今更多了感谢和感动，我决心要和她过一辈子。"

"但我不知道他的这些缘故，我被爱情激励着，离乡背井要求分配到屯溪当老师。可一来就失恋了，我亲眼看见他有了家庭，但我已经回不去了。那个年代不像现在，随时可以辞职走人，分配给你的工作不是可以说走就走的。"

"当我知道她为了我来到屯溪，我又被她感动。到我现在这个年纪我才看得清当年的我犯的错误，我不应该这么优柔寡断拖泥带水，但当时的我，又不由得去关心她照顾她。"

照照想起易安的日记里所写的——偷偷读过《旧唐书》，记得红拂夜奔的故事。爱情无关江山，我只是个小女子，他选择回乡，我决定跟去，这样，我和他可以喝同一条江里的水，不敢有郎情妾意的奢望，但我已觉得幸福。

"大方姐，再晨真的是好人，我们从来没有想过让他离婚我们两个在一起，我只要能偶尔看见他，知道他心里有我，就够了。起初我以为真的是可以做到的，但直到我看见照照出世。"

"本来，我没想生下第二个孩子，但是我的岳父在临死前说的话却让我知道，我的冷落对大方的伤害。易安的出现让我对家庭的感觉糟透了，我知道自己不能离开，但又时时觉得亏欠易安，所以我几乎不怎么在家里说话。岳父临死前对我说，再晨啊，我和大方对不起你，你们家三代单传偏偏大方肚子不争气只生了一个女儿，这要是解放前，是够得上七出的，有机会让大方给你生个儿子吧，如果她生不出儿子来你再休了她，好不好？"

听到这里，大方啜泣起来。

"你想想一个老人在死之前最遗憾的事情却是这个，我真的觉得惭愧。大

遇见你

方任劳任怨，对她我挑不出什么毛病，所以我不忍心，就这样为了安慰她，我们又有了第二个孩子，这件事情我瞒着易安。"

"他一定觉得这样是对我的背叛。果然那天我见到大方，帮她接生了孩子，知道这是她和再晨的第二个孩子，我气极了，就在那一天，大方在屋里休息，我等来了再晨，跟他大吵了一顿，之后我就嫁给了一直等着我的李德言。"

再晨叹了口气，接着易安的话说："我得知她结了婚，心也死了，决定就这么作为两个孩子的父亲生活下去。我在歙县，德言在屯溪，我刻意回避和他来往，连他去世的消息都不知道。一直到十年后，有一天易安来见我，说她要回上海了，她问我，这时候还能不能跟她走。这时候我才知道原来她和德言只做了一个月有名无实的夫妻，她一直在等我。我十分愧疚，而再次相见，我真的还是情难自己。"

"幸好我回来了，不然爸爸，你就打算跟她走了吗？"胡清冷冷地说。

"是的，那时候是有这种冲动的，但清清，你要知道，你的爸爸不是这样不负责任的人。如果我跟易安走了，同样会一辈子牵挂你们，我的心也不会安生，而易安，也不是强人所难的女人，她看见你进屋，就惊惶地推开了我，她说——我不能让你的女儿没有爸爸。归根到底，她和你是一样的善良，你不是也不忍心让李二康的孩子不明不白地出生吗？"

"那你们为什么又在一起了？"胡清忿忿地问。

"清清，爸爸上次被李二康气得进了医院，我感觉到自己也许时日无多，就特地到上海去看望易安，辗转通过几个同学才找到她的地址，赶到她家，邻居告诉我她在医院。我们见了面，我陪了她半个月，鼓励她接受手术，又照顾她出院，这种事情就算是旧同学，也是应该做的。"

"原来鼓励妈妈开刀的人是爸爸。"易辰恍然大悟。

胡清不快地说："不用你叫得这么亲热。"

再晨点点头："她出院以后，我安排她到屯溪来休养，她说正好儿子的女朋友也在屯溪，没想到这么巧，这个女朋友就是照照。所以说这个世界上的事情真的是瞒不住人的，我本打算把这个秘密带进坟墓，却这么莫名其妙地被揭穿了。姐，我最对不起的人就是你，这一辈子，你对我无微不至，但我，却没有好好待你，如果我死了，你一定要开心地活着。"

大方擦了擦眼泪，站起身来说："好了，话讲完了，你睡一下，我去家里拿你要用的东西来，你安心做手术吧。"

这是大方和再晨之间最后的对话。这之后，再晨和易安在一起单独待了一晚。一早，再晨进了手术室，就再也没有出来。

易安留下来和大方一起料理了再晨的后事，然后她提出了一个要求。

"我跟再晨一直想出去旅行，大方姐，可以的话能不能晚一年下葬，让我带上他一起出去走走？"

胡清反对，大方却同意了。

易安带着再晨的骨灰罐去了杭州，然后直飞欧洲，照照和易辰想陪她去，却被她拒绝了。

她说："我们终于可以两个人在一起，你们又何必再来妨碍我们？"

一路上，易安都寄明信片回来，直到哥本哈根，在小美人鱼的故乡，她的行程也终止了。

她没有再接受治疗，而是在大方的照顾下安详地死去了。

大方做了一件惊人的事情，她在山上的公墓里买下一块墓地，将他们两人葬在了一起。

然后笑着在他们的墓碑前照了一张照片寄给照照。

她还给照照写了一封信，信很短，却让照照笑着又哭了。

"胡清和雷超结婚了，而且她还怀了孕，以后我有的忙了，我这一辈子，什么时候死了，就是忙到头了。"

关于爸爸和易安的事情，照照没有去问妈妈的想法，父亲和易安的后事都是妈妈一手料理的，在那之后她又恢复了忙碌的生活。

这个热情的女人，对于自己的感情，始终吐字如金。说起去世的丈夫，她

遇见你

依然是尊敬和信任的，丈夫临终前的那段故事，于她，似乎只是一段云淡风清的故事。

照照和易辰离开了渔梁坝，他们到更深的山里去建了一所希望小学，用易安和秋葵留下的钱。

山里很静，听得见秋虫和蝉鸣，放学之后，泡一杯珍眉，两个人一起做一顿晚餐，照照觉得自己终于比世界上的任何人都幸福了。

面试男朋友

1

盛夏八月，蛮热的，不过看着早晨晴朗的天空，小燕的心情却十分轻快，她穿上蓝色的长裙，想象着自己站在爱琴海边上的高山上眺望自己的英雄归来，忽然来临的晴朗天气让她的心中充满了对平凡生活的厌倦，她觉得自己的心痒痒的，今天一定要出去走走了。站在22楼自己的阳台上她兴致勃勃地开始打电话约人："哎，今天我们到哪里去玩吧，天气好好！"

电话那边的人显然还没有拉开过窗帘，是呵，星期天的早晨谁不想孵在空调里好好睡个懒觉呢？小燕做着循循善诱的工作："休息的方式并不是睡觉，出去散散心也是一种合理而科学的方式嘛，况且，你不陪我去的话，我说不定一会就会出现在你家门口，既然我已经醒了，你想睡懒觉你说还有这个可能吗？"

电话那边的人一定说出了什么惊世骇俗的话来，小燕的音量一下子大了："什么？你没住在自己家，你住在琳达家里？你们已经到了'嘿咻'的地步了吗？你还真是情圣，才两个多月就把她搞定了？那好，你不陪我去，就在电话里把细节告诉我吧。你总得娱乐一下我嘛。你不说，我就打电话问琳达。"她露出一个无声的坏坏的笑容，仿佛胜利在握的样子。

果然，电话那边的人招架不住了，想是答应了她的要求，只听见小燕清脆地说："一个小时以后，旅游集散中心见，你只要带个人就行了，不是琳达，是你自己！其他的我来准备，还有别把你的小女朋友带来，作死了，我伺候不起。"

四十五分钟以后，小燕已经全副武装地站在旅游集散中心的大厅里了，看着显示屏上川流不息的目的地名称，她忽然发现所有的江南小镇她几乎都去过了，在上海住了二十几年，周边这些能玩的地方都被上海人当成了周末和节假日的休憩地。算了，只是为了出去散散心，就去最近的吧，她锁定目标朱家角。正在向门外张望的时候，她的电话响了："哎，在哪？我已经到了，什么，你可能要陪琳达去看牙齿？她想做矫形？不可以明天再去吗？今天不去矫形的话难道她就会咬死自己吗？那我怎么办？我已经在候车大厅里了。喂！"

小燕把电话狠狠地扔进背包里，好像这个无辜的电话就是那个爽约的人，她嘴里还在叽叽咕咕地咒骂着："东方轩，你这个重色轻友的家伙，我们二十几年的交情，居然敌不过两个多月的艳遇。"

然后，她甩了甩头，好像打算把这个不愉快忘掉，正好有一班前往朱家角的车子到了，小燕轻快地跳上车，心里自我安慰着："一个人去好了，别让这个坏人破坏了好心情。"

旅游大巴轻快地驶上了高架，小燕的不快似乎也要烟消云散了。她忽然想起刚刚的电话是说到一半断掉的，而东方轩居然没有再打过来，心里隐隐约约有种失落的感觉，以前，他都要先等她挂了电话才挂掉的。小燕有点不甘心，拿出电话看了看，这才发现一定是刚刚把电话大力扔进包包的缘故，电话自动关机了。电源才刚刚接通，东方轩的电话便急吼吼地打进来了，小燕立刻有一种快乐起来的感觉，她大度地说："算了，我知道你一定是作不过她的，你陪她去吧，我已经在车上了，不多说了，晚上回来再联系吧。"

小燕的大巴轻快地开走了，东方轩坐在出租车里无可奈何地看着自己的电话。这个小燕，还真够干脆的，自己为了她心急火燎地赶来，谁知道她已经开开心心一个人去了，看来自己对她并没有那么重要。东方轩想了想，对司机说："算了，回到我刚刚上车的地方吧。"司机从倒后镜里看了一眼这个古怪的乘客。刚刚他一副要去救火的样子跳上车来，说要赶时间，这会儿又一脸若有所思的神情，肯定是和女朋友闹矛盾了，现在的年轻人谈恋爱就喜欢找感觉，可是感觉常常会让人产生误解，所以每天接触各种人的司机师傅也已经见怪不怪了。

小燕和东方轩保持着革命情谊已经二十几年了，他们自称是一对没有血缘关系的兄妹。他们上同一间幼儿园，同一个小学，同一所中学，之后上了不一样的大学，不过小燕比东方小，所以她常常说自己是踏着东方的足迹走进学校的。那时候的父母工作都忙，双职工的孩子经常是带着钥匙自己回家的，两家的父母也很熟悉，住得又靠近，所以常常是东方带着小燕回家，两人一起写作业，虽然都是独生子女，因为有了这样的伴，两人的童年倒比别人快乐不少。

上大学之后两个人的区别出现了，学文学的小燕毕业后成了作家，她写的是一般女作家较少涉猎的推理小说。擅长写推理小说的罗小燕信奉的原则是不谈恋爱，她的时间全部花在了构思和写作推理小说上面，她信奉工作就是自己的宗教，认为男人不如事业可靠。而东方学了建筑设计，现在已经是小有名气的设计师了。长得高大俊俏的东方有不少的女性追求者，身边不缺女朋友，唯一固定的女性朋友只有一个罗小燕，东方觉得罗小燕并没有把他当成一个男人，只是看成了没有性别差异的朋友。

2

挂了东方轩的电话，小燕的心里忽然有点不舒服了。身边坐着的是一个中年男人，已经在舒适的车厢里睡着了。东方轩和小燕一起坐车出门的时候很少睡觉，他常常会跟小燕讲讲看见的一些有特色的建筑，小燕常把旅程称作"建筑知识讲座"，但是现在没有东方轩的讲座了，小燕觉得有点不习惯了。

身边的男人甚至开始打鼾了，小燕随着他的鼾声又重新开始生东方轩的气了。这个家伙，这次对那个琳达好像是特别在意嘛。以前他也谈过不少女朋友，可是那时罗小燕的事情永远是第一位的，为了小燕，东方换了不少女朋友。小燕在心里轻笑了一下，这些女人，她们太小心眼了，她们拥有了爱情却觊觎着属于别人的友谊，最终让自己鸡飞蛋打了吧。为了女朋友的约会推了罗小燕的邀请，这在东方轩好像还是第一次，小燕觉得东方轩这次是真的动了心了。可是自己为什么会这么不开心呢？小燕在疾速飞驰的车厢里反省自己，对了，这就像很多妹妹在哥哥要结婚的时候流露出的伤心。从小到大，小燕发现自己已经习惯了东方轩的陪伴和照顾，童年的时候我们需要一个哥哥，现在哥哥成了人家的男朋友，我们则需要去寻找自己的男朋友了。

孤独一人坐在旅游大巴上，罗小燕忽然明白了一个道理，她需要一个固定的属于自己的男朋友。数数这两个多月，东方和琳达的感情越来越稳定，小燕发现自己已经习惯了一个人看电影一个人逛街一个人吃饭，身边的同学朋友都进入了两人世界，以前有什么聚会小燕都是拉着东方轩一起去参加的，可是最近随着自己的落单，很多聚会上她倒成了一个超级大的灯泡，因此她也推掉了不少聚会。少了一个男伴，小燕发现自己仿佛被隔离在了正常的社交之外了。

谁可以做自己的男朋友呢？小燕在心里开始把自己熟悉的单身男人逐个排起了队，可是，她发现居然一个合适的也没有，想想也是，如果有的话干吗还要缠着东方轩呢？车子进了朱家角，小燕的思路被打断了，同时她发现自己饿了。小燕觉得会饥饿是生命力旺盛的一种标志，而她自己就是这样，每顿之前她都会有一种饥肠辘辘的感觉，因为心情不好而吃不下这种情况她还没有遇见过。

朱家角的湖边有不少饭店，小燕信步走进上次去过的一家"夫妻老婆店"，这个店很有意思，不仅夫妻齐上阵，连正在上小学的孩子也在里面凑热闹，帮忙拿杯子拿筷子。看着他们这种其乐融融的样子，小燕还真有点羡慕，多踏实呀，虽然收入不见得多得吓得死人，但是看看他们快乐的样子就知道这个湖边的小店已经足够养活一家人了。新鲜的蔬菜和鱼虾，给小燕带来了

遇见你

更加旺盛的胃口，她一连吃了两碗米饭，一盘虾、一碟空心菜和一大碗雪菜昂刺鱼汤也被扫荡一空。在店主人略带惊讶的目光中小燕充实地走出了饭店，她走进边上的阿婆茶楼，要了杯子和开水，泡上自己带来的龙井茶，看看表，发现才不过1点钟。小燕和东方经常来朱家角，每次也就是吃个饭，喝杯茶。东方喜欢喝好茶，小燕总会记得带上茶叶，坐在湖边的楼廊上，湖水无波，清风徐徐，腋下微微发一点汗，有一种很真实的夏天的美好。

可是，现在这样一个人坐着，这种美好竟有点空虚了。

一个中年女人走上楼来，她穿着整齐的夏装，手上还戴着一只玉镯，那只玉镯让小燕想起了自己的外婆，于是当这个女人询问小燕要不要算个命的时候，小燕竟同意了。她在心里说服自己，就当打发时间，免得一个人坐着胡思乱想。女人只要了十块钱，小燕给了她钱让她随便说说。她用一种认真的态度盯着小燕看了一分钟左右，大概是想怎样说才会顺理成章。

然后她世故而且谨慎地开始了对小燕未来的预言。她说："你生活平稳，衣食无忧，命里还有一子，身边的人好人多坏人少，遇事常有贵人相助。"小燕听着这些洋溢着好运但是模棱两可无法验证的话，有点后悔自己答应让她相算命了。女人大概看出了小燕的心思，她略微停顿了一下，做出一副有点犹像的样子，说："还有一句话，听起来不中听，不过我还是应该告诉你的。"小燕微笑着等她的下文。女人喃喃自语地计算了一下，然后神秘地说："我在你的脸上看见一点不好，虽然现在你身边有男人，可是如果你不抓紧，到29岁还不结婚的话，你再想嫁出去就有点难了。"

回到家，小燕对今天的朱家角之行生出了一丝后悔，平白无故让一个算命的女人给自己的心里留下了一抹阴影，因为虽然清纯的外表让小燕看起来还像一个大学生，其实她已经28岁零两个月了，离29周岁的生日还有十个月。在一个人消磨了一个周末之后，罗小燕忽然变得脆弱起来，好久好久没有谈恋爱了，难道自己真的嫁不出去了吗？

"她只是随口说说,我何必当真? 可是她为什么会这么说嘛,难道我看起来像个嫁不出去的样子? 算了,嫁不出去也好,反正我可以养活自己,没有男人有什么关系……"

在不断的自我安慰中,罗小燕终于进入了梦境,她梦见自己在一条山路上不断地走着,身边不停有出租车开过去,她挥手想拦一辆,可是没有一辆车停下来,她觉得自己是要急着赶到什么地方去,但是路很远,她的心里很急。罗小燕听见有人在大叫:"还有十个月! 还有十个月!"

她从梦里惊醒,发现大叫的人竟是自己,在梦里感觉是十分惊慌的大叫,实际上只是小声地呢喃。空调的温度开得很低,自己还是出了一身的汗,身上盖的毯子已经滑到地上去了,看来刚刚在梦里一定挣扎得很厉害。罗小燕习惯性地分析自己看到的场面,因为写推理小说,她已经有了这种惯性的思维方式。紧接着,一阵剧烈的疼痛让她清醒了,她发现自己的肚子里像是有一把小刀在绞动,这种感觉迫使她冲向了卫生间。

就在疼痛的过程当中,罗小燕还清醒地分析着,看来刚刚一身的汗就是因为肚子疼造成的,而之所以肚子疼大概跟晚饭吃了冰箱里的剩菜有关。都怪东方轩,要不是因为他,这顿晚饭应该在徐家汇吃的,这个重色轻友的家伙,不仅早上爽约,一整天连个电话也没有,哎哟! 我的肚子疼得还真够意思的。

小燕开始拨电话,她先拨通了父母家里的电话,接待她的是一通留言:"我们去千岛湖旅游了,请在嘟——一声后留言。"小燕想起前天还是自己亲自送他们上的车。唉,没办法,抽屉里没有合适的药,而且不乱吃抗生素也是小燕的原则。卫生间里可没有空调,坐在马桶上腹痛难忍一身大汗的小燕觉得自己尝到了举目无亲的滋味,同时她忽然如福至心灵一样地想通了一个道理,难怪那么多人拼命想结婚,一定就是为了在这种时候有个可以安慰的人!

是的,我要找个男朋友,跟他结婚,我可不能就这样死在马桶上!罗小燕鼓励自己,她打通了出租车公司的电话,要了一辆车,直奔医院。深夜的医院里人还蛮多的,值班医生轻描淡写地下了结论:急性肠炎。

小燕觉得自己那样翻江倒海的症状没有得到医生足够地重视,看着医生熟练地写着处方,她虚弱地问:"不用进行其他治疗吗?我一个小时去了六次厕所,肚子疼得像中了什么毒一样……"

医生冷静地打断她:"哦,那就挂瓶水吧,免得脱水了。"

坐在输液室里,小燕开始后悔自己刚刚的矫情,多什么嘴,这下好了,乖乖在这里坐着吧。输液的速度很慢,输液室里都是沉默地坐着等待水滴石穿的人。百无聊赖的小燕掏出手机,发现不知什么时候手机已经没电了,幸好包里有备用电池,永远别让自己的手机断电,这是小燕的另一个原则。刚通上电,她就看见了五个未接电话,都是东方轩打来的,小燕觉得自己饱受折磨的心总算有了一丝甜蜜的感觉。她立刻回了电话过去,电话那边的东方还没有开口,小燕已经滔滔不绝地诉起苦来:"东方,你总算出现了,我的手机没电了,现在我在六院的急诊室,刚刚我差点就死掉了。"

东方轩大吃一惊:"什么?你等着,我就来。"

跟东方通完电话,罗小燕觉得自己的肚子好像也没有那么疼了,看来,生病的时候有个人诉诉苦,的确是有助于健康的。

东方轩急匆匆赶来的时候,罗小燕的输液已经接近尾声了,这将近一个小时的孤独和等待让罗小燕觉得人生变得非常漫长,而东方轩变成了自己唯一的希望。不过这个希望很快就变成了失望和气愤,匆匆赶来的东方轩身后跟着他的小女朋友琳达。看来,两个人已经"双宿双飞"了,不知道为什么,这个推理的结果让小燕十分不快。

两个人还没有开口,琳达已经冲了过来,大呼小叫起来:"小燕姐,你怎么了?听说你快要死了?我跟轩轩可担心了,你有什么愿望?说出来,我们一定帮你去实现哦！嘿嘿，真有意思，我还从来没有遇到过一个快要死了的人呢。"她的声音让罗小燕成了输液室里的焦点，也让罗小燕的愤怒飞升到了极点。

"喂！谁说我要死了？东方轩，我就是要死也是给你的这只宠物气死的。"小燕气呼呼地拔掉吊针，在众人好奇的目光中逃出了输液室。东方轩和琳达跟在她的身后，一头雾水。琳达小心翼翼地问东方："怎么要死的人还能跑得这么快？"东方轩当然也只能莫名其妙地追着小燕，手上还提着小燕落在椅子上的药品袋。每次小燕看见琳达就会生气，可是琳达对小燕却特别感兴趣，这两个人简直就像天敌一样，夹在当中的东方隐隐觉得罗小燕最近好像有些不一样了。

4

一进家门，罗小燕就扑到了电脑前面，只见她十指翻飞，在电脑上敲出了几行字，然后细细端详一下，又修改了几处地方，只听得打印机"吱吱嘎嘎"一阵乱响，小燕拿过打印好的文件，一脸大获全胜的表情，把手上的文件递给东方轩。琳达好奇地探过头来，然后爆发出一阵惊诧的声音："面试男朋友！小燕姐，你真不愧是我的偶像！这种创意你也想得出来？"

小燕点点头："对！东方，明天帮我拿到你爸爸的报纸去登出来，我要登一个通栏，广告费我会根据规定付的。"

东方轩仔细地看了看小燕写的文件，好像是要校对她的文字有没有错误一样，然后他发现一个问题："你用自己的真名来征婚？"

罗小燕严肃地纠正他："不是征婚，是面试，我需要一个男朋友，所以我向社会公开招聘，为了表示我的诚意，我当然不能用笔名或是假名，况且如果用了我写书的笔名，别人还以为我是利用这件事情来炒作的无聊人士呢。我是诚心诚意想找一个男朋友。"

东方认真地看看她，正色道："你真的不是赌气？你真的打算跟普通女孩子一样开始谈恋爱了吗？那些过去你都忘掉了吗？"

罗小燕背过身去，让东方看不见她的表情，声音听起来却很坚定："是的，我是认真的，我不想孤独地过一辈子，我想像一个普通女人一样恋爱结婚，我放弃了过去，放弃了自己的原则。"

东方把手上的文件小心地叠好，丢下一句关照："按时吃药，好好休息吧。"

他们已经走出门去了，小燕还听见琳达在兴奋地讨论："每个星期天的下午两点到六点在徐家汇交通大学对面博学楼的一茶一坐面试男友。暗号是桌子上的一瓶热带鱼。这种感觉很像是小说的情节，好有意思。"

小燕没有听见东方说了什么，但是她仿佛可以听见他冷静地说："她本来就是作家，对于她来说生活就是小说，小说就是生活，有什么大惊小怪的。"

以前，东方身边的朋友对小燕想出的怪点子表示惊奇的时候，东方总是这样冷静地总结。有一个从小看着你长大的朋友实在是一件没趣的事情，他已经习惯了你的一切，像你肚子里的蛔虫一样了解你，让生活失去了很多悬念。

不过，小燕觉得自己对东方的那种稳操胜券的感觉正在渐渐失去。以前，东方从不在女朋友家里过夜，而他选择的女朋友往往都是一些成熟性感的女孩子，而这次的琳达神经兮兮，一副心无城府的样子，竟有点像当年的自己。小燕一直觉得东方这样的男人喜欢的是那种浅草妖姬一样的女人，而如今这个好像心智还没有发育成熟的琳达让小燕感到一种危机。记得在最困难的时候，小燕曾经这样安慰过自己，即使全世界都离去了，但是工作和东方不会离开，东方会是一辈子的朋友，在最需要的时候他还会是最强有力的支持。但是现在这种信心在慢慢减退，一个男人一旦开始恋爱，友谊便会被放在第二位，要是从前，遇上小燕生病，东方会一直守在身边，而这一次他留下轻描淡写的几句话就和琳达一起离开了。

看来，友谊终是不敌爱情，光是友谊无法照亮整个生命，是时候寻找自己的爱情了。如果说之前小燕只是因为一些莫名的恐慌和失落生出了"征婚"的念头，如今，在东方和琳达离去之后，一个人坐在暗夜里思索过后的她，坚定了自己的信念，寻找自己的真命天子，这是一件刻不容缓的事情。

为了星期天下午的首场面试，罗小燕还是精心打扮了一下的。白色的T恤上有一只手绘的蓝色燕子，一条蓝色碎花的布裙跟衣服上的点缀遥相呼应。坐在交大博学楼二楼的一茶一坐里，小燕觉得这样清新的自己和店里的环境是十分吻合的，简直有一种交融的感觉。她喜欢二楼的半圆形窗户，窗外是碧绿的梧桐树叶摇曳生姿，这里离热闹的徐家汇很近，但是喧嚣却被隔在窗外，而交通大学华山路上那扇古老的红门在枝叶的掩映间显得更加经典。桌子上小燕放了一只小小的玻璃瓶，瓶子里一条蓝色的小鱼优哉游哉地上上下下，小燕点了一杯洛神冻饮，这种看起来就很妖艳的饮品小燕已经喜欢了好几年了，记得初次喝这种茶的时候，有人告诉她，这种茶不仅喝起来甜甜酸酸的，让女孩子喜欢，而且含有非常丰富的营养素，十分养颜。于是这种茶就成了小燕的保留饮品，一茶一坐开业的时候，看见茶单上有洛神花茶，小燕便立刻喜欢上了这里。

下午两点，小燕已经坐在了窗边，说实话，她的心里还是有点紧张的，为了让自己显得自然一些，小燕向窗外眺望，这时她看见对面马路上有一个长得很像东方轩的人似乎正在注视着这里。小燕心里一动，难道东方轩不放心自己想过来保驾护航？看来他还是很关心自己的。小燕站起身，想向东方轩挥手，可是转念一想，大概东方轩是看不见自己的，于是她坐下来掏出手机打算给东方打个电话。

正在这时，一个穿着全套西装的男人在她对面坐了下来，彬彬有礼地问："您就是面试男朋友的罗小燕女士吗？"

遇见你

137

5

男人递过来一张名片，"陈奂生？"小燕念着他的名字。

男人连忙纠正："不不，请叫我的英文名字，大卫，唉，对，大卫！"可是小燕却在他的英文名字里听出了浓浓的上海尾音。

不过，小燕还是尊重他的选择，字正腔圆地称呼他："大卫？你好，我是罗小燕。先喝点什么吧。"

大卫满意地接受了小燕的提议，翻着茶单看了起来，然后他用一口纯正的上海话抱怨起来："格个地方好像是吃茶的，阿拉平常都欢喜吃咖啡。不过，今年吃茶倒亚是蛮 fashion 地，我来一杯龙井好了。"

他的一段话里自由地运用了上海话、普通话和英文，这种交谈方式如今在上海的小白领当中十分流行。一方面他们放不下从小说惯了的方言，同时又喜欢说一点英文单词来表现自己的入时，但是有些词语又好像只有用普通话才能表达，上海方言里是没有的，加上现在在身边的同事各地的都有，很多时候工作语言都用的是普通话，便形成了一种十分有特色的语言方式。

小燕细看了一下大卫的名片——强强广告有限公司创意总监。大卫已经开始自我介绍了："我做广告已经有五年了，以前主要是负责跑一些业务。摸索出一些经验以后，现在我已经可以靠自己的脑子吃饭了。罗小姐，说实话，我很佩服你的。"

小燕一惊，难道遇上读者了："怎么，您认识我？"

大卫摆了摆手："不，今天以前不认识，可是今天之后认识您的人一定很多。您的这个创意在我们上海广告界实在是太优秀了，就是那些 4A 公司的人也想不出来，我想您一定是我们这个行业里的前辈了，不然怎么想得出这样一个独特的品牌推广创意。"

罗小燕被他弄糊涂了，索性听他继续说下去，可是大卫显然把罗小燕微

138

笑着的表情当成了一种肯定和鼓励，他擦了擦额头上的汗，继续滔滔不绝地赞扬着罗小燕："用面试男朋友这样的点子来引起大家的关注，实在是夺人眼珠子的高招呀。"

罗小燕在心里想："好像应该是夺人眼球吧。我要别人的眼珠子做什么？"同时她反对道："大卫先生，我想您一定误会了。"

"不不不，我理解，这家一茶一坐好像开了没有多久，我还知道一茶一坐这个连锁店在上海站下脚跟也就两年的时间，现在很受沪上年轻人的追捧，您的这个创意是为了让年轻人对一茶一坐有一个新的认识，对不对？用热带鱼来作为暗号，看起来十分浪漫，而这种面试男朋友的方法也十分别致，很快就会成为沪上广告界的一个话题，这样的话，一茶一坐的品牌形象也就更加人性化了。精辟精辟！"

罗小燕不知道大卫最后的"精辟精辟"是在表扬谁，但是她已经明白了大卫的意思。这位广告公司的创意总监不是作为一个"男性"来应聘的，他把自己当成了一个同行和客户，这倒是小燕没有想到的，同时她也对广告界的同志们无孔不入的职业精神产生了由衷的钦佩，在这位大卫先生的眼睛里还真是无处不商机呀！

对面，大卫已经拿出了一份制作精美的计划书，自顾自滔滔不绝地阐述起来："我从您的这个概念出发，制作了一整套的活动方案，然后和设计部门的同事们一起完成了一茶一坐整个品牌的推广计划，我们都是很 profession 的，选择我们您绝对会有一种如虎添翼的感觉，请看一看吧。"

小燕的眼睛向他的计划书瞟了一下，但没有翻开，她不想这个误会变得更深。她用手按住大卫的计划书，清了清嗓子，尽量忍住脸上的笑意，认真地说："陈先生，您看，我已经听您说了很久了，我希望您能够认真听我说。"

大卫擦了擦汗，虽然店里的温度很舒适，但是他激动的情绪显然使他微微出了一点汗，他用最诚恳的态度说："好的，我洗耳恭听，倾听也是一个广告人 profession 的表现嘛。"

遇见你

小燕点了点头，说道："大卫先生，我不是一茶一坐的员工，跟他们也没有任何关系，我登广告的目的真的真的是为了面试男朋友，我想结婚，但是没有男朋友，所以才会采用这种方法，我不知道您听懂了吗？或者，您可以接受我的一些询问，看看能不能够成为我的男朋友？"

　　大卫也许是因为大热天穿了全套西服的缘故，头上脸上的汗忽然多了起来，他接过罗小燕递给他的餐巾纸尴尬地擦了擦，然后不甘心地问："您不是广告公司的？也不是这里市场部的？"

　　罗小燕笑着摇了摇头："确切地说我没有具体的工作，是个无业游民，靠打零工挣点生活费。所以，我对男朋友的要求也不高，只要能够自食其力就可以，这样大家彼此平等比较好相处。你看呢？"

　　大卫立刻慌张起来，他一边擦着汗一边环视四周，同时大口大口地喝起水来。

　　罗小燕见他惊惶失措的样子，温和地问他："大卫先生，您怎么了？有什么问题吗？"

　　大卫喝了几口水，还是很紧张的样子："可是，罗小姐，我已经结婚了。而且我的老婆很爱我……"

　　正解释着，大卫的手机响了，电话那边一个女人威严而响亮地说："陈先生，你怎么搞的，还没有谈好吗？你要是在外面搞什么花样，那可是瞒不过我的！"

　　大卫对着电话毕恭毕敬地说："是是是，我立刻回来。"然后他挂了电话，拎起自己的包，准备离开。罗小燕喊住了他："陈先生，我有个提议，耽误您几分钟。"

　　大卫几乎要求饶了："对不起，罗小姐，我真的不知道您是真的面试男朋友，打扰了，这要是被我老婆知道，那就是跳到黄浦江里也洗不清了。我走了，这就走。对不起，对不起了。"

　　罗小燕温和地安抚他："陈先生，我没有别的意思，这家店我常来，他们的店长我倒是认识的，您的计划书可以转交给他，说不定他们企划部的人会有兴趣。"

6

打开门，小燕看看自己的家，跟出门的时候没有什么不一样。是啊，家里只住着自己，房门的钥匙也只有一个主人，谁会在你离开的时候为你整理房间呢？罗小燕把自己的热带鱼小心地放在窗台上，蓝色的小鱼在瓶子里一动不动地好像老僧入定一般，小燕无可奈何地看着小鱼，安慰它："没有找到伴儿，你也很无聊吗？我答应你，等我找到自己的伴儿的时候，一定为你准备一场婚礼，再为你买一只大一点的鱼缸。"

安顿好热带鱼，小燕决定打扫房间，凌乱的房间透露着单身的信息，偶像剧里那些恋爱中的女孩，房间都美得像样板房一样，不知道是因为她们的勤劳才收获了爱情，还是收获爱情之后人就会勤劳起来。总之，开始决定解除单身身份的罗小燕决定自己应该要先勤劳起来。当初搬进这间小屋的时候是东方轩帮着一起收拾的，他陪着小燕一起去买了几样好用又简洁的家具，连夜安装起来，就连窗帘也是东方轩一起去挑选的，一边擦地一边思考是罗小燕茫然时候的习惯动作，身体疲劳可以治疗失眠，而思考则可以理清情绪。

罗小燕一直觉得，东方轩一定是所谓的"女性大脑"，每次他来过之后，家里就会整洁很多，据说万人迷贝克汉姆也是这样的，家里永远收拾得干干净净。

自从认识了琳达之后，东方轩已经有好一阵子没有来帮小燕打扫房间了，就连今天小燕去相亲这样的大事，东方轩也没有来打探消息。男人！有了女朋友哪里还会记得自己的哥们儿？小燕狠狠地绞着拖把，借此来发泄自己的不满。

正在小燕和拖把斗争的时候，她的手机传来短信的声音，东方轩发来三个字："方便吗？"

罗小燕不由有些生气，什么意思，我有什么不方便的？她打回电话去："干吗？现在想起来关心我了？"

东方轩看来早就习惯了罗小燕质问一样的问候，不紧不慢地说："怕你还在面试，今天顺利吗？"

"顺不顺利跟你有关系吗？我还以为你会来帮我壮壮胆的，谁知道你连个影子都没有出现，现在来幸灾乐祸吗？"罗小燕的心情忽然好多了，"不过，还真有人来面试呢！"她忍不住想说说今天的遭遇。

那边东方轩的声音却有些淡然："那看来我的电话有点多余了，本来以为我这里的消息你也许会感兴趣的。"

罗小燕一副心无城府木知木觉的样子："什么意思？你说我面试的那个人呀？他是来拉广告的，他把我的面试当成一个广告活动了。你有什么消息给我？"

东方轩好像舒了一口气，然后沉默了几秒钟像在思考什么，接着他说出了一个让罗小燕忽然安静下来的话题："我想告诉你的是，他打电话给我了，他说他想见你。"

罗小燕沉默下来，用手下意识地卷着电话线，没有说话，电话那边的东方轩好像知道她会有这样的反应，也不催她，沉默地等着。好像沉默了一个世纪那么久，罗小燕故作轻松地说："他说为什么想见我了吗？"

东方轩清了清嗓子，说："他看见你登出来的面试广告了，然后辗转找到我，他说他现在已经是单身了，就这么一句话。"

罗小燕想了想说："那你转告他，让他下个星期天到一茶一坐去找我吧，我的面试是最公平的，谁也不能开后门。"

东方轩小心翼翼地问："他想要你的电话？"

小燕坚决地回答："不行。"

东方轩又问："他想把手机号码告诉你。"

小燕还是很坚决地回答："不想知道。"

东方轩叹了一口气，挂掉了电话。小燕没有听见东方心里的那句话："她还是忘不掉他，这样赌气还不是因为爱得太深了嘛。我该怎么做呢？"

这边小燕停下了手里的工作，她走到书架前面找到了自己出版的第一部小说，那是一本叫做《悬崖百合》的小说，爱情里的情杀案件，这本小说改编成电影获得了成功，这个成功使得小燕可以成为一名职业作家。

书里夹着一张男人的照片，那是一个戴着眼镜的斯文男人，颇有一点香港小生吴启华的味道。小燕端详着这张照片，犹像着想给东方轩打个电话。三年了，他说他已经是单身了，天宇，这个从事犯罪心理学研究的天宇，他真是了解人的心理，他只说了一句话，但是他知道只有这句话是最关键的。

小燕想起当年《悬崖百合》本来写的是一个爱情故事，认识了天宇以后小燕推翻了原来的大纲把它写成了一部推理小说，没想到销售量居然一发而不可收，而自己也迷上了构思推理小说的那种感觉，但究竟是因为迷上了推理小说才迷上了天宇，还是迷上了天宇才迷上了推理小说？小燕一直无法推理出一个答案。

只一句话，那些往事便纷纷回来了。当年天宇去美国进修，他希望小燕和他一起出国，可是小燕正忙于新书《悬崖百合》的宣传和下一本书的构思。年轻人对于短短半年的分离并不觉得困惑，只是小燕没有想到的是天宇进修过之后又在美国逗留了几个月，然后他结婚定居，只是通过一封信来和小燕分了手。

小燕几乎背得出那封短短的信："小燕，很遗憾你没有来。而我打算一直留下来了，我会在这里有更多的发展，这是我的结婚照，我获得了新生。你那么年轻开朗，也一定会有属于你的新生。就这样吧。天宇。"

遇见你

　　当年只有东方轩知道罗小燕和天宇的恋情，他看着罗小燕坠入情网，看着罗小燕和天宇甜蜜恩爱的恋爱镜头，看着罗小燕等待天宇的落寞，也看见了罗小燕在失去天宇之后的痛苦。那时的罗小燕还和父母住在一起，为了摆脱所有的记忆，罗小燕决定搬到现在这间小屋来独立生活，她的开朗很快就恢复了，但是她不再和异性进行"可能发生恋情"的接触，她一心封闭自己的举动让东方轩知道，这个叫"天宇"的伤没有痊愈。

　　也许这一次挫折让小燕成长，失去天宇之后的她写起小说来却如有神助。她擅长在爱情故事中加进凶杀案件，或在罪案中加进不可思议的爱情，她一直使用一个叫作"恋人刀"的笔名，在网上、在年轻的读者群中，"恋人刀"是个响亮的名字。由一只可爱的小燕子变成一把犀利的刀，东方轩知道这都是因为一个叫做天宇的男人。

　　世事弄人，想在美国大展拳脚的天宇却在三年后铩羽而归，这时的小燕不仅有了三部小说，而且其中的一部被改编成电影，另外两部被改编成了电视连续剧。神秘的"恋人刀"从不参加公众活动，不发表照片，虽然有的铁杆支持者知道"恋人刀"原先的名字就是罗小燕，不过这个名字太普通了，淹没在人群中无法查找。但是小燕知道天宇一定看见了自己的成功，"恋人刀"这个名字就是天宇帮她起的，看着照片上温文地笑着的天宇，小燕知道自己充满了期待，她期待着和天宇见面，在她的记忆中，天宇还是在机场与她依依惜别的样子，那封信，也许只是一个误会，她不相信她和天宇之间的爱情是那么容易就被磨灭的。

　　天宇回国的消息是在一次聚会的时候小燕无意中听说的。从那天开始她就在等待着，她觉得天宇欠自己一个解释。爱情是如何开始的，为什么就那样结束了，难道他一个人就可以对两个人的事情说算就算吗？但是天宇始终没有出现。

小燕觉得天宇越是躲着自己，越说明他的心里没有忘情，他只是不知道该如何面对，这样的情怀该用"近乡情怯"来形容。天宇看见了罗小燕发出的面试男朋友的广告，他让东方轩转告的那句话"我已经是单身了"，这些能说明什么呢？罗小燕对天宇的思念早就覆盖了当初的失落和伤感，她在心里暗暗埋怨："天宇，看见我的广告之后你为什么不来呢？我还以为今天下午就会在一茶一坐看见你呢。"

现在小燕更加期待下一个星期天的到来了，她觉得这一次自己有希望见到天宇，那种在一个公众场合不期而遇的感觉，她在心里已经彩排了很多次了。

第二天，小燕去出版社看封面设计，小燕的编辑是一个叫于濂的男人，当初就是他顶着社里的质疑执意出版了小燕的第一本小说；如今靠着小燕的小说，他已经成了社里的中流砥柱，每次看见小燕他都要说一些"我们两个人真是珠联璧合"之类的话，他喜欢罗小燕，但是他也尊重罗小燕"工作至上"的论调。

于濂一直是单身，东方轩第一次遇见于濂的时候就认定他对小燕绝不是工作上的合作伙伴那么简单。可是小燕觉得东方轩太狭隘了，罗小燕认为男人和女人之间是有十分单纯的友谊的，自己既然能和东方轩做这么多年的朋友，跟于濂也可以保持这种纯洁的革命友谊。

可是，今天的于濂看上去却有些不对劲。也难怪于濂会不高兴，这两天社里阴阳怪气的话已经把他弄得六神无主了。

于濂和小燕的关系一直是出版社的一个话题，当初于濂为小燕极力陈词的态度早就让很多人觉得两个人的关系不一般，而小燕出名之后还是忠实地选择于濂做她的责任编辑，更让人觉得他们是你情我愿的，谁让他们都是一直单身的"贵族"呢？

于濂对罗小燕最初的确只有赏识，后来却演变成了一种爱慕，于濂不是没有做过梦的，台湾的平鑫涛和琼瑶不就是一对珠联璧合的榜样吗？

遇见你

于濂观察过，小燕身边除了那个阴阳怪气像蛔虫一样的东方轩之外，没有男人。而东方轩和罗小燕不是情侣，这已经不是新闻了。于濂也试探过，可是小燕对男人似乎没有兴趣，她把工作当成自己的爱人，把自己当成恋爱的绝缘体。出版社的同事拿罗小燕和自己开玩笑的时候，于濂总是说"她是个工作狂，独身主义，真的，她打算跟工作恋爱"。所以，一段时间之后，大家对于濂和罗小燕的关系也就失去了关注的兴趣。

但是上周的报纸广告却成了社里的一磅炸弹。一直宣称与爱情无缘的罗小燕忽然登报面试男朋友，那种急切让大家愕然，于是于濂的耳边闲话便多了起来："小于啊，你的用心良苦人家似乎不领情呀。""怎么，原来你对罗小燕是一厢情愿，这些年来她一定是在推托你吧。""什么独身主义，你是吃不着葡萄说葡萄酸吧。"

罗小燕的广告让于濂成了出版社里的一个笑话，在众人眼里活脱脱就是那只吃不到天鹅肉的癞蛤蟆。从农村以优异的成绩考到上海来又凭自己的实力站住了脚跟的于濂最怕的就是被人笑话，何况，他的确一直暗暗喜欢罗小燕，只是尊重罗小燕的"工作伴侣论"才一直保持着若即若离的关系。罗小燕忽然急吼吼地登报征友，让于濂觉得这是对自己的愚弄和罗小燕对名誉的不珍惜。

所以，当罗小燕兴致勃勃地走进于濂办公室的时候，她看见的是于濂那张阴沉沉的脸。

8

"怎么，今天早上掉了钱包吗？你的脸看起来十分苦大仇深嘛。"罗小燕轻松地开着玩笑。

罗小燕虽然已经是个成名作家，但是跟社会打交道的机会实在不多，她没有固定的单位，基本的社交圈子是多年来积累的同学以及通过同学认识的各种人，因为她的工作关系，她的作息跟别人是相反的。白天大家都在上班，而她不是睡觉就是四处游荡，她说这叫养精蓄锐、寻找灵感和体验生活。一进入黄昏，她的创作时间就开始了。黄昏的时候的确是人的情绪比较敏感的时候，这个时候很多细小的悲欢离合都被放大了，于是罗小燕开始她一天中最繁忙的阶段，这样一边写一边思考往往要工作到晚上 10 点左右，然后她的情绪会异常兴奋，这个时候她往往会开始找人聊天。所以大多数朝九晚五的人没办法跟上她的作息时间表，她能保持长期来往的人也大多数是一些自由职业者。她的那一圈朋友跟她一样都有自由散漫的毛病。对于"看人脸色"这样的高难度社交技巧掌握得都不怎么高明。

所以，于濂的脸色虽然很难看，可是罗小燕却没觉得严肃，更没把于濂的不愉快和自己联系起来。

于濂看看周围坐着的同事虽然手里都在忙着自己的工作，可是不管是在打电话还是在电脑前面做出一副改稿子样子的人，似乎都留了一只眼睛一只耳朵在注意着自己和罗小燕的对话。办公室里的气氛显得十分暧昧，而罗小燕一副没心没肺的样子让他不知道该怎么开口。正在这时，罗小燕却先尖叫了起来，她拿起了于濂桌子上放着的报纸，正好是登了自己面试启事的那张："啊！于濂，你也看见了。"她前面的一声"啊"是大声喊的，后面的话却压低了声音说出来，一副怕被别人听见的样子。于濂实在是又好气又好笑，只好也压低了声音说："这份报纸有几十万份的发行量，大概上百万人会看见，我为什么会看不见？"

罗小燕的脸居然一下子红了，被不认得的人看见，和被熟悉的朋友看见，那种感觉是不一样的。那一瞬间，她的脑子里只有一个念头："出丑了，赶快逃吧。"也就在这一瞬间，罗小燕发现办公室里的每一个人都在看着自己，她意识到看来大家都已经知道自己面试男朋友的事情了，她窘极了，大步流星

遇见你

147

地逃出了于濂的办公室。罗小燕一跑,于濂的第一反应自然是——追,罗小燕脸红的样子让他看见了希望,这个大大咧咧的女孩子在自己的面前脸红了,意味着什么?她很在乎自己的对她的看法,不是吗?也就意味着罗小燕是喜欢自己的,不是吗?

人脑真是神奇,用这一段话表达出来的这些内容在大脑里也就是"一闪念"这样的状态,罗小燕逃出办公室,于濂追出去,几乎在不到十秒钟的时间,有个成语形容这种过程,叫做"兔起鹘落",经常用在武侠小说高手过招的描写上,其实,恋爱季节的男女情绪的变化比武林高手对决还要精彩呢。

于濂跑出办公室,对着罗小燕的背影喝了一声:"喂,你给我站住!跑什么跑,跑得快别人就忘得快吗?"

罗小燕想了想,站住了。大热天的,跑了这么几步,已经大汗淋漓了,再想想,是啊!单身的自己即使面试个把男朋友也是理直气壮的事情,为什么要畏畏缩缩的呢?于濂已经跑到了罗小燕的面前:"我去把封面的设计稿拿来,我们到隔壁马路上那家茶坊去聊吧。你先去,我就来。"

于濂返回办公室,正在热烈讨论着的人们看见于濂立刻安静下来,最近记者都忙着报道奥运会的事情,报纸上娱乐新闻不多,自己身边出了这样的事情,简直可以作为社里的头版头条了。有些人已经打起了赌,认为罗小燕会和于濂谈恋爱的是一赔三呢。

于濂在去茶坊的路上忽然下了决心,今天一定要跟罗小燕好好谈谈,既然她急着找男朋友,为什么不考虑考虑这个默默关心了她好久的男人呢?于濂在路边的玻璃窗前照了照自己的影子,身材匀称,一表人才,当初在学校里的时候还是颇有一些女生拥趸的,而单纯可爱常常在冲动中失去方向的罗小燕不正需要自己这样一个沉稳、周到、体贴的伴侣吗?于濂在行进的过程当中帮助自己建立起了信心,他几乎忘了自己跟罗小燕见面是为了书的封面设计稿,所以当他在罗小燕面前坐下来,罗小燕向他伸出手来说"拿来,我看看吧"的时候,他却脱口而出:"我的简历你还用看嘛,你就说行不行吧。"

罗小燕被他吓了一跳："你的简历？我要你的简历干什么？你不是要给我看封面的吗？"

于濂回过神来，连忙把设计稿递给小燕，小燕认真地看起来。这边于濂开始细细打量小燕。孩子一样细嫩的皮肤，大大的眼睛，小小的鼻子，虽然不算十分美艳，可是看久了那种亲切和可爱是让人十分珍惜的。尤其是她认真工作的时候，脸上有一种自信和倔强的神情，那个下意识地抿住嘴角的动作让人十分怜惜。

趁着罗小燕低头看封面的时候，于濂嘟哝着说："小燕，我做你的男朋友好吗？"罗小燕的心思在封面上面，所以她一边点头一边说："好的……"于濂见她点头了，心情十分激动，一把抓住她的手说："你答应了？"罗小燕还没反应过来，嘴里的话却连着说了下去："蛮好，不错，比上一个好。"

同时她发现了于濂急切的眼神和抓住自己的手的动作，吓得跳了起来："老于，你干什么？你今天哪里不对劲吗？"

于濂借着勇气说："我没有不对劲，是你太粗心了。我喜欢你很久了，怎么暗示你都没有反应。既然你在公开招聘男朋友，那么考虑我吧，让我做你的男朋友，结婚也行。"

罗小燕看了于濂好一会儿，确定他是认真的，她想了想，清了清嗓子说："可是，已经有人排在你前面了。"

于濂像被兜头泼了一盆冷水："是东方轩？我就知道这家伙阴阳怪气的不安好心。"罗小燕几乎要笑了："怎么可能？他只是我的哥们儿。我在等的那个人已经住在我心里很久了，他伤害过我，但是我没有办法忘掉他。他看见了我的启事，他要回到我身边了，这个位置其实我一直为他留着的。"

于濂猛地站起身来，一言不发地走了。走了几步，他忽然又回过身来，说："感情的事情讲不了先来后到，从今天开始我要来追求你了，罗小燕，你等着吧。"

遇见你

小燕正在跟东方轩通电话："我真的没有想到，于濂是认真的，你说他是认真的吗？你说话呀！"

"我在画图呢，你别老是拿你那些风花雪月的事情来跟我纠缠。"东方轩看起来很忙的样子。罗小燕不依不饶，"画图你画好了，又不需要用嘴画的，嘴巴空着跟我聊聊天嘛。难得你的宠物不在，我们可以清清爽爽地聊一会儿。"

东方轩的声音里有点笑意了："怎么听起来你对琳达比对我还在意嘛，每次跟我打电话都要提到她，不知道的人还以为你在吃醋呢。"

"我是在吃醋呵。"罗小燕认真地说。她的话竟让东方轩沉默了，"东方，你在听吗？"罗小燕问。

"我在听，在等着你往下说呢。"

"哥哥谈恋爱，做妹妹的总是会吃醋的，我吃琳达的醋很正常呀，你这个男人总有一天会属于一个女人的，想到这一点我就有点失落，所以我也要加油，赶紧找到属于我的男人才行。"

"不用着急，我会陪着你的。"东方轩淡淡地说，听起来好像有点心不在焉的样子，"我说过的话我一定不会忘记的。"

东方轩的声音变得很轻，同时电话里传来了干扰声，是罗小燕的手机响了。罗小燕接了起来："喂，妈妈，你们回来了？"

那边她妈妈兴奋地说："小燕，明天晚上6点之前一定要回趟家，我跟你爸爸等你吃饭。"然后就挂断了电话。

罗小燕还想说什么，可是手机已经跳出了"结束通话"的字样了。她只好对电话那头的东方轩说："我妈专门这样，说完她要说的，别人说话她就听不见了。"

东方轩说："你不也是一样嘛。"

罗小燕不服气，"我怎么会跟她一样？对了，我们说到哪里啦？刚刚你说的话我没有听见。"

东方轩好像叹了口气，淡淡地说："算了，不重要的。我要挂电话了，这张图明天一定要交的。"

小燕忽然觉得有点依依不舍："可是，我还不想挂电话。"

东方轩容忍地说："那我不挂，我放在免提上，但是我一定要去画图了。"

罗小燕把电话也放在免提上，靠在床上看书，电话里传来东方轩走动和拿东西的声音，那些轻微的响动在夜里使她特别地安心。隔一会儿她会问："东方，你还在吗？"东方轩沉静地回答她："在的。"静夜里，温馨的气氛在电话线两头洋溢着，东方轩最后听见罗小燕像梦呓一样地说："要是你和琳达结婚就不能这样陪着我了。"这一次，东方轩没有回答，等了一会儿，他知道罗小燕已经睡着了，便轻轻地挂上了电话。

第二天下午四点，罗小燕看着电视尝试睡个午觉，妈妈的电话已经心急火燎地打来了："小燕，你在家呢？今天既然没事就早点回来吧，我们从千岛湖给你带了礼物来。"

小燕回到家，妈妈正在厨房里准备晚饭，家里的小狗呀呀蹿出来叼住了她的裤腿。罗小燕跟小狗一起倒在地上打起滚来，她笑着嚷嚷："呀呀，我就知道你闷坏了，今天我特地穿了一套运动衣，来来来，我们大战三百回合。"

罗妈妈从厨房出来，看见宝贝女儿和狗狗一起在地上打滚，立刻向罗爸爸大喝一声："喂，你看看，怎么又把呀呀放出来了？女儿已经惯得不像样了，现在连狗狗也不会做规矩。"罗爸爸笑嘻嘻地从沙发上立起身来，招呼小狗："呀呀，我们去卧室吧，今天家里有贵客来，千万别给妈妈丢脸哦。"

罗小燕满不在乎地说："妈，您跟我客气什么，虽然我好久没有回来了，可是我也不是什么贵客，你用不着这么兴师动众吧。大不了我以后每个星期都回来嘛。"说着，她伸手到罗妈妈放在桌上的盘子里拈起一块牛肉放在嘴里。

罗妈妈尖叫起来："不许吃！才摸过小狗，也不洗手，而且今天家里有客

遇见你

151

人，别把我好不容易装好的拼盘搞坏了。"

罗小燕一边洗手一边问："有客人？原来不是特地拉我回来补充能量的，那我先走了，我最不喜欢当陪客了。"

罗妈妈用她发福的身体挡住了厨房的门："你敢，今天这顿饭你可是主角，你要是走了，谁去相亲呀？"

罗小燕大惊失色："相亲？老妈，你想把我当猴耍吗？"

罗妈妈摆了摆手："别装了，你不是急吼吼地上了报纸去征婚吗？那样大海捞针，还不如让老妈替你作主！今天这一位是你东方伯伯物色来的，据说人家是看了你的广告之后主动找上门来的，人品条件没话说，你东方伯伯对你也十分关心，晚上他和你轩哥哥作为陪客一起来的。现在你给我去洗头洗澡换衣服，我就知道你一定会邋里邋遢地跑回来的，前两天就托小轩帮你买了一条新裙子，现在时间刚刚好，你看要不要我帮你洗呀？"

罗小燕只好苦着脸钻进了卫生间，一边洗澡一边在心里骂了东方轩上百遍，这家伙，居然跟老一辈同志们一条战线，设了这么个圈套，过了今晚再去收拾他。

洗完澡换上裙子的小燕十分清爽，连她自己也被镜子里这个清纯的女孩子给吸引了。罗妈妈得意地看着镜子："瞧瞧，我的作品，这辈子这件作品我最满意了。"

门铃响了，气宇轩昂的东方敬笑嘻嘻地走进来，他一边换鞋子，一边跟罗爸爸说："老罗，我这个媒人可是信心十足啊，薛医生从美国留学回来，顶刮刮的青年才俊。就是我们家小轩我看也比不上人家，来来来，小薛医生，这是罗伯伯，这是罗伯母，小燕呢？"

罗小燕慢吞吞地从房间里走出来，眼睛却向后看去，她想看看东方轩来了没有。可是她首先在东方敬的身后看见的是一大束马蹄莲，这是小燕最喜欢的花，小燕心想，东方轩这个内奸，居然连我的爱好都卖给别人了。然后她呆住了，手里拿着花走进来的居然是一个她怎么也没有想到的人。

东方轩是最后一个走进来的人，他看见了罗小燕惊讶的表情，虽然只是一瞬间，同时他也看出了罗小燕的激动，虽然他的心隐隐地痛了一下，但是又被一阵欣慰给取代了。薛天宇，这是罗小燕现在最想见到的人，也许他还是小燕这一辈子不应该错过的男人，所以，他亲手安排了这场相亲，为了替小燕挑到这条蓝色的长裙，东方轩花了两天的时间，这时间花得值，穿着这条新裙子的罗小燕很美，美得就像薛天宇手上的马蹄莲。而拿着马蹄莲的薛天宇恰巧也穿着淡蓝色的衬衫和深蓝色的长裤，两个人看上去就是那么般配。

几年前薛天宇和罗小燕谈恋爱的时候，东方轩就曾经远远地看见过两人，那时的他们年轻漂亮，走在人流如织的街上显得十分抢眼。几年的时光在他们身上雕刻了一些成熟的气质，薛天宇看起来更加有成功男人的夺人气质了，东方轩在心里悄悄叹了口气，这样的薛天宇出现在罗小燕面前，杀伤力一定比以前更加强烈了，这一次，希望他不要再伤害罗小燕。

客厅里，大家已经在餐桌旁坐定了，小燕和东方轩坐一侧，东方敬和薛天宇坐另一侧，罗爸爸和罗妈妈坐在两头。席间罗小燕几乎没有主动说过一句话，别人问她问题她也只是用"不、嗯、还好"这样简短的词来回答。平静的外表下面罗小燕的情绪在翻腾，她没有想到见到的人会是天宇，她想天宇一定是在东方轩那里碰了壁，然后转而攻下了东方敬，看来这一次他是志在必得的。罗小燕想，薛天宇是真心诚意地要回头了，当年那封分手信一定是在不得已的情况下写的，跟美国新大陆的诱惑相比，一个罗小燕当然不算什么，他在事业上一直是有野心的，对于男人，这应该不算是错误，现在他回来了，其他的就都不重要了。

东方轩注意到了罗小燕的沉默，但是，他知道，罗小燕和薛天宇过去的那一段是千万不能被长辈们知道的，这个秘密要帮他们隐瞒下去。他用轻松的

遇见你

153

语气开起了罗小燕的玩笑："今天小燕好像特别沉默哦。看来我们天不怕地不怕的小燕也有不好意思的时候。"东方敬接了儿子的话："那当然，小燕又没有谈过恋爱，就是相亲也是头一次，说实话，看见小燕的广告我真是吓了一跳，不过这也是应该的，小燕已经不小了，像她这个年纪，我们都已经做了爸爸妈妈了。都怪我们这几个做长辈的，从来不给他们压力，让这两个孩子吊儿郎当地混到现在。"

罗妈妈看着天宇，已经笑得合不拢嘴了："是呀，小轩还比小燕大两岁呢，男人三十而立，不仅说的是事业，也包括这谈恋爱的事情，我看，小轩的婚事也应该抓紧了。"

天宇不紧不慢地说："其实感情这种事情要讲水到渠成的，早早晚晚倒没有问题，关键要遇上合适的，像你们这样开明的父母，就是在美国也不多见的，中国的父母喜欢干涉子女的私生活，反而限制了他们的发展。"

罗爸爸有点得意了："那是，我就主张孩子的事情让他们自己拿主意，父母主要的功能是为他们创造环境创造条件，但不是管头管脚，让孩子丧失独立能力。所以我们家小燕大学毕业以后就自力更生了，她想过什么样的生活我们不限制她。"

东方轩抛出了一个话题，大家聊得很投机，尤其是天宇，话说得不多，但是句句都让长辈们听得舒服，笑声不断，于是一顿晚饭宾主尽欢。

罗小燕却有点魂不守舍的，她没有想到自己和天宇的重逢会是在这样的气氛下进行的，虽然气氛很好，可是太家庭化了，那种感觉让她觉得面前的天宇与自己想象中的天宇隔得很远，让她很不习惯。罗爸爸和罗妈妈却对天宇赞不绝口，罗爸爸说："年轻人，很谦虚，而且懂的东西很多，留过学的毕竟不一样。"罗妈妈说："那当然了，职业也好呀，医生，心理医生，这个行业未来几年里最吃香了，跟人说说话就好收钱了。小燕，你看呢？"

罗小燕把呀呀抱在怀里，一下一下地顺着它的毛，心里在想着什么，已经出神了。听见妈妈在问她，便下意识地说："嗯，差不多。"

妈妈其实也没有太在意她说什么，只是需要一个人应答一下，又自顾自地说："我看小燕可以跟他处处看，而且这个薛医生对我们家小燕很满意，我看得出来，他的眼睛一直盯着她，那种眼神很深很深，就像爱情电影里的一样。"

正说着，电话铃响了，坐在电话边上的小燕下意识地接起了电话，电话是天宇打来的，只是一声"喂，小燕吗"，罗小燕便愣住了。那声音在电话里听起来真的好熟悉，好久好久了，她一直在等着这个声音。小燕还没有应答，妈妈已经拿起电话和天宇聊了起来，然后她很快挂了电话，告诉罗小燕："明天中午12点，在新天地的一茶一坐，薛医生想单独跟你见见面。我替你答应他了。"

回到自己独居的小屋，小燕忽然很想跟东方轩聊聊天，她拨通了东方轩的电话，接电话的却是琳达，琳达跟东方轩看来正在说着什么好笑的事情，她连来接电话的声音都透着笑意。琳达友善地说："小燕姐吗？我让小轩轩来接你的电话哦，我跟你说，他好坏哦，他一直欺负我，你来替我报仇吧，只有你能治得了他。"

东方轩抢了电话，可是罗小燕已经被琳达的话打乱了思绪，她觉得这样状态下的东方轩是无法说出什么道理来的。东方轩在电话那边一直问："喂，小燕，是你吗？我喝多了，没想到两瓶红酒就把我打倒了，小燕，你说话呀。"

罗小燕想了想说："我想我应该谢谢你。"东方轩不知道怎么了，一下子挂断了电话。罗小燕想，东方轩看来真的是喝醉了，想到他和那个琳达两个人喝得醉醺醺地待在一起，罗小燕忽然觉得很气愤，她把沙发上的靠垫狠狠地扭成一团，然后重重地扔在了地上。

11

第二天，罗小燕到中午11点的时候才醒过来。

昨天晚上她简直就像失眠了一样，脑子里一直在想，明天见到他的时候我该说什么呢？我应该做出一副冷冰冰的样子来，彬彬有礼地称呼他"薛医生"，让他知道过去的已经过去了，现在的我需要的是一次新的恋爱，他已经没有特权了。不好不好，罗小燕反驳自己，这样简直就是欲盖弥彰，他是心理医生，一看就会发现我心里的矛盾，那我对他的耿耿于怀岂不是一眼就被看穿了吗？他会对我说什么呢？是不是会先来一段忏悔，然后向我求婚呢？或是说"让我们重新开始吧"这样的话？

总之，罗小燕的创作天赋折腾得自己一夜没有睡好，直到天亮了，邻居们开始出门了，在人们取自行车、关防盗门、跑步、问好的声音中罗小燕才沉沉睡去。这一觉睡到了11点，从罗小燕住的地方赶到新天地，怎么也要三四十分钟，罗小燕匆匆地刷牙、洗脸，随便从衣橱里拿出了几件衣服，发现像样一点的裙子都需要熨一下才能上身，只有一条牛仔裙和一件白色T恤比较整齐，于是她套上衣服，蹬上轻便的运动鞋，背上大包包，冲向了地铁站。

罗小燕在新天地的人工湖边上走着的时候，忽然听见有人叫她，她一回头，看见头发有点乱蓬蓬的东方轩站在自己身后："小燕，昨天我喝多了，你打电话来我都不知道自己说了什么。"

罗小燕有点莫名其妙，"你没说什么呀，只是挂掉了我的电话，后来是不是和琳达……你知道我的意思的。"

东方轩忽然走上来一把抱住了罗小燕："别说了，我不会和琳达怎么样的，我来只是希望你能幸福。"

罗小燕从来没有和东方轩有过这么激烈的身体接触，可是她发现，东方轩的怀抱十分温暖，简直让自己陶醉了。

东方轩拍了拍小燕的背，好像她还是个孩子一样，然后说："去吧，如果他伤害你的话，告诉我；如果你觉得快乐，我也会快乐的。"说完东方轩背对着罗小燕，大步离开了。

罗小燕站在原地，心里竟有一种十分梦幻的感觉，这个东方轩今天怎变得这么感性，难道他跟琳达发生了什么事情了吗？恋爱会使女生变成女人，看来恋爱也会使男生变成男人，东方轩这会儿满身都是成熟男人的魅力，就连他的背影似乎也变得十分动人了。

发一会儿呆，罗小燕才想起在一茶一坐还有她一生中最重要的一个男人在等着他呢，这样的约会她不希望迟到。

罗小燕走进一茶一坐的时候，天宇已经在窗子旁边的座位上等候了，他的面前放了一杯冰冻的普洱茶，玻璃杯里飘着一朵白色的菊花，今天的他穿了一件浅米色的T恤，配上面前深红褐色的饮料，显得和谐完美。

罗小燕坐下来的时候，天宇向不远处的服务生挥了挥手，善解人意的服务生立刻端来了一套洛神冻饮。"我想，你还记得这种养颜又养眼的茶，洛神花茶，我曾经推荐给你的，这家店居然有，所以我第一次来就爱上了这里，而且那时我就希望哪一天能和你一起来喝茶。"

天宇的声音是温和而低沉的，而他说的话更让罗小燕感动，洛神花茶，他真的没有忘记和自己一起度过的那些日子。"其实我喜欢这家店也是因为它这里有洛神花茶。"罗小燕心里想，可是她没有说出来，她压抑住了自己激动的情绪，毕竟当年的打击太大了，她不想就这样轻描淡写地揭过去。

于是她端起杯子，轻轻抿了一口，茶水酸酸的，又有一丝甜意，茶水里包裹着的花香更像一种果香，让罗小燕的心情真正平和下来。对面坐着的天宇也端起杯子喝了一口普洱茶，又说："小燕你知道吗？一踏上浦东机场的土地，我就想见你，可是走出机场车子在浦东开着的时候，我就泄气了。短短三年，上海的变化太大了，我想一个女孩子的变化一定比这座城市更大吧？我上了街，在新华书店看见了你写的书，书店里的店员都知道你，说你现在是年轻人最喜欢的作家之一。我买了你所有的书，我知道你真的如我所希望的那样，开始了你的新生活。所以，我打算离你远远的，从此做你的平行线，不再交汇了。要不是看见你在报纸上登出来的广告，我真的没有勇气出现在你面前，小燕，你知道吗？越是在乎的东西越是不敢靠近，这叫做近乡情怯。"

遇见你

听到这里，罗小燕终于忍不住了，她低低地说："天宇，过去的事情就不要再说了吧。"

薛天宇激动地抓住了罗小燕的手："我终于又听见你喊我天宇了，你知道吗？我今天最怕的就是你冷冰冰地喊我薛医生，而你还是温和地喊我天宇，这一声我久违了三年了。"

罗小燕任由天宇抓着自己的手，心里微微有点欣慰地想："原谅比仇恨好多了呵，两个人这样坐在一起，好像过去的那些美好的时光又回来了，人生这么长，那一朵小小的浪花真的就这样过去了吧。"

天宇热切地看着罗小燕："我们就好像昨天刚刚分离，今天又见面了一样。"

罗小燕忍不住笑了："我们的确是昨天刚刚分手，今天又见面的呀。昨晚我们不是一起吃的晚饭吗？"

天宇严肃地："你知道我的意思，你总是用这种半开玩笑的态度来掩饰自己的紧张情绪，这样我们怎么好好谈话呢？"

一时间，罗小燕觉得自己又回到了当年向他讨教心理学知识的时候了，她的心里忽然有了一点点的厌烦，这个家伙，还是这么好为人师，刚刚那种感性温情的样子比现在可爱多了。

就在罗小燕开小差的时候，天宇说出了一句让她惊讶的话来："我想请你认真考虑一下，我想跟你结婚。"

12

结婚？罗小燕的心跳一下子变得剧烈起来了。当年，天宇也提出过结婚的，那是在他准备出国之前，他要小燕跟他结婚，然后两个人一起出国。小燕同意结婚但是不想出国，天宇就没有再提婚姻的事情。那时候的小燕是愿意等天宇的，结不结婚没有关系，可是天宇却选择了和别人结婚留在美国。罗小燕一直很好奇，薛天宇究竟和一个怎样的人结了婚，又为什么分了手回了国？要在三年前，罗小燕一定会以为这一切都是为了自己，但是现在的罗小燕已经不会这样天真，直觉中她觉得迫使薛天宇回国的原因是——事业。

罗小燕并不想计较这些，男人和女人的不同就在于这一点，女人大多数愿意为了爱情牺牲一切，男人虽然在爱到最深处的时候也会为爱情放弃一切，可是当爱情的高潮过去的时候，成功才是他们人生的真正动力。所以结了婚的男女争吵的话题往往是一样的，女人觉得男人太忙了忽略了自己，男人却很委屈，我这么辛苦还不是为了支撑这个家，让自己的女人过上好日子吗？罗小燕的爸爸妈妈也有过这样的争吵，作为旁观者的她早就从上一代的经验中得出了教训，别和男人的事业争宠，这就像"先有鸡还是先有蛋"的争论一样是没有结果的。

所以，罗小燕早就原谅了天宇，她也并不觉得委屈，事业的确是个好东西，当你品尝过成功之后你就会发现，事业的成就感是会让人上瘾的，还会让人觉得充实和安全。在天宇离去后的几年里面，罗小燕品尝到了事业带来的踏实感，成功让她变得宽容和理智，现在的她虽然外表上还是那样质朴而单纯，但是她的心已经独立而成熟了。

薛天宇自然没有体会到这一点，面前的罗小燕跟几年前几乎没有什么变化，虽然回国后他在不同的场合听到人们用佩服的口气提到过这个叫做"恋人刀"的作家如何如何畅销，可是他在翻看了罗小燕的小说之后心里并没有什么"肃然起敬"的感觉。从一个心理医生的角度，薛天宇一向自视很高，罗小燕的那些犯罪心理学理论都是从自己这里贩卖去的皮毛，就靠这点皮毛她居然得到这么大的成功，这一点他实在是有点不忿的，早知道就这样也能成功，当年自己如果不去美国的话，还有她罗小燕什么事儿呢？当然这一点薛天宇是不会告诉罗小燕的。罗小燕得到了成功，总比别人成功要好，因为通

遇见你

159

过两次和罗小燕的接触，薛天宇已经可以稳操胜券地得出结论：罗小燕还爱着自己，那么，罗小燕的成功将会变成薛罗两个人的成功。

向罗小燕求婚薛天宇的确是发自真心的，在他遇到的女人当中像罗小燕这样单纯的很少，持着"海归"的身份，薛天宇身边当然不乏女性的追求者，但是薛天宇觉得她们无非是看重自己的学历和工作，她们的感情太淡薄了。有的时候薛天宇并不喜欢自己学习的这个专业，研究人的心理。你想，那就好像可以看见人头脑里的想法一样，当她对你甜言蜜语的时候，你却发现她的动机不纯，这样的相处还有什么甜蜜可言？罗小燕对自己的感情薛天宇也是看得很清楚的，她信任自己，牵挂自己，即使受到伤害，还是没有改变，这样的女人，当然不能拱手让人了。

所以，薛天宇不打算绕弯子了，他也知道直截了当地求婚会是最有效的。快30岁的罗小燕之所以会登报征婚，不就是因为对单身生活的寂寞已经有些不耐烦了吗？在这个阶段她对婚姻的渴望是最强的。

罗小燕没有开口，以前跟天宇在一起的时候，她是个没有主意的人，那时的她对薛天宇是十分崇拜的，天宇说的，天宇喜欢的，天宇要求的，她的世界里只有"天宇"这两个字，女孩子在恋爱当中是十分盲目的，这一点在罗小燕身上体现得十分充分。只是在去不去美国的问题上她保留了自己的意见，因此而失去了爱情。这一次，天宇提出这样的要求，罗小燕的第一反应几乎是惯性的——好的，我们结婚吧！这句话几乎冲口而出。但现在的罗小燕毕竟已非当年，她觉得心里似乎有一样什么东西在阻碍她同意，但她不知道是什么，因此她只有沉默。

薛天宇见罗小燕不开口，便继续说了下去："要么我给你三天时间考虑一下？"然后他也沉默下来，好整以暇地喝起茶来。

沉默的气氛形成了一种压力，这正是薛天宇需要的，他知道罗小燕是个冲动的人，最受不了这种沉默气氛带来的压力，这种压力会让她失去控制情绪的能力。果然没到五分钟，罗小燕开口说话了："你没有别的话要说吗？"

薛天宇做了个"没有"的手势。

罗小燕又问："对于那封信、你的那段婚姻，以及我们的感情，你都没有什么要说的吗？"

薛天宇笑了："我今天回到你的身边，不就可以说明一切了吗？小燕，我之所以喜欢你，就是因为你是个与众不同的人，在你的心里早就已经原谅我了，不是吗？以你的性格，如果没有原谅一个人的话，是决不会跟他见面的，不是吗？坐在你面前的是薛天宇，是一个可以读懂人心的人，那些过去是不值一提的，我为什么还要做无谓的解释呢？"

罗小燕被他的话噎住了，的确，他说的没错，可是他欠自己一个道歉，看着稳操胜券似地坐在自己面前的薛天宇，罗小燕忽然觉得自己是一个"召之即来挥之即去"的傻瓜，恨是早就没有了，那是否意味着自己其实已经不再爱他了呢？那些期待、盼望，也许只是因为他欠了自己一个道歉？

罗小燕忽然发现薛天宇和自己其实都没有读懂"罗小燕"的心，那段感情真的已经随着青春的脚步逝去了，天宇的出现开启了小燕的爱，但是罗小燕发现自己的爱却不一定属于薛天宇。

13

对于一个人的爱和恨有时会在一瞬间产生变化，在今天以前，罗小燕思念着薛天宇，因为他，罗小燕无法爱上别的人。可是，当薛天宇忽然出现，并且向自己求婚的时候，罗小燕的梦却一下子醒了，原来自己一直耿耿于怀的是薛天宇欠下的一个道歉一个解释，是不是要跟他相伴一辈子，这个问题罗小燕发现自己从来都没有想过。想通这个问题，居然是在面对"求婚"的时候，罗小燕觉得爱情跟自己开了一个大玩笑。同时，两个人之间那种沉默的

遇见你

压力一下子消失了，罗小燕觉得自己又会思考了，她问："天宇，我想知道，你为什么想跟我结婚呢？"

天宇气定神闲地说："难道你不想跟我结婚吗？"

罗小燕笑了："你没有回答别人问题的习惯吗？还是你根本不知道怎样回答？而且我想知道，你跟你的前妻又是为了什么才结婚的呢？因为那个理由看来很不长寿，没几年你们就离婚了，不是吗？"

薛天宇显得有点尴尬："跟她结婚，自然是为了在美国留下来；跟你结婚，理由跟我离开前是一样的，我爱你。当我在美国的时候，我觉得只要能开始新的生活就可以了，在国内的一切都变得不重要。但是，真的住下来，我发现，在美国的生活其实并不是很理想的，人总有幼稚和目光短浅的时候。我及时纠正了错误，我回来了，重新回到了医院，得回了从前的生活。我的生活中最重要的就是你，我觉得那几年就像是一次意外，我要把它从我的记忆中剪掉，然后让一切恢复。"

罗小燕想了想，又问："我们结婚后你有什么打算呢？"

天宇的眼睛里有了兴奋的神色："这一点我倒是想过。我看了你写的小说，你试图用心理学的基础去分析人物性格，这种写法很有意思，但是你缺乏专业知识，而我，就是你的顾问，我会在这方面尽我的所能来帮助你。"

罗小燕有了一丝的感动，看来薛天宇虽然自负，但的确是在关心自己的，想起往日那些快乐的时光，小燕的心变得柔软起来。这时，上餐的服务生打断了两人的对话，两份咖喱牛霖的套餐摆在了两人面前。罗小燕有点惊讶了："这是我们点的吗？"

服务生客气地说："是的，是刚刚这位先生点的。"

天宇在服务生离去之后低声地说："记得我们一起做咖喱饭的情景吗？你最爱吃咖喱，跟我的口味一样，我没有记错吧？"

罗小燕一边打开餐具，一边说："其实，我不是特别爱吃咖喱，只是那时候的我觉得你喜欢的东西都是对的。"

天宇有点诧异地抬起头来看着小燕，这一次他大概也不知道说什么了。

罗小燕却继续下去了："这是在跟你分手以后我才发现的，比起咖喱的辣，我更喜欢直接而清爽的川菜，没有你之后，我发现了自己。"

天宇咽下嘴里的食物，勉强自己笑了笑："你从来也没有失去过自己，不是吗？"

罗小燕用咖喱汁拌了拌饭，咖喱的香味刺激了她，她发现自己还真是饥肠辘辘，这是她今天的第一顿饭，美味的食物让她有一种十分满足的感觉，因此她决定先不跟天宇讨论那些有关自我的高深问题，她说："但是，我并不因此就讨厌吃咖喱，我们认真地吃饭，吃完以后再谈，好吗？我可以给你一个下午的时间。"

天宇有点不习惯罗小燕这种命令式的语气，但是罗小燕已经开始津津有味地大吃起来。

罗小燕很快就吃完了，她满足地擦了擦嘴，抬手让服务生来收掉餐具，再倒一杯清水给她。

天宇看着她自然地做完这些事情，在举手投足之间，罗小燕显得自信而大方，跟当年那个怯生生的女生已经不太一样了。

很快地，薛天宇也吃完了，这一次，轮到他不知道说什么好了。但是他觉得自己应该说些什么，于是他问："你说你不爱吃咖喱，那你还有哪些习惯是我误会了的？"

罗小燕笑了："我并不是不爱吃咖喱，但是我不喜欢每次吃饭总是吃咖喱，你知道吗？我们每次出去吃饭，你总是安排好一切，就像今天这样，我从来都没有选择的权利。不光是吃饭，自从那次我以一个实习记者的身份到你们医院去采访认识了你之后，你一直把我当成一个实习记者来看待，不是吗？"

天宇有点迷惑："你的意思是我在支配你，控制你，你觉得我们之间不平等，对吗？"

163

罗小燕说："是的，这个道理我也是才想通的。那时，我通过东方伯伯的关系以实习记者的身份去你们医院采访，第一次我们就聊得很开心，然后我们就成了恋人。当时我正在写小说，你真的对我帮助很大，我不得不崇拜你，你的学识，你的经验，还有你对我的关心，都让我无法不依赖你。我习惯了你替我拿主意，可是，你却从不尊重我的意见。就像今天这样，你替我安排一切，我只需要接受就行了，从喝什么茶到该不该结婚。"

天宇有点不耐烦了，这个罗小燕好像要兴师问罪的样子，他说："我难道不是在为你考虑吗？你看你，刚才吃饭那副狼吞虎咽的样子，一定又没有吃早饭，还有你在报纸上登广告的行为，难道就不嫌草率吗？小燕，我不是要控制你，我只是在保护你而已。"

罗小燕觉得自己跟薛天宇有点无法交流了，她急切地说："天宇，你不明白吗？我是你的女朋友，不是你的女儿。我可以自己面对一切，那些失败积累起来的经验对我来说是十分宝贵的，跟你分手我尝到了独立的乐趣，现在的我需要的是一个平等的爱人，而不是一个心理医生。"

14

晚上，罗小燕又拨通了东方轩的电话，东方轩的声音还是沉静而温和的，让罗小燕想起了中午在湖边东方轩给自己的那个拥抱。失落的时候，没有东方轩该怎么办呢？可是一想到东方轩，罗小燕就会条件反射一样地想到琳达，自己失去东方轩的日子不远了吧？于是，她的心情又增加了一丝失落。

"是我，你在忙吗？"罗小燕的声音听起来有气无力的。

"还好，你呢？顺利吗？"东方轩淡淡地问。

"很顺利，顺利地分手了。"

"怎么？"

"他说我不是一把刀，而是一只燕子。"

东方轩静静地等着罗小燕说下去。

"他说一把刀无论做过什么，最后还是会回到刀鞘里的，而且一定得是原来的那个刀鞘，其他的会觉得不配套；而一只燕子离开了笼子以后就不会再回头了。"

东方轩竟叹了口气："薛天宇的确是个了不起的心理医生，他对人心具有十足的洞察力。"

"是啊，可是我要找的是一个爱人，跟一个能看透你心思的人交往，没有惊喜，没有意外，谁都不会快乐的。"

"但是当年的你很享受这种'看透'，不是吗？"

"我已经不是当年的我了，再次遇见他我才发现，不是他变了，变了的人是我。而他的不可爱居然就是因为他一点都没有变。"

东方轩又叹了口气："可怜的薛天宇，他就是那个刻舟求剑的人。他不知道人的心跟水一样是前进的。"

罗小燕有点不高兴了："喂，该同情的人是我，我等了他那么久，可是现在我的希望彻底破灭了，原来我等的是一个错误，难道我不值得同情吗？他不可怜，谁让他一直以来只爱他自己。"

"可是谁也没让你等他呀？我同情你身边的那些男人，在你眼里，他们都是透明人，而你，为了一个不存在的影子辜负了他们。你难道不是只爱你自己吗？"

罗小燕大叫起来："东方轩，你这叫做安慰吗？我是一个受伤的人呐。我要结婚，我要恋爱，可是我没有追求者，我是一个绝望的人！"

"真的没有追求者吗？小燕，别人在追求你，只是你看不见罢了，好好想想，在你身边的所有男人中，那些你一直打着友谊的旗号跟他们交往的人，真的只是因为友谊才维持了这么久的吗？小燕，因为天宇的离去，你成了一个爱情的睡美人，你的观察力在这个方面休眠了，可是，天宇的出现应该已经帮你解除了魔咒。好好地观察你身边的人，你一定会找到因为爱而耐心等待的好男人的，你已经让他等得太久了。"

罗小燕有点迷糊了："真的有这样的人吗？"

东方轩的声音听起来还是温和而理智的："你的眼睛只看见了自己，你爱的那个天宇只是你心中的一个幻想而已，不要排斥别人，试着接受别人的约会，哪怕你再去一茶一坐面试男朋友也可以啊。"

罗小燕觉得这个主意不错："东方，你还真是聪明，我发现你对爱情的研究也很透彻嘛。一定是因为你和那些姐姐妹妹相处得多了，所以经验丰富，对吧。好！这个周末我还去面试，我就不相信我这样的窈窕淑女，没有君子来逑。"

挂掉东方轩的电话，就有一个"君子"的电话上门了。出版社的于濂果然依照自己的宣言前来参与竞争了，他没有想到前面东方轩刚刚对小燕进行过"洗脑"，所以当罗小燕爽快地答应了他的邀请的时候，于濂简直不相信自己的耳朵。

于濂约小燕去看电影，小燕欣然同意了。当罗小燕赶到电影院门口的时候，愉快地看见于濂已经等在售票处了，买完票，于濂带小燕去买零食。罗小燕其实没怎么跟男人去看过电影，跟东方轩去看电影的时候两人从来不买零食，因为两个人都不爱吃零食；跟天宇去看电影的时候天宇认为看电影吃零食是一种不健康的行为，所以从来不给小燕买零食。当于濂带着罗小燕去买零食的时候，罗小燕觉得蛮新鲜的，她不知道该买什么既不让人觉得这个女生是在"敲竹杠"，又能体会到平常女孩子看电影吃零食的乐趣。她放眼看去，身边的女孩子大多选择了爆米花和汽水，罗小燕不爱喝汽水，她选了红茶和小桶的爆米花。

坐在电影院里，罗小燕很快就进入了情节，罗小燕的理论是看电影就是看电影，不投入还有什么乐趣，所以她看电影的时候不说话、不吃东西，可算心无旁骛。于濂就惨了，以前他跟女孩子一起看电影的时候，总会遇到喜欢问问题的女生："他是好人坏人？后来呢？她没死吧？"为了应付罗小燕可能会问的问题，昨天他已经把这部电影预先看了一遍，偏偏这是一部看第二遍全无乐趣可言的电影。更惨的是看完电影罗小燕发现是于濂坐在身边，居然还很惊讶："于濂？你怎么在这儿？"然后她用了两秒钟想起来："对了，我们是一起来的，不好意思，我一看电影就好像做了一场梦，半天回不过神来。"

然后她一个人快步地走着，脑子里还在回味刚才的情节，于濂跟在她的身后，手里拿着已经软掉了的爆米花。

一直到下了楼，走在港汇的休闲街上，冷风一吹，罗小燕好像才清醒过来。正好她看见了一茶一坐的招牌，这个时间门口已经没有人排队了，她欢呼了一声，说："于濂，你请我看电影，我请你夜宵吧。我饿了。"

于濂想起刚刚偷偷扔掉的爆米花，觉得它们"死得好惨"。

于濂只要了一杯冰奶茶，然后罗小燕开始点单，她要了一份黄金蟹斗、一份臭豆腐、一个蔬菜色拉、一份肉臊和一碗米饭，然后她想了想，要了一份菊普冻饮。

于濂看得目瞪口呆，已经过了 22 点了，这个家伙还吃得下这么多？却听见罗小燕说："先小小吃一顿，然后喝点普洱茶把脂肪化掉，这几天我正在减肥，少吃多餐控制饮食才行呀。"

15

于濂看着罗小燕风卷残云一般地消灭了面前的食物，对她的佩服真是五体投地，因为在开吃之前，罗小燕说："那个排在你前面的家伙很让我失望，这两天我的心情不好。"可是看着她对食物兴趣盎然的样子，好像已经从心情

遇见你

不好的状态中摆脱出来了。于濂喜欢尊重食物的女人，小时候他在农田里劳作过，体会到那些农作物生长的艰辛，他觉得食物是有生命的，而食物的生命价值体现在人们对食物的喜爱上，这样它们才会"死得其所"。

有了这样的认同，他对罗小燕的好感和亲近感都增加了许多，气氛一下子轻松起来。吃完东西的小燕提议两个人带着饮料坐到外面阳伞下面的座位上去聊天。坐在一茶一坐舒适的座位上，看着港汇休闲街的闪烁霓虹，身边是悠闲来去的男男女女，于濂忽然觉得自己开始属于这个城市了。身边的这些人他们一定也来自于祖国各地，大家在这里交汇，走向自己的明天，分不出彼此，一样是生活。

于濂有点兴奋起来，他愉快地跟罗小燕谈着跟谁都没有什么具体关系的社会话题，奶茶已经喝光了，他在冰块中间用力吸着，发出很响的声音，之后他索性将两块冰倒进自己的嘴里，用力地兴高采烈地嚼起来。这一回轮到罗小燕目瞪口呆了，这样的于濂是她以前没有见过的，以前的于濂是拘谨的严肃的压抑着自己的，现在的于濂可能才是真实的。小燕的耳边响起了以前天宇说的话："如果一个男人在你的面前毫不掩饰他的行为，要么你们已经是老夫老妻了，不然的话说明你们彼此都把对方看成了哥们儿，因为恋爱中的男女总是有点压抑的，把自己最好的一面呈现给对方，不是伪装，是恋爱中的正常表现。"

看来，自己和于濂还是停留在朋友的程度是明智的，罗小燕想，于濂一定也会很快察觉这一点的。很多时候都市中的男女交往就是这么有趣，距离产生了美感，可是因为美感而走在一起之后，发现原来还是离得远一点好。谈得来的不一定就是恋爱，想追求的不见得就是真命天子。

于是，这个周末，罗小燕还是准时来到了一茶一坐，服务生已经体贴地为她留下了她习惯坐的那个靠窗的位置，罗小燕看着他忙碌的背影，成熟矫健，忽然突发奇想，跟这样体贴的男人谈恋爱可不可以呢？他是不是也对自己有好感呢？东方轩不是说要在身边那些友善的男人中寻找吗？据说男人不会无缘无故取悦一个女人。正想着，小燕看见服务生招呼一位男客人，原来是一个来寻找失物的人，他那彬彬有礼的样子如出一辙。小燕嘲笑自己，人家那是专业的礼貌，对待每一个客人都是一样周到的。

胡思乱想间，她把热带鱼放在桌上，坐下来，扬手召唤服务生，没想到服务生还没来，一个穿阿玛尼衬衫的男人忽然出现，老实不客气地坐在了她的对面。

罗小燕定睛看去，这个男人拎着一只黑色的公事箱，戴着一副墨镜，头发用发蜡梳理得钲亮，恍惚间小燕以为自己走错了地方来到了黑社会的谈判现场。

男人压低了声音问："你是罗小燕小姐吗？我是来面试的。"

罗小燕不由得也压低了声音："是的，我是罗小燕，请问您怎么称呼？还有，我们周围没有'条子'，我们可以正常一点说话吗？"

男人的嘴角抽动了一下，罗小燕把这理解为笑，他取掉了墨镜，这是一张看起来已经不年轻的脸了。罗小燕有点诧异，这个人看起来跟自己的爸爸相差不了几岁，而自己在面试的广告上是写明了自己的年龄和对男方的年龄要求的——不超过40岁，难道他长了一张未老先衰的脸吗？

男人大概看出了罗小燕的疑惑，开始说明来意："罗小姐，我知道自己是不符合你的要求的，我来是想跟你做一笔交易，你先不要生气，耐心听我说完。我今年已经快50岁了，你看我的样子也知道我是个有钱人。我在南方做生意挣了几辈子也花不完的钱，可是我却有一样最大的遗憾。我分别结了三次婚，之前的两个老婆替我生了两个女儿，直到娶第三个老婆，才替我生了一个儿子。不知道怎么搞的，我让他们上最好的学校，花很多钱为他们请家教，可是，三个孩子都很不争气，没有一个学习成绩好的，上大学根本没有希望。我分析，一半是因为我的遗传不好，我从小就不爱学习，另一半的原因是他们的妈妈也都是没有什么文化的人，所以，孩子当然不会聪明。"

服务生过来奉茶，男人拍出几张百元大钞："给我们上最贵的茶。"服务生看了看罗小燕，罗小燕说："铁观音和乌龙冻饮就好了。"服务生写好单忍住笑

遇见你

走了。

男人继续说:"我找人调查过你了,你是个女作家,父母都是大学毕业生,爷爷奶奶外公外婆都很长寿,身体健康,用时髦的话来说就是基因良好。所以我希望能够跟你结婚,改良我们家的遗传基因。"

罗小燕有点好奇:"我的资料您是怎么得到的呢?"

男人露出一丝微笑:"罗小姐,我们做生意的人最讲究的就是信息,何况你是一个作家,查到你的底细,哦,不,应该说是档案是很容易的,我手上连你小学时候的资料都很齐全。你想,我们每天要跟很多人打交道,我们的信息就储存在别人的脑子里了,只要接触你身边的人,就等于打开了你的档案库,这个社会没有秘密。"

罗小燕点点头:"可是,您为什么会选上我呢? 知识分子家庭的孩子,又上了大学,这样的人多得是。"

男人神秘地笑了笑:"缘分! 那天我无意中翻开报纸,看见你的广告,而我小学时候班上的学习委员也叫罗小燕,当年我喜欢她,可她看不上我,嫁了个大学老师,现在他们的孩子在美国留学。我遇见她的时候,她说,钱多有什么用,总有些东西是钱买不来的。我咽不下这口气,一定要让她看看,有了钱,可以找更年轻的罗小燕。"

16

面试男朋友却遇上这样一个"寻找聪明基因"的男人,罗小燕觉得即使自己是个想象力丰富的女作家,这样的情节也是意料之外的。她很想知道这个男人会怎样来说服自己为他提供基因,于是她微笑了一下,显得有些兴趣又有点羞涩的样子。

男人不愧是生意场上的老手，见到罗小燕的表情，觉得自己已经接近成功了，于是他小心地打开自己随身携带的公事箱，从里面拿出一个文件夹，又迅速地将箱子锁好放回座位内侧。

"这是我为了这次合作草拟的合同，你可以先过过目，没有什么问题的话，我们可以先签协议，如果有问题的话，我们可以修改，我的秘书正在办公室里待命，会立刻提供新的协议文本。"男人把合同放在罗小燕的面前，然后拿出一根烟，点上，深深吸了一口。

罗小燕一边拿起合同，一边对他摆了摆手："麻烦你把烟熄了，这里不可以吸烟的。"

男人满不在乎地看了看身边的其他人："哪有饭店不可以吸烟的，他们还要不要做生意了？"他的嗓门忽然响了起来，让罗小燕觉得有点尴尬，只好又小声说："我坐的是非吸烟区，那边有吸烟区的，要么你换张桌子？"

男人想了想，把烟灭了。

罗小燕专心致志地看起了合同，这是一份看起来很规范的合同，罗小燕只要一看见"甲方乙方"这样的字样就觉得头疼，她浏览了一下，决定还是放弃那些文绉绉的条款，单刀直入吧："这样吧，我也不看合同了，您把您的条件说说吧，这些白纸黑字的东西看得我头疼。"

男人高兴地说："爽快！我就喜欢跟你这样性格的人做生意。"想了想，他大概也觉得"做生意"这样的表述方法有问题，又讪讪地说："不，是谈事情，谈事情。"

他拍了拍身边的公事箱，低声说："罗小姐，我是很有诚意的，我的诚意也已经带来了。这个箱子里面有30万现金，都是刚从银行里提出来的，如果你觉得我的提议可以的话，签了字它们就是你的了。"

"30万现金？"罗小燕惊讶地睁大了眼睛，"我还没有见过这么多现金呢。"她觉得这样说气氛更有戏剧性。

"嘘——"男人紧张起来，"不要声张。我的要求是这样的，你要马上跟我

171

结婚，这个马上指的是一个月之内，只要结婚，这三十万就属于你了，然后你就要开始帮我生孩子，我不要多，按照国家规定的，一个就可以了。生了孩子之后，我会再给你一百万。孩子出生以后，如果不愿意跟我生活在一起，我们可以在哺乳期结束后离婚，当然，根据我们的合同规定，孩子的抚养权归我。"

罗小燕笑了："您还蛮了解相关法律的嘛。"

男人得意地说："我是不了解，但是我的律师可是在美国留学回来的，别说中国的法律，外国的他也倒背如流。我是生意人，当然知道不可以违法，到时候吃亏的还是自己。怎么样，罗小姐，你看我提的条件你可以接受吗？"

罗小燕忍住笑，低声说："可是，一百万，这辈子我并不是挣不到，对我的生活并没有什么改变；但结婚这样的事情对我一辈子的影响可是巨大的。"

"罗小姐果然是个聪明人，是个谈判的高手，知道讨价还价。"男人一副有备无患的样子，又从文件夹里掏出两张纸来，"我还有一份礼物会在跟你结婚以后送给你，一套装修好的在虹桥的独栋别墅和一辆上了牌照的宝马汽车，都写你的名字，还有每个月五千元的生活费，一直付到你再结婚为止。"

罗小燕计算了一下，这些条件加起来，自己等于中了五百万的大奖，还是不用交税的。说实话，只是写了几本小说，毕竟罗小燕还是个没有固定工作的闲散一族，绝没有到"视金钱如粪土"的地步，但是面对着这张合同，罗小燕想到的却是以前在电视剧中看见的烟花女子一脸大义凛然地说"小女子卖艺不卖身"的镜头。虽然跟于潇催要小说版税的时候罗小燕常常软硬兼施，但那是自己的劳动所得，是在逼债而已。现在这么一大笔钱摆在眼前，罗小燕却觉得是个笑话。

她听说过一些关于富商包养女明星为了显摆自己的传闻，没有证实过，但一个有钱男人向一个女作家购买"遗传基因"这样的事情却真的是让自己遇上了。这个男人一副志在必得的样子，跟他讲大道理看来是没有用的，他只会认为这是女人在讨价还价而已，看这男人的样子，以前他肯定用钱买到了不少东西，遗憾的是不管是他暗恋过的学习委员罗小燕还是他面前的女作家罗小燕，都没有待价而沽的习惯。这个世界上也许越来越多的女人愿意标上价格出售，但是没把自己当成商品的女人总是还有那么一小撮的。

罗小燕不想跟他多费口舌，她一把按住合同，用一种商量的语气问："那如果我跟你结婚之后生不出孩子呢？"

男人愣了一下，又笑了："女人生孩子跟母鸡下蛋一样，还不简单，有什么难的？而且我的生育能力很强，我还特地去做了体检，报告我都带来了。"

"我说的是我，我有一种叫地中海贫血的毛病，很严重，医生说是遗传的，我不想骗你，所以希望你有心理准备。"罗小燕假做严肃地说。

男人有点不安了："你有毛病的？可是我查到的资料上为什么没有？"

罗小燕又假做悲哀地说："那你查到的资料总该有我曾经有过一个男朋友的内容吧，他就是因为这个跟我分手的，这是我的秘密，我从来不说的。只是您这么有诚意，我不想隐瞒。当然我还是很想跟您谈谈这笔交易的，何况您把定金都带来了。说不定不会遗传给孩子的，我们试试好嘞。"

男人抓过合同，又用手紧紧按住公事箱，结结巴巴地说："对不起，我不知道你有这种外国毛病，我想我还要再考虑一下，我们再联系好了。"

罗小燕冲着他的背影热情地说："一定要考虑哦，我很有兴趣的。"

服务生好奇地看着她，罗小燕已经按捺不住地大笑起来，小时候她就有这种毛病，一个人看笑话也会笑得停不住，不过今天她没有笑多久就戛然而止了，因为又有人坐到了她的面前。

17

"我是来参加面试的。"

听起来这是一个很年轻很阳光的声音，罗小燕定睛看去，看见的是一张

遇见你

年轻得几乎稚气的脸，简直还是个孩子。虽然现在"姐弟恋"已经不是什么怪事情了，但看着面前的这个少年，罗小燕觉得他还是未免太年轻了一点。少年染了一头黄头发，衬得他的眉毛很黑。身上是像运动服一样宽松的上衣和裤子，应该是一个全心全意哈韩的孩子。

"你？你来参加的是我的面试吗？"罗小燕觉得自己说出来的话几近白痴了。但是，她不希望自己的言语伤害这个半大的孩子，现在的孩子认为爱情是可以跨越年龄的，而且看着这张纯洁的脸总比看见刚才那个商人让人愉快。

少年掏出一张已经皱皱巴巴的报纸，认真地翻开放在罗小燕面前，他指指上面罗小燕的广告："你这上面说年龄40岁以下，我今年18岁，没有超过，所以我想我有资格参加面试的，对吗？"

罗小燕看看自己的广告，心里十分懊恼，那天晚上匆匆写了几句，居然忘了在年龄上加个下限，不过这个孩子也太有趣了，放着学校里那么多女同学不追，跑来找一个"奔三"的大姐，莫非是受了娱乐圈的影响？

少年看着罗小燕的脸，那种直接的观察让罗小燕几乎有点要脸红了，她低声问："你打算做我的男朋友吗？"

少年几乎没有什么犹豫地说："是的，不然我来干什么？"

罗小燕忽然对自己产生了一种佩服的心情，罗小燕啊罗小燕，没想到你居然还有吸引年轻男生的魅力，看来什么"嫁不掉"的担心实在是多余的，只要你点点头，这个城市里还是有不少人愿意陪你看电影、吃饭、逛街乃至共度一生的，这样想着，罗小燕竟有点轻飘飘起来。不过理智告诉她，不可以跟学生恋爱，所以，在陶醉之后，她应该选择拒绝："小弟弟，我觉得我们可能不太合适，我要的男朋友不是像你这一型的。"

少年有点急切地说："不，我一定可以让你满意的，你看，我有周渝民的下巴言承旭的鼻子，我的眼睛长得像周润发，而且我唱阿信的歌别人说就像在放唱片。你知道吗？我的模仿能力很强的，你喜欢哪个明星，我可以让你觉得就好像是他在你身边。"

罗小燕几乎要被他这种"表白"感动了，现在的孩子跟自己上学时候的同学比起来，在爱情方面好像早熟很多。记得高中的时候班上的男同学最多是在放学的路上跟在身后唱唱流行歌曲而已，一旦女生回过头去端详，男孩子便会羞涩地快步跑开。那时候的女孩子对男生有一种"凌驾其上"的感觉，不是有一句话这样说嘛：30 岁以前，女人占有绝对优势，可是，一过 30 岁，女人发现能够属于自己的好男人基本上都已经有主了；而男人一到 30 岁，发现天下原来是自己的，不管什么年龄的女人，都可以一网打尽，只要你愿意。

看着面前的这个孩子还属于"诚惶诚恐"的年纪，却能说出这样执著的话来，罗小燕觉得十分新鲜："小弟弟，你知道什么是谈恋爱，你知道我要的是什么吗？"

"我当然知道，谈恋爱就是两个人一起互相陪着，男人逗女人开心，女人便会百依百顺。我 12 岁的时候就有女朋友了，这有什么神秘的。"少年满不在乎地说。

罗小燕咀嚼了一下少年的话，发现他说的还颇有一些道理："你觉得我是在找一个人能让我开心的，对吗？"

"对啊，其实你看上去一点也不老，怎么会混到要登广告找男朋友呢？这样很容易被坏人骗的。不过，有了我，你就安全了，这一点你可以放心。"

虽然罗小燕一直就很放心，但是男孩子直接的语言还是让她觉得宽慰。生活的压力已经让成年的男人变得畏缩和言不由衷了，有时候看那些古惑仔的电影，里面的男人对女人说："放心，我罩着你。"小燕会颇多感慨，生活中的男人往往更喜欢 AA 制，寻找骑士，也许真的只能回到他们的少年时代了。

少年看着沉吟的小燕，有点急切地问："怎么样，我合格吗？如果可以的话，我希望先支取我的报酬。"

报酬？罗小燕更加惊讶了："什么报酬？"

"做你男朋友的报酬呀。我会尽心尽力地为你工作，可是我急需要用钱，所以我希望可以先看见报酬。一年时间，我需要两万块钱，这个数字不算高的。"

遇见你

175

"你的意思是做我的男朋友，我付你一年两万块钱的工资？"

"对呀，我提供服务，你支付工资，这不是很正常吗？我的一个朋友去年夏天遇到一个香港女朋友，还带他去泰国玩了一个星期呢。"少年一点也不紧张，慢条斯理地说，"我本来也不想这样的，都怪我老爸，我要他给我钱，他不肯，我只好自己想办法了。"

"可是你要两万块钱做什么用呢？交学费？买衣服？"

"切，那些钱我老爸都会替我出的，我是想去整容，我觉得自己的脸还不够像明星，我想整整容，然后做明星。那些韩国明星不都是一整容就红了嘛。我不想这样混下去了，整容是我唯一的出路。"

少年一脸执著，让罗小燕哭笑不得，而当罗小燕告诉他自己不仅没有钱，还希望有人送钱来给自己用的时候，少年说的话更让她叹为观止——少年一脸无所谓的样子说："没关系，看来我是遇见同行了。"

小燕又要了一杯乌龙冻饮，她让服务生替她照管一下东西，抽空去上了一个厕所，她打算继续等下去，看看这会等来什么样的人。

18

喝完了一杯茶，罗小燕掏出手机一看已经快五点了，她正打算要走，却看见一个男人站在过道上东张西望地找着什么。罗小燕直觉他是在找自己，于是她把热带鱼放在比较显眼一点的位置，男人看见了，果然径直走了过来。

这个男人微微有点谢顶，戴着一副眼镜，穿着衬衫、长裤，看起来没有什么特别之处。说实话，看着他走过来的样子，罗小燕对他已经没有什么兴趣了，他一边走，一边用一张纸巾擦着汗，气质里有一种谨小慎微的感觉。坐在罗小燕对面，他翻看茶单的时候，好像在研究什么重要的作战地图一样。

足足等了十分钟，男人看完了茶单，他满脸带着讨好的笑轻声地问罗小燕："不好意思，我想先了解清楚，今天咱们怎么算呢？"

　　罗小燕有点被他问住了："您的意思是？"

　　男人继续堆着笑用商量的口气说："我指的是今天的消费，您看，是我买单呢，还是我们各付各的？"

　　罗小燕觉得自己再次验证了 AA 制男人的观点，她不假思索地说："AA 制也行，要么还是我买单吧，是我邀请您来面试的嘛。"

　　男人如释重负地说："爽快，您这样的性格真是让人钦佩呀。你知道的，现在的女人尤其是上海女人都把我们男人当成了提款机，吃饭、旅游、看电影，谈恋爱的成本都是男人独力维持着，即使好不容易结了婚，钻戒、房子、汽车，好像我们男人天生就是银行一样，我看你不是这样的人，气度不凡，一定是名门之后，要不是这样的气度，也没有登报招聘男朋友的胆识呀！"

　　罗小燕没想到一见面这男人就有了这许多的感慨，他的奉承倒让罗小燕有点尴尬了，她示意他："您喝什么？"

　　男人要了一壶菊花茶，然后就开始在皮夹子里不知道翻着什么。

　　他低头的时候，头顶上早谢的部分正好对着罗小燕，罗小燕只好找点话题来谈谈，免得自己忍不住去看对方的秃顶，显得不太礼貌："您贵姓？今年贵庚？方便告诉我吗？"

　　男人微微抬起头说："我姓陈，今年 25 岁。"

　　光看他的外表，年龄感的确是比较模糊的，可是他的样子却怎么也不止 25 岁，罗小燕也不想追究，她的心里其实已经把他给否定了，也许他会是个不错的居家男人，但罗小燕知道自己跟他是不搭的。

　　正在他细心找着什么的时候，服务生送茶来了，男人从钱包里掏出几张钞票，得意地说："刚好，不用找的。"

　　服务生有点疑惑："先生，我们是到走的时候一起买单的。"

　　陈姓男人坚持着："没关系，你把我这壶茶先买掉好了，我们是 AA 制的。"

服务生有点为难地看着罗小燕，罗小燕也有点尴尬，上前解围："陈先生，今天算我请，您还是把钱先收起来，真的，我请您。"

　　男人拦住罗小燕的手说："不不不，我自己的茶我自己来，我也不喜欢占人家便宜的。小姐，你们做生意动动脑子，别那么僵化，把这壶茶的钱收了，记得给我发票。"

　　值班经理走过来，示意服务生把钱和单子给自己，由他来处理。就在这场小小的拉扯中，男人的身份证也从钱包里掉出来了，小燕眼睛下意识地瞟了一下，见他的身份证上写着"1959年"。

　　发现小燕在看自己的身份证，男人有些尴尬，他一边用最快的速度把身份证收起来，一边把头伸到罗小燕的面前急切地说："罗小姐，我不是想骗你，我是生在1959年，可是我有一颗年轻的心，我的心只有25岁。你知道哇，我最喜欢最欣赏最崇拜的人就是谭咏麟了，所以我跟他一样，永远只有25岁。"

　　小燕被他激动的唾沫喷了一脸，心里微微有些发毛。她只好把身体靠到椅背上，尽量离他远一点，心里盘算着怎样让他早点离开，好到盥洗室去洗洗脸。陈姓男人见罗小燕不开口，以为她已经被自己说服了，心里暗暗高兴，喝了一口茶，又发挥起来："罗小姐，我先介绍一下我自己吧。我开了一家小饭店，生意还是不错的。我在普陀区买了一套两室一厅，是房价还没有涨的时候买的，这件事情是我最得意的。以前我一直租房子住，整天想结婚，想有个自己的家，现在我有了自己的房子以后，我觉得心里踏实多了，回到自己的新房子里面，听听音乐，看看书，很有情调的。"

　　他又喝了一口菊花茶，也许是想借此调整一下自己的兴奋情绪，接着说："我也算是个经济稳定的男人，我觉得自己跟你的条件还是满般配的，我不是急吼吼地要结婚的人，我对婚姻质量要求老高的，不知道罗小姐对我怎么看？"

　　罗小燕没想到他倒是直奔主题了，这样也好，速战速决："陈先生，不好意思，我觉得我们可能不太合适。"

老陈有点僵住了，他看了看罗小燕，试探地问："你就不再考虑考虑？"

罗小燕歉意地摇了摇头。

老陈有些泄气了，他大口大口地喝了一会儿茶，也不说话，只是闷闷地坐着，让罗小燕颇有一点过意不去。过了一会儿，他又开始在自己的钱包里掏了起来。罗小燕也只好耐心地等着，在等待的沉闷时间里，罗小燕有点后悔自己不该鲁莽地登出广告，整个行动对于其实并没有准备好的自己来说，有点像个笑话。

老陈却找到了自己要找的东西，他把一张出租车票放在罗小燕面前："罗小姐，是这样的，这是我刚刚来的时候的打车发票，这次面试，我单方面是很满意的，但是你没有看得上我，造成了我相亲的失败。所以我希望你能够帮我把损失降到最低，这样好了，茶钱我们已经 AA 制了，交通费用方面你是否也可以承担一半呢？我花了钱没有办成事情，你也有一定责任的，回去的车钱我自己出，来的车钱你能报销吗？"

19

结了账离开一茶一坐，罗小燕在出租车上就兴奋难耐地打电话给东方轩："喂，在干吗？晚上碰头吗？你来我家？好呀，我跟你说，我今天的收获真是不能用一点点来形容，什么颠三倒四的，我的意思是说收获很大。我喜欢把一句简单的话说得复杂一点怎么了，你是不是心情不好呀？算了，我的心情很好，就不跟你计较了，来吧，再带点葡萄哦，现在正是葡萄好吃的时候呐！"

挂了电话，罗小燕甚至跟着电台的音乐哼起歌来，出租车司机从倒后镜里看着这个兴奋异常的乘客，不知道她今天到底遇上了什么好事。不过，快乐是会传染的，这位司机已经开了一天的车子了，心情本来有点烦闷，可是罗小燕的快乐显然也感染了他，听着音乐，他的心情似乎也舒畅了不少，恰好在几个路口遇到的都是绿灯，司机师傅更是觉得自己今天的运气还真是不错，想到马上就可以交班回家见到老婆孩子，他竟觉得生活实在是太美好了。

人的心情其实是很容易被暗示的，而且十分脆弱。快乐会传染给别人，愤怒也会形成一个传染链。罗小燕的快乐心情感染了这个司机，司机回到家里，他的老婆看见的是丈夫的笑脸，平时一回来就瘫倒在沙发上的男人，甚至还饶有兴趣地跟孩子玩了一会儿游戏，家里的气氛变得活泼起来。司机回家的路上还买了一串葡萄，罗小燕打给东方轩的电话给了他一个提示，以前他也经常下班后买点水果回去的，而这串葡萄也给他的妻子带来了愉快的回忆。

罗小燕哪里会想到自己的一个电话居然给一个家庭带来了一个温馨的夜晚。现在的她正在家里收拾房间呢。下午的面试虽然并没有给她带来一个男朋友，可是这些有趣的人让罗小燕大开眼界，她发现整天闷在家里写东西，她跟社会接触得太少，对很多东西的认识都停留在自己的想当然里面。人真是一种复杂的动物，在今天以前她遇到的人都是简单的，除了学校里的同学以外，就是出版社、天宇和东方轩以及他的那些女朋友，而今天的面试让她知道，林子大了真的是什么鸟都有。

黑社会一样的商人充满了戏剧性；为了两万块钱愿意出卖自己的少年，人生的目标竟是整容之后去做明星，虽然幼稚，但是这也是他的人生；斤斤计较的男人，虽然委琐，但是他很坦率，而他的算计说不定也是在吃了不少亏之后得出来的智慧。这些人物真是活生生的，光靠想象绝对是构思不出来的，罗小燕对自己下面要写的小说有了新的计划，她一边擦着地板，一边兴致勃勃地构思着，从天宇那里觉醒之后，她还是第一次这么充实。

门铃响了，小燕蹦蹦跳跳地跑出开门，东方轩穿着一身麻布的休闲夏装站在门口，显得丰神俊秀。罗小燕觉得自己好像真的是醒了，她忽然发现东方轩长得实在是很不错的，以前居然没有注意到，在这以前，她总是用天宇的标准来衡量一切，东方轩说她一直忽略了身边的人，这句话看来真是没有说错。

罗小燕接过东方手里拿的马甲袋，走到厨房去洗葡萄，水的声音很响，她就直着嗓子跟坐在客厅里的东方轩描述起了下午遇见的三个男人。说了一会儿，她觉得这样讲话实在有点累，于是便把葡萄泡在水里，擦干了手，走到客厅里来。面对面的时候，罗小燕才发现东方轩有点心不在焉，好像在想着自己的心事，并没有认真听她的话。

"对了，你的宠物呢？今天怎么没有粘着你，还是你知道我对她过敏，所以没有带她来？"

"什么宠物？"东方轩有点愕然。

"上次在医院和我家大呼小叫的那个琳达呀，不是你的新欢吗？"

"琳达？我们已经分手了。"东方轩淡淡地说。

"怎么，你又对人家始乱终弃了？为什么呀，你们不是发展得十分神速嘛！"罗小燕的声音听起来竟有点幸灾乐祸的味道，不知道为什么，听说他们分手了，罗小燕发现自己竟一种轻松感。

"是的，就是发展得太快了，她发现我有一个致命的缺陷，于是就跟我分手了。"东方轩站起身来走进厨房去洗葡萄，他的声音从厨房里传出来，显得很平静，"我今天买的葡萄很好，真的，不仅甜而且香，不比我在法国吃到的差，酿成葡萄酒说不定赛过洋酒呢。"

罗小燕没好气地说："别骗我这个没出过国的乡下人，我知道当水果吃的葡萄和酿酒的葡萄是两回事。好好交代，你有什么致命的缺陷被她发现了？你的身体有问题？我怎么不知道，你怎么看也是个体健貌端的青年才俊呐。"

东方轩从橱里挑出一只玻璃碗，把洗干净的葡萄放进去，还端详了一下，自言自语道："这样搭配起来比较漂亮。"然后他走回客厅，把葡萄放在茶几上，轻描淡写地对罗小燕说："吃吧。"

罗小燕吃了一个葡萄，然后便接二连三地吃了起来，一边吃一边由衷地赞美："好吃，停不下来。东方，今年夏天你忙着谈恋爱，简直像把我忘了一样，这还是你第一次帮我买葡萄唉，水准没有下降。"

遇见你

东方轩坐回沙发上，好整以暇地说："现在我又放假了，你要吃葡萄只管招呼一声就行了。"

罗小燕忽然又想起了刚才被转移的话题："你还得说说，你跟琳达怎么分的手？我看看，有什么办法可以帮你补救的。"

东方轩看了看罗小燕，嘴角微微露出一丝笑容："你这种没心没肺的人，能怎么帮我补救？要么这样，明天你陪我去吃一顿晚饭。"

罗小燕满不在乎地说："吃饭？有什么难的？是不是那种需要带女伴的晚餐？放心，我帮你顶。"

东方轩一副吃牢她的样子："你说的，你帮我顶？好吧，明天我约了我妈妈吃晚饭，我们家你认识的，六点钟我在小区门口等你。"

罗小燕有点疑惑："到你们家跟你妈妈吃饭？什么意思？"

东方轩不理会她，自顾自地说："就穿上次我帮你挑的那条连衣裙，不见不散。"说完他站起身径直走了出去。

20

第二天下午，罗小燕越想越觉得不对劲，她跑到了东方轩的办公室。看见罗小燕还是汗衫拖鞋牛仔短裤的样子，东方轩连忙把她拉进了会议室："干吗，想临阵逃脱吗？"

"不行，你得跟我说清楚，你妈妈想让我去你家吃饭，她不会自己打电话给我？我们又不是不熟。这里面有什么阴谋，你得跟我说清楚。不说清楚，我就立刻在你面前蒸发。"

东方轩想了想，决定还是坦白交待了："是这样的，我妈妈要去动一个手术，医生说成功的概率是50%，她就不想去了。除非我带个像样的女朋友给她看看，她才能安安心心去做手术。我本来已经跟琳达说好的，可是谁知道她还是没撑到日子就跟我分手了，我只好让你来帮我这个忙。"

罗小燕松了口气："原来是这样，早说呢，你妈不就是我妈嘛，小时候在你们家蹭的饭也不少了，这个忙我总要帮的。"转念一想，罗小燕又觉得不对了，"可是，你妈会相信我就是你的女朋友吗？"

"我妈最喜欢你，咱们就说是最近才决定开始谈恋爱的，一会儿再表现得自然一点，何况我还准备了这个。"东方轩从口袋里掏出一只戒指，"你的手上戴上这个，我妈一定会相信的。"

罗小燕把戒指套在自己的中指上："不行，小了。一看就不是为我准备的，一定是根据琳达的手寸买的吧？"

东方轩拿过她的手，把戒指从中指上褪下来，套在她的无名指上："笨！这种戒指应该套在无名指上，它离心最近，知道吗？"

也许是两个人凑得太近了，罗小燕觉得东方轩的呼吸好像就在自己的耳边，热热的熏得脸都红了。为了缓解这种感觉，她喃喃地说："可是等你妈做完手术以后，我们怎么收场呢？"

东方轩大概也觉得有点异样，他向后退了一小步，舒了一口气说："走一步算一步，等她身体康复了什么都好办。"

东方轩五点半就站在小区门口等罗小燕了，他知道罗小燕没有迟到的习惯，有时对于比较重要的约会她还会早到，留出一个提前量来以免耽误事情。罗小燕对自己的分析是这种习惯显得自己缺乏安全感，可是东方轩却很欣赏她的这一点，他很讨厌女孩子迟到，尤其是那种为了测试异性的耐心程度而刻意姗姗来迟的女孩子，因为这一点，他结束过两次短命的恋爱。

5点50分，东方轩看见罗小燕从出租上下来，她不仅穿上了那条蓝色的连衣裙，而且还抱了一大束白色的莲花和莲蓬，这种素净的花正是东方妈妈的最爱，罗小燕的这种用心让东方轩十分感动。所以当罗小燕扬着笑脸向他走过来，嘴里说着"怎么样，够哥儿们吧"的时候，他硬生生忍住了自己想抱

遇见你

183

一抱她的冲动。

看见儿子带回来的女朋友居然是罗小燕，东方敬几乎要抠出自己的眼睛来检验一下视功能是否失常了。他一边接过罗小燕手里的花，一边问儿子："怎么回事，难道你就是小燕最后面试到的男朋友？"

东方妈妈已经愉快地抢过话头来了："我们儿子对小燕，早就是俯首称臣了，十岁那年他们两人偷偷溜去静安公园，回来的时候小燕走不动了，小轩硬是把她背了回来，那时候我就知道，我们儿子早晚是罗家的女婿。"

东方轩和罗小燕的脸居然都红了，罗小燕偷偷看了一眼东方轩，没想到东方轩也在看她，眼神碰触间，罗小燕竟觉得似乎有一种电流穿过了自己的心脏，那种感觉应该叫做"温暖"或是"幸福"之类的，难道在家里长辈的眼里，他们的故事是早就定了结局的吗？为什么身在情节中的两个人竟没有察觉到呢？

孩子们的羞涩看在两个家长的眼里，有了这一层羞涩，两个人的关系显得真实起来。东方妈妈暗示东方敬注意罗小燕手上戴着的戒指，罗小燕不知道，这个戒指是东方妈妈的，当年结婚的时候他们没有钱买戒指，结婚二十年纪念的时候东方敬特地为夫人挑选了这枚戒指，东方轩 25 岁的时候，妈妈把戒指给了儿子作为订婚用的戒指，没想到到现在才套在一个女生的手上。

罗小燕自然不知道戒指的来由，她只是低眉顺眼地吃着饭，在东方家吃过多少顿饭她已经记不得了，但是这一顿吃得却是惊心动魄，她觉得东方家的两位家长就像扫描仪一样上上下下地扫描着自己，偶尔抬头，看见的便是欣慰和愉悦的眼神。罗小燕虽然没有说什么话，可是心里的活动还是很丰富的，她暗暗想："没想到我做东方轩的女朋友竟会让叔叔阿姨这么高兴，好像我是要嫁给他们一样。这个东方轩难道从来没有带过女朋友回家吃饭吗？下次把他也带回我们家表演一场，看看我爸妈会是什么反应。"

晚饭后，罗小燕和东方轩一起离开，东方轩把罗小燕送回家，夜风十分清凉，两个人似乎都在默默地享受着夜晚的宁静，一路无话。

到了小燕楼下，东方轩站住了，小燕看看他："上去吗？"

东方轩想了想，摇摇头："还是算了，你上去吧。"

罗小燕点点头："好。"

说完这几句，两个人却都不动身，就在楼下站着，好像不知道应该怎样告别。半晌，东方轩拍了拍罗小燕的肩膀："早点睡吧，我走了。"

看着夜色中东方轩的背影，罗小燕忽然喊了一声："喂！"

东方轩回过身，罗小燕却不知道自己到底想说什么。东方轩也不着急，就站在离她几步远的地方等着。罗小燕飞快地在脑子里搜索，终于想到了一件事情："戒指，要还给你的。"

东方轩转过身，晚风中吹过来他淡淡的声音："你先替我保管吧，改天再说。"这一次他坚定地走了，在罗小燕看来，他的背影里有着逃跑的意味，为什么会这样觉得，罗小燕也没有头绪。她只是觉得最近自己的推理能力似乎有所下降，好多情绪都找不到答案，只是下意识地发生着。

罗小燕目送东方离去，自己也转过身准备上楼，没想到背后忽然有个人说起话来，让她吃了一惊，回头一看，居然是琳达。

琳达冷冷地看着小燕说："你果然是个里美。"

21

乍一看到琳达，罗小燕竟觉得有点心虚，为什么呢？难道因为自己假作东方轩的未婚妻去吃了一顿饭么？可是，不正是因为琳达的离开才使得这个位置出现空缺需要人救场的吗？思绪流转之间，罗小燕没有听清楚琳达说的话："你说什么？"

琳达冷冷地说："你不就是《东京爱情故事》里的那个里美吗？因为和江

185

口洋介的感情破裂了，反过来缠上了永尾完治。"

罗小燕不解地问："你这是什么意思？你喝酒了吗？不然为什么说些我听不懂的话？"

琳达逼近她，声音低低的，但是有着一些恨意，夜色中显得有点吓人："这些年来，你明明知道东方轩对你的感情，可是你只管沉浸在对天宇的思念中，故意封闭自己，对你来说，得不到的才是最好的。而东方轩这个傻瓜情愿做你的后备，不是吗？你寂寞的时候他陪你，你生病的时候他关心你，你发脾气的时候他容忍你。你为什么不好好跟他谈恋爱？那样的话我也就不会白白投入一场了。"

罗小燕有点惊慌了："你是说东方轩他一直爱着我？这怎么可能？他只是把我当成妹妹，不然的话他怎么会赞成我登征婚启事，还陪天宇来我家相亲？"罗小燕用一种好像是安慰自己的语气说："不，不会的，他不会这么傻，我也不会这么迟钝，你只是一厢情愿地推测罢了。"

琳达忽然笑了："你们两个是鸵鸟，难道我们这些人就是傻瓜猎人吗？你们打着朋友的旗号，想把周围的人都拉扯到这个漩涡里来。为了陪你去朱家角，东方轩跟我大吵一架；为了帮你完成心愿，东方轩帮你安排了和天宇的相亲，自己却回家喝得酩酊大醉。记得那天你打电话来，我在他家的事情吗？就是那天晚上，你为了天宇打电话来向他道谢，那时我们都已经喝得大醉了，他说他完蛋了，你不可能爱上他了。那一瞬间我才知道，我也完蛋了，原来他一直爱的是你！"

笑声中，琳达流下了眼泪，泪水把她脸上的妆冲掉了，显得更加凄惨。罗小燕从包里拿出纸巾，递给她，她接过来，却不去擦脸，只是在空中挥舞着这张纸巾："你看看你，夜里生了病，电话会打过来；早上起了床，电话会打过来；每天晚上，你的电话准时到达。有时，我就在他的怀里，他的身边，你的电话一来，他就忘了我的存在。我好像跟你们两个人在谈恋爱。我安慰自己，你们是一起长大的朋友这种感情是稀有的，但是，让我怎么才能说服自己呢？这两天，我在家里看《东京爱情故事》，看到莉香，我就像看见了自己，我只是他的现在，如果没有你这个'回忆'，也许我还有机会，可是，只要你一出现，就没有了我的地盘。"

罗小燕看着琳达绝望的脸，心里生出一丝丝寒意，她想起自己写的一部小说，情敌之间仇恨演变的故事，最后两败俱伤。这个跟自己的性格颇有些相似之处的女孩，忽然成了对立面，她觉得很歉疚也很不忍。为了缓和琳达的情绪，她退后了一步，温和地低声说："琳达，我不会做里美，我也不希望你是莉香。我不想抢夺什么，至于东方轩和我是不是相爱，我自己都不知道，今天你这样说了之后，我会反省我自己，好吗？"

琳达终于想到了擦掉脸上的泪水，她因此而停了一下，情绪似乎也缓和了一些："你是个作家，想象力丰富，但是，生活是实实在在的，你不能像小说人物一样地活着，你知道吗？男人和女人之间没有单纯的友谊，东方轩也不是你的情感拐棍。如果你不爱他，请你放掉他，让他有机会爱上我。我也求求你，给我一点点空间，不要总是夹在我们两个人的中间。我很爱他，他也不讨厌我，在我们中间，你是多余的。"

琳达说完，转过身离开了，留下罗小燕一个人站在夜色里。她掏出钥匙，打算上楼回家，忽然有一种精疲力尽的感觉。两个女人之间的这一场对话，不知道为什么让她觉得好像武林中的侠客对决，为什么每个东方轩身边的女人最后都会因为自己的存在而走入感情的困境？琳达的意思表达得很清楚了，这样的指责罗小燕已经不是第一次面对了，不过琳达说的话好像真的有点道理，东方轩真的不知不觉从一个童年友伴的角色演变成了自己情感上的拐棍了吗？罗小燕问自己，那种不愿意失去东方轩的情绪难道就是爱吗？那种感觉跟天宇的爱是不一样的，天宇的离开带来的是痛苦和挫败感，而如果失去东方轩，罗小燕觉得自己根本不愿去想这个问题，这到底是爱还是依赖，小燕没有答案。

她忽然有一种不愿意回到孤单单的家里的感觉，她在小区里慢慢地走着，

遇见你

187

想把思绪整理清楚。东方轩说琳达发现了他的致命的缺陷而和他分手了，可是琳达却说因为发现东方轩爱着罗小燕而伤了感情，这两者之间有什么联系吗？罗小燕想起东方轩对自己说过的话，他说自己把心封闭了起来，把身边的人都当成了透明的，他说她没有看见别人的用心良苦，难道他是在暗示自己的情感和失落吗？

东方轩，这个亲若手足的人，如果他爱我的话，那么我爱他吗？罗小燕不断问着自己，她想起了那天在去一茶一坐的路上，东方轩突如其来的拥抱，那个让人陶醉的拥抱说明了什么呢？

罗小燕想见一见东方轩，当面看看他。据说一个男人看一个女人的眼神会泄露他内心的秘密，罗小燕仔细回想，却发现自己好像已经很久没有认真看过东方轩的眼睛了，也许真的是忽略了。

她不想坐车，安步当车地走着，寂静的脚步声在夜里特别清晰，就像人的思绪，总是在夜深人静的时候波涛汹涌。东方轩的家离小燕家并不是很远，步行大约半小时的样子，当罗小燕走在这个小区里的时候，远远地她已经看见了东方轩的窗口还亮着灯，他也在思考吗？什么让他夜不能寐呢？罗小燕想着，脑海里"东方轩"这三个字让她觉得温暖亲切，今晚，好好谈一谈，即使花上一个通宵的时间也是值得的，但是，罗小燕的脚步停了下来，她看见琳达在她的前面走了进去。

22

琳达走进了东方轩的那栋楼，罗小燕因此停下了脚步，那种两个女人一起去跟一个男人对质的场面是十分让人尴尬的。小燕决定在楼下的小花园里坐着等一等，她脱下鞋子，走了一程还是有点累的，尤其是今天她为了搭配连衣裙穿的是一双细高跟的凉鞋，脚趾头承受了蛮重的压力，正好让清凉的晚风抚慰一下。

罗小燕抬头看看天空，这里的街道灯光不是很亮，所以她隐隐约约看得见几颗星星，树影扶疏，夜晚被枝枝杈杈分割开来，显得十分静谧。夜凉如水，已是秋天了，夏末的一次独自出游发展到现在，竟让自己解开跟天宇的那个心结，小燕觉得这个夏天因此而显得很有质量，而随之而来的这个秋天希望会轻快一点，也许这取决于今晚的这一场谈话吧。这是一场不知道结果的谈话，以罗小燕的性格，她一旦有了问题就很想找到答案，她觉得这样才会减少误解。

她坐在花园里等着，开始的时候她还悠闲地晃荡着凉鞋，然后开始烦躁不安地在树下走着，接着便不断拿出手机来看时间。这个琳达还挺会耗时间的，已经上去两个小时了，为什么还不下来，难道他们和解了吗？

罗小燕有点耐不住了，在她等了两个半小时之后，她拨通了东方轩家里的电话，东方轩来接了电话，声音十分冷静和沉稳："你好，我是东方。"

罗小燕忽然不知道说什么了，她挂了电话，猜测着这两个人到底在干些什么。她想起了那天清晨东方轩在琳达家里，那天半夜他们两人一起赶到医院，现在，整整两个半小时一百五十分钟，为爱情发了狂的女人会用什么来挽回男人的心呢？罗小燕觉得自己很傻，琳达也许只是跟东方轩吵了架心情不好而已，她还只是一个小女孩，她那些关于东方轩感情方向的言语只是表达她的嫉妒罢了，偏偏还有一个傻瓜当了真，满怀期待地跑来求证，只是人家两个人看来已经双宿双飞言归于好了。

穿上凉鞋，罗小燕决定离开，这一次她扬手招了一部出租车，心中只感叹这么长的路刚刚自己是怎么走过来的。

于濂的电话把罗小燕从睡梦中惊醒。奇怪，自己居然没有失眠，而且和往常一样睡到了日上三竿，罗小燕一下子惊醒之后首先想到的居然是这个，她呆呆地看着电话，半天才意识到应该接电话。于濂已经有点不耐烦了，说：

遇见你

189

"罗小姐，你昨天夜里做贼去了吗？最近你不是没有什么大作需要写正在享受假期的嘛，怎么还是这样晨昏颠倒？一把年纪了，这样晚睡晚起对心理和生理都没有好处喔。"

罗小燕在他唠里唠叨的话语中总算清醒一点了，有气无力地问："干吗？看电影？没兴趣！吃饭？还没有饿呢。逛街，我跑不动，就这样吧，再见。"她决定趁着自己还没有完全清醒再躺下去继续睡，于濂却没有打算放过她："不行，今天中午有个重要的人要见你，你一定要来，算我求你。"

罗小燕闭上眼睛，努力保持着半梦半醒的状态，嘴里应答着："什么人都不见，我还没有睡醒呢。"

于濂不依不饶地说："这个人你一定要见的，人家是特地赶来见你的，千万给我这个面子，关系到我的终身幸福，我打算今天利用你在场的机会向她求婚，没有你不行呀。"

罗小燕听见"求婚"这两个字头一下子大了，干什么，这个于濂要向谁求婚，干吗非要我去，难道是向我求婚？她的第一反应是挂掉了电话。

于濂的电话又打了进来，罗小燕让自己坐得端正一点，让头脑清醒一点以便想出一个对策来，可于濂的话却让她哑然失笑："小燕，我找到我爱的人了，这一次是真的，不是赌气，不是好强，只是爱而已。今天我想向她求婚，需要你在场帮我打打气，她是你的崇拜者，有你在，我觉得自己理直气壮一些。"

罗小燕当然是义不容辞地赶到了港汇广场的一茶一坐，这样的热闹她是很喜欢凑一凑的。于濂的觉悟让她轻松了，好哥们儿，到底是个怎么样的女孩子让于濂这样钟情呢？

远远地罗小燕就看见于濂和一个女孩子坐在一茶一坐窗户外面的座位上，这样的天气坐在外面喝喝茶吃吃饭是一件十分让人爽快的事情，借着走过去的这十几秒钟，罗小燕把那个女孩子好好打量了一番。这是个很纯朴的女孩子，皮肤虽然有点黑，但是胳膊的线条圆润，鼻子很挺，眼睛也很大，一头没有染过的长发直直地垂下来，颇有点柔情似水的感觉，身上一条浅藕色的连衣裙简单大方。就这样一瞥，罗小燕已经喜欢上了她。

于濂介绍，女孩子叫做小莲，其实是于濂的高中同学。当年和于濂考取了不一样的大学，于濂毕业之后留在了上海，小莲则回了老家在县城教书。小莲喜欢看罗小燕写的小说，她注意到责任编辑的名字叫做于濂，会不会是高中时候颇有才气的那个同学呢？那时候两个人隐隐都对对方有些好感只是没有合适的时机发展，农村的孩子知道高考的重要，这是改变命运的最好机会了。小莲忍不住写了一封信到出版社来，于是两个高中的同学又恢复了联系。于濂很现实，隔得这么远也就只能是神交了，他没有想到小莲却辞了工作来了。

好强的小莲是找到工作以后才来见于濂的，似乎这样两个人才平等，她的这种做法不仅赢得了于濂的尊重，她的到来更让于濂惊喜。于濂在深深的被爱的幸福中爱上了小莲，他发现这种水到渠成的两厢情愿更像恋爱。

看着于濂和小莲，他们不断交换着温情的眼神，爱情让他们显得分外柔和。吃到兴奋时，于濂又咔嚓咔嚓地嚼起了冰块，罗小燕为他担心，这个家伙怎么改不掉这个毛病呢？可是小莲却爱怜地说，于濂真是个孩子，尤其是他嚼冰块的样子，显得十分直爽可爱。

小燕忽然明白了一点，爱一个人会把他的缺点都看成优点，在自己的心里，似乎并没有这样怜爱过一个男人，看来活了二十几年，原来真的没有好好爱过。

23

于濂当着小燕的面向小莲求了婚，他的语言十分简单但是意义明确，他不能免俗地准备了戒指，然后只是说，我想跟你结婚。小莲也没有推脱，她接过戒指，在手上套了套，手寸刚刚好，于是她就戴着不拿下来了。

小燕第一次在生活中看见求婚的场面，没有想到竟是这样平淡的，而自己作为一个见证人，能做的也就是微笑而已。可是她还是觉得感动，生活毕竟不是小说，不太会一直存在着戏剧性的情节，在平淡中和谐地生活，才是一种幸福。

小燕没有去找东方轩，她开始相信一切应该顺其自然，东方轩一直在尝试着建立自己的生活，他努力地恋爱，虽然没有成功过，但是他温和地面对着发生的一切，等待属于自己的爱情。琳达也在努力，她的气愤她的泪水，只能说明她对这场恋爱的投入，他们都已经进入了角色。罗小燕审视自己，过去跟天宇的那一场到底是一种崇拜还是别的什么呢？她忽然又觉得自己很可笑，人在每个人生阶段投入感情的方式是不一样的，没有必要在结束以后又去否定它。当年的罗小燕眼里只有一个薛天宇，但是在薛天宇离去之后，罗小燕把自己关在了回忆里面，她在自我封闭中爱着一个想象中的完美的薛天宇，以至于当天宇真的回来的时候，她才发现，原来时光的流转每个人都有了变化，薛天宇不能适应罗小燕的成长，其实罗小燕也不能适应薛天宇爱的方式了。

至于东方轩，罗小燕的心头掠过一丝温暖。两个人像认识了一辈子那么久了，到底会是怎样的一种缘分，还真是说不清楚，真的就像琳达说的一样，他们是永尾完治和里美吗？谁知道呢！罗小燕安慰自己，人生不是小说，谁也不知道结局，即使是小说，也一页一页地翻好了，一下子看到了结局，整部小说就失去趣味了。

第三个周末来临的时候，罗小燕决定还是到一茶一坐去。一来是为了兑现自己的诺言，别让看见广告一心前来面试的人扑了个空，二来她很喜欢在交大对面倚窗而坐的感觉，马路上人来人往，每个人都有自己的故事，透过梧桐树叶看出去，有一种遥远真实又陌生的感觉。虽然是一个人一杯茶地坐着，却一点也不觉得孤单。

小燕走上二楼，值班经理微笑着迎了上来，对于这个在固定时间出现的女客人他已经很熟悉了，他像招呼一个朋友一样地把她领到窗边的那个位置上，服务生静静地走过来，奉上一杯普洱奉茶。普洱茶被人称作"可以喝的古董"，它和其他的茶不一样，最新鲜的时候是不好喝的，越陈味道越好，保存得好的话放上一百年才是精华。最有意思的是它味道的变化，其实普洱青饼放到十年就可以喝了，但是放到十五年的时候再喝，味道和茶汤的颜色完全不同。时间不断递进，茶的滋味不断改变，就好像它随着你的生命进程也在成长一样，有种历久弥新的感觉。普洱茶因此让人觉得和爱情有共同之处。两个人的恋爱和婚姻，如果可以好好把握和维护的话，也是历久弥新的，很多感人的情侣，到了耄耋之年，还有着少年人一样的恋爱情怀，看着他们互相凝视着的笑脸，想着他们一起经历的世事变迁，让人觉得爱情是有生命的，它在随着你成长。

　　罗小燕喝着普洱茶，忽然生出了这样类比的念头来，她索性点了一壶普洱茶慢慢品饮起来，谁会是我的普洱茶爱人呢？罗小燕看着瓶子里悠然游动的蓝色热带鱼，细细思量着。

　　值班经理拿着一叠资料向她走了过来。罗小燕有点诧异地看着他，这个友善的人平时总是细心周到地服务着，但是从不主动搭讪。她喜欢这样的服务，不温不火，据说好的店堂服务人员都是这样的，你的杯中水喝完的时候不用招呼他就会替你加上了，你的饭菜吃完的时候，他就会立刻出现帮你清理桌面，而且没有一句废话。小燕很怕那种喜欢跟客人搭讪的服务生，让人觉得十分尴尬。

　　值班经理拿给她的不是什么推销的材料，是很多应征者的简历，这让小燕更加吃惊了。他却告诉她，她登出的面试男朋友的消息被不知什么人放到了网上，引起了很多人的跟帖议论，而且大多数人持赞同的意见，大家都觉得，都市中虽然到处都是人，可是遇上自己爱情的机会实在很少。很多人看了小燕的面试启事之后，没有办法找到小燕，便打电话到店里来问，他说，我也没有办

遇见你

法联络到你，所以自作主张让他们寄来了简历，等你来的时候再交给你。希望你真的能够面试到自己的爱情。

留下资料，值班经理微笑着走了。罗小燕拿着厚厚的一叠打印纸，心里又泛起了感动，总有一些人愿意为别人提供一些方便，而且不是为了获得什么。

不过面对着这叠简历，小燕觉得自己的这个玩笑也许有点开大了。她不知道是谁把自己的广告流传到网上去的，但是看着收到的简历，她又觉得欣慰。

也许简历已经经过整理了，一份份显得很整齐而且有诚意。翻看着别人的人生轨迹，小燕感觉到一种信任和真诚。他们相信这是一个女孩子在寻找伴侣，没把这件事情看成一个玩笑或是一个骗局，他们向一个陌生人寄来自己的人生经历，在都市人看来，这差不多就已经是个人隐私了。小燕认真地翻看着，虽然平面上的记载无法真正全面地了解一个人，但是她还是想看看，到底是什么样的人在相信自己。

寄来简历的基本上都是一些普通人，有当教师的，有做公务员的，年龄都符合小燕的要求，有几个还附来了照片。怎么去回复这些人呢？罗小燕陷入了沉思。

24

在翻看简历的时候，罗小燕注意到一个叫彼得的人，他没有介绍自己，只是给罗小燕发来了一个邀请。他说，热带鱼代表海洋，你一定有澎湃的热情需要宣泄，而我是一只仙人掌，我陷在感情的沙漠里等待海洋的灌溉，如果你喜欢仙人掌。请你四处找找，我就在你的身边，我的桌上放着送给你的礼物，如果你喜欢，请来一叙。

罗小燕很喜欢他的自我介绍，这一定是个有趣幽默充满想象力的人，于是她开始四处寻找，然后她在自己背后同样靠窗的位置上看见了一盆小小的仙人掌，一个穿着白色麻布衬衣的男人静静地坐着，面前也摆着一壶普洱茶，罗小燕举起自己的热带鱼，对着他调皮地晃了晃。

小燕喜欢仙人掌，于是她认识了彼得。

彼得是个30岁的男人，他长得白白净净的，手指甲也修剪得很整齐，看见罗小燕的热带鱼，他露出了一个温文尔雅的微笑。

很快，两个人就坐在了同一张桌子上，彼得发现罗小燕和他一样喝的都是普洱茶，说了句——英雄所见略同。

罗小燕虽然觉得自己不是英雄，但是对这样的巧合也显得很愉快，女孩子喜欢从细节中去发现默契，两个人都喜欢吃的菜、两个人都喜欢的明星，甚至小时候都喜欢看的电视连续剧等等。其实，我们的生活是很单调的，吃的菜不过那些品种，看的电影也差不多，选择的范围只有那么大，遇上一些相同的巧合概率其实是很高的。不过，罗小燕和彼得已经因此有了好感。

彼得很健谈，他见罗小燕似乎不善于和陌生人开始话题，于是就自己来打破僵局。他从普洱茶讲到了云南，原来他刚从云南旅游回来，于是如数家珍地讲起了云南的风土人情，偏偏罗小燕也很喜欢云南，最近一直在看一些关于云南的书，两个人再次一拍即合。

云南是个美丽的地方，尤其是最近云南当地的一个什么机构写了一系列关于在云南如何可以过上慵懒的悠闲生活的书，云南一时间成了很多人心目中的"中国的普罗旺斯"。罗小燕每次看到高兴的时候，都会给东方轩打电话，说自己应该带上电脑到云南去隐居一阵子。而对于罗小燕的突发奇想，东方轩已经见怪不怪了，所以他总是淡淡地应和两句，从来不说些鼓动的话，让罗小燕有种扫兴的感觉。

但彼得却对罗小燕的想法大加赞扬，立刻上升到了彼得梅尔的高度，他还说自己之所以起了"彼得"这样一个英文名字，也正是为了向彼得梅尔致敬。他说他的人生目标是赚钱赚到一定的目标之后，就"逃"到云南去。

遇见你

他用了一个"逃"字,让罗小燕觉得十分体贴,是啊,逃离都市、逃离喧嚣、逃离孤独。一个下午在愉快的聊天中转瞬即逝,罗小燕觉得,这个初相识的彼得比认识了一辈子的东方轩要知己多了。

两个人定下了明天再见面的约定,依依不舍地告别了。罗小燕迫不及待地打了电话给东方轩:"谁说相亲找不到合适的人选?我看这个彼得就好像我肚子里的蛔虫一样,跟我气味相投。"

东方轩很不以为然:"什么蛔虫,我看是应声虫吧。罗小燕,亏我还觉得你是个卓尔不群的人呢,没有想到你也这么俗气,一个人顺着你的意思赞同你的观点,就成了知己,你这样的人要做了官,不知道多少阿谀奉承的人会平步青云。"

罗小燕最不喜欢的就是有人说她俗气,于是立刻气急败坏了:"东方轩,你太小心眼了吧,我难得遇到一个谈得来的人他就成了应声虫,那你的那些红颜知己是什么?《欲望城市》的上海版?"

东方轩反而笑了:"小燕,听起来你对她们一直耿耿于怀?不知道的人还以为你在吃醋呢。"

罗小燕一时气结:"我,我说什么了?我吃什么醋,我只是防守反击罢了。"

东方轩的声音温和起来:"小燕,我只是想告诉你,男人和女人的合适与不合适,不光是看谈不谈得来的。不要一见面就把对方想得很完美,期望太高的话,失望会来得越快。生活中的男人是复杂的,不像你写小说的时候,那些人物任你摆布,你想要怎样就怎样。跟男人谈恋爱,是要互动的,容忍、体谅、换位思考,你不觉得自己在这方面还是有点欠缺的吗?"

罗小燕不是觉得东方轩说的没有道理,只是不希望从他的嘴里听见对自己的批评,东方轩对她的善意的提醒,在她听来好像是对自己的指责,让她觉得十分委屈。她愤愤地说:"别一副经验丰富的样子来教训人,你不过是多谈了几场恋爱,从失败中找到了一些教训而已。可是,你怎么不好好地体谅、宽容、换位思考呢？你的那个宠物琳达还不是整天跟你吵吵闹闹的。"

东方轩沉默不语，遇到罗小燕纠缠不清的时候他一般都用这个办法来对付她。反正这个时候说什么都没有用，只有等罗小燕冷静下来，她才会开始讲道理。

罗小燕果然在电话里滔滔不绝起来："人跟人之间是要交流的，两个人谈得来才可以良好地进行交流，男人跟女人合不合适首先就要看谈不谈得来，要是两个人谈不来，虽然心里很喜欢对方，但是一见面不是没话找话就是一言不合吵起来，那不是怨偶是什么？谈恋爱重点不就在一个'谈'字上面吗？"

东方轩忽然忍不住插了一句："那么看来你已经打算跟他谈恋爱了咯？"

罗小燕被他问住了，但是她的话常常是不经过大脑就出来的，于是她的心还在寻求答案，嘴巴上却已经在回答了："是的，我要跟他谈恋爱，怎样？"

东方轩没有说什么，他只是轻轻地挂掉了电话。罗小燕听着电话机里传来的"嘟嘟"声，忽然若有所失。

25

第二天，罗小燕还没有起床，房东已经来敲门了。罗小燕睡眼惺忪地看着房东，脑子里飞快地计算着，这个月的房租我已经交过了吗？对的，交过了，下个月的房租还没有到交的时候，那我还欠她什么钱吗？想不起来了。

房东却是一脸歉意，原来她新近买了房子，决定把租给罗小燕的房子卖掉作为装修的费用，所以她已经把房子委托给中介公司挂牌了，她来是为了跟罗小燕打个招呼，让罗小燕赶快想办法再找个房子搬出去。

房东交代了几句就迅速地走了，罗小燕想回到床上把刚刚做的那个好梦

遇见你

再找回来，可是却再也睡不着了。当初因为跟薛天宇的事情才从家里搬出来的，现在是搬回家去还是重新再找一个房子呢？当年这个房子是东方轩一手帮她安排好的，现在要么还是找东方轩商量一下吧？罗小燕拿起电话正要拨号码，忽然想起昨天和他是不欢而散的，今天又打电话去找他帮忙，那家伙还不知道会怎么暗暗讥笑自己呢。为什么我就不能自力更生一次给他看看呢？等我找到房子，好好布置一下搬进去，再请他来参观，让他知道我罗小燕也是有两把刷子的。

打定了主意，罗小燕便开始梳洗打扮，出门去找中介公司了。

她没有想到的是，租一套价钱合理又看得上的房子简直跟找个男朋友一样，十分困难。这条街上的中介公司倒是不少，可是符合罗小燕要求的房子却不多。她先看的一间是顶楼的，屋顶的角落里有一摊水印，已经发霉了。上一个房客不知道是什么人，把厨房糟蹋得油腻污秽，房门上还有一个洞，像是用拳头打出来的，这样的房子开价要一千二百元一个月。罗小燕对着那个洞想象了一下，觉得倒是个不错的细节以后可以写到小说里去，然后她决定去看看另一套一千五百元的房子。那套房子倒蛮干净的，可是隔壁邻居似乎好奇心很强，罗小燕看房子的时候这个四十岁左右的男人穿着汗背心和花裤衩探头探脑的，发现罗小燕好像有意思做自己的邻居，就过来搭讪："小姐是做什么工作的？小姐打算一个人住吗？"罗小燕给他一声声的"小姐"喊得头皮发麻，想想这样的芳邻以后不知道会发生什么样的情节，还是避而远之吧。接着看了几套都不是很满意，罗小燕看看表发现跟彼得约会的时间已经到了，只好匆匆结束了今天的看房活动。

罗小燕赶到的时候，彼得也才刚刚坐定，他说自己的一个客户要看房子，耽误了一些时间。罗小燕才想起来彼得的工作就是房地产的经纪人。彼得听说罗小燕被房东逼迁，立刻安慰了她几句，罗小燕本来就是一片茫然，听到彼得的安慰心里自然踏实了不少。聊着聊着彼得帮罗小燕分析出一个道理，既然她总是要为房子付钱的，那租房子还不如买房子呢。

拥有一套自己的小房子，在彼得的描述下简直比找个男朋友还牢靠，进可攻退可守。不结婚的话拥有一套自己的房产心里踏实，结了婚买了大房子每个月还可以收收房租添点零花钱，就是要"逃"到云南去，上海的房子租出去就等于给自己发了一份工资，简直是个完美的方案。

　　罗小燕很少觉得别人聪明，可是彼得却已经是第二次让她佩服了。第一次是他对云南的了解以及对彼得梅尔式生活的构想，第二次是他的人生的规划。罗小燕的生活从来是"船到桥头自然直"型的，事情发生了再来找法子解决，每次也都能逢凶化吉，遇到彼得这样能把事情说得井井有条的人，罗小燕才恍然大悟，原来生活可以这样过的。

　　这些年来写书的版税和小说的授权费加起来还真是个不错的数字，罗小燕手边的积蓄可以轻松地买上一套一室一厅。在彼得这个军师的指点下，罗小燕有滋有味地看起了房子，最后她在地铁沿线挑中了一套装修房，阳台对着小区的绿地，走到地铁站十五分钟，不想走路的话，小区还有班车可到地铁站。站在阳台上，罗小燕心里一阵自豪，这是我自己的地盘，她甚至想起了一句广告语：我的地盘我作主。

　　买了房子，罗小燕变得很勤劳，每天早出晚归，在街上选购窗帘、床具、小摆设。当她在下午3点一个人在宜家选购的时候，听着身边的小情侣为了要买一件"到底是不是必需、到底是不是合算"的东西而争执的时候，罗小燕觉得自己是个"大女人"，颇有一点"翻身做主人"的感觉。她甚至还到一茶一坐去买了一些茶具和茶叶，并且向茶艺师讨教了一下泡茶的方法。她发现泡茶是件有趣的事情，碧螺春比较嫩，水温只能在80度以下；普洱茶则一定要用沸水冲泡；铁观音需要一边泡一边喝才能体会到它的韵味。这简直就像水和茶叶的恋爱，一定要掌握好不同种类茶叶的合适水温，不然茶香和滋味都会走样，跟不同性格的人谈恋爱不也是这样吗？

　　她想象着自己坐在阳台上，用玻璃小壶沏上一壶铁观音，自斟自饮，那种场面一定是一幅完美的知性女子下午茶的海报。

遇见你

东方轩很奇怪最近罗小燕怎么不来骚扰自己了，难道因为上次的电话她不开心了吗？可是，两个人这样争争吵吵已经是经年累月的事情了，她不会这么小心眼的吧？东方轩打了好几次电话给罗小燕，可是她总是不在家，难道她真的跟那个彼得有了进展，夜夜笙歌去了吗？东方轩想打罗小燕的手机，想想又决定算了，罗小燕总是会出现的，彼得到底合不合适，还是给她时间让她自己去判断吧。

东方轩没有想到的是利用罗小燕的搬家事件，彼得和小燕的关系已经飞快地发展起来了。小燕搬家的那天彼得送给她一块普洱茶砖，他说，让它陪着你慢慢变老吧。罗小燕的脸居然红了，这么明显的弦外之音谁能听不明白呢？

26

罗小燕搬了家，本来她是想通过自己的自力更生向东方轩炫耀一下的，可是彼得的出现让她不知道该怎样面对东方轩。于是搬到新家的第一个晚上，罗小燕发了一条短信息给东方轩——我搬家了，把新家的电话告诉你。

东方轩回了一条——听说了，你妈已经把号码告诉我了，有什么要帮忙的吗？

罗小燕回复他——都整理好了，过一天请你来吃饭。

东方轩回复——好的，谢谢。恭喜！

东方轩的客套让罗小燕不知道再说什么，她忽然发现两个人的关系从来没有这么疏远过，她想打个电话给东方轩，却有点"无话可说"的境界。是啊，说什么呢？彼得帮我搬了家？你跟琳达好吗？

罗小燕将潘越云的《男欢女爱》放进了CD机，潘越云清越的声音在静静的夜里唱着："这一季将要过去……呵，这一季总算有些值得回忆。"罗小燕抱着有点寒意的胳膊，发现夏天的的确确是已经过去了，留下的回忆很多，可是哪些是值得的呢？不知道为什么，回忆过去的这一季，她想起的竟是在新天地湖边东方轩给她的那个拥抱。

东方轩！东方轩！难道他们之间的一切真的要变成过去了吗？东方轩和琳达，自己和彼得，在外人看来都是很正常的恋爱关系，人生在预期的状态中前进，为什么自己好像隐隐有点不快乐呢？

罗小燕将音乐的音量开高，跟着潘越云唱了起来："我的心，在记忆中徜徉，回忆经历过的风霜……你的心，曾是最温柔的地方……说来荒唐，叫我如何遗忘……我多么希望知道你的心中怎么想……"她忽然觉得自己不是在庆祝新生活的开始，倒有点像是在失去的回忆中悲伤。

一切是怎么开始的，是那个阳光灿烂的早晨？是那次孤独的朱家角之旅？是那个女人随口胡诌的预言？是那个跟自己颇有神似之处的琳达的出现？总之，自己和东方轩的友谊在这一季被搅散了。罗小燕想念起那些和东方轩通电话的晚上，有一晚她是在东方轩无声的陪伴下入睡的，虽然两个人处在电话线的两端，东方轩也没有说什么甜蜜动人的话语，可是那晚，她记得自己的小屋里充满了脉脉的温情，也许东方轩说的是对的，男人和女人的合适与不合适不是光看谈得来谈不来的。

彼得并没有发现罗小燕心里的失落，小燕收下了他的普洱茶砖，就好像肯定跟他的恋爱关系一样，让他欣喜万分。彼得很喜欢罗小燕，从第一眼的时候开始，罗小燕向他晃动那瓶蓝色热带鱼，她的眼角眉梢都是动人的孩子气。后来，在帮着罗小燕买房子的过程中，在陪着罗小燕整理新家的过程中，他越发觉得罗小燕的可爱，她很单纯，对生活又十分热爱，她为自己的小家添置各种各样的小玩意的时候显得特别有女人味，彼得常常幻想，如果有一天跟罗小燕一起组织了家庭，她将会给自己带来一个怎样完美的氛围。

虽然速度是快了一些，但是彼得已经无法自拔地投入到这场恋爱中去了。

遇见你

每天早晨，他会准时在 9 点的时候打电话给罗小燕，把她喊起床，冰箱里他已经帮她准备了早餐，那是根据营养比例配好的；每天中午，他会帮罗小燕定好午餐让人送去，然后来电话催促罗小燕趁热把午餐给吃了；每天晚上，彼得更是会大包小包地来，亲自把晚餐和第二天的早餐送上门来。每天晚上 9 点半，他会准时离开。他有早睡早起的习惯，每天早晨起床以后还会在小区里进行晨跑。彼得的确是个井井有条的男人，每样东西都遵守"哪里拿哪里放"的原则，从外面回来一定会换拖鞋换睡衣，然后去洗手洗脸，走的时候再把衣服换回去。

彼得不喜欢去人多的地方，尤其是泡吧，对他来说是一种慢性自杀的行为。空气浑浊、噪音污染加上酒精和熬夜，而且一瓶啤酒卖到几十块，简直恐怖。他自己是十分抵制泡吧的，因此罗小燕也只好戒了这种嗜好。本来罗小燕也很不喜欢去泡吧，但是她的很多朋友独独爱在酒吧挥霍夜晚，以前她总是随大流，现在只好找借口推掉这些朋友的邀约了。

彼得为人很热情，可能跟他的工作有关，小燕搬来没有多久，彼得已经跟小区里的一些邻居和保安混得很熟了。很快地，小燕在他嘴里也变成了"我老婆"，在人们看来这个每天"买汰烧"的男人实在是很难得，不仅如此，在人们眼里小燕跟他已经好像是小两口了。

彼得也很细心，周末的时候一定会去买一束鲜花，他从来不买固定的一种，总是让花店里的小姑娘插上热热闹闹的一束回来插在小燕的水晶花瓶里。偏偏罗小燕只喜欢素色的马蹄莲，但是人家一脸喜气地买束花来送给你，你总不能说自己不喜欢吧，这样未免太扫兴也太不礼貌了，所以，看着五颜六色的一大把花放在客厅里，小燕也只能无可奈何。

周末的时候，彼得不喜欢出门，他总是说，你看你的阳台看出去风景这么好，不是跟公园一样吗？小燕有时提议到附近去旅游，他也没有兴趣，因为那些地方都挤满了上海人，跟在上海有什么区别？

彼得的周末是去菜场买回来新鲜的蔬菜和鸡鸭鱼肉，好好做上些好吃的，然后和小燕一起看看DVD。彼得的品位很单一，他看片子顶喜欢好莱坞的商业大片，罗小燕喜欢看欧洲片、文艺片哪怕日本片也可以，彼得说，那些片子节奏太慢，低成本制作的哪有耗资巨万的片子性价比高？于是，罗小燕只好在枪战的嘈杂声中心乱如麻。

罗小燕到于濂家去作客，于濂和小莲好像也是这样柴米油盐地过着，看着他们两个人脸上喜气洋洋的样子，无精打采的罗小燕觉得一定是自己出了什么问题。

27

星期一的早晨，罗小燕还在睡梦当中，她又一次被敲门声吵醒，恍惚间她以为是房东又来催房租了，等到睁开眼睛，她才松了一口气，我是住在自己的房子里面，这样的事情不会再发生了。打开门是一脸焦急的彼得。

原来彼得答应了要送一本罗小燕的签名小说给同事，昨天跟罗小燕说过，罗小燕并不喜欢身边的人拿自己去炫耀，只是写了几本小说，又不是拿了诺贝尔文学奖，这样四处招摇只会惹来别人的笑话。所以她见彼得走的时候没有提起，也就想蒙混过关。没有想到为了这件事情彼得特地起了一个大早，还把自己的梦给吵醒了。罗小燕心里有些不痛快，但是她没有力气表达自己的不快，她还想留住这种昏昏欲睡的感觉过一会儿再睡呢。

匆匆在书上签了名打发走了彼得，罗小燕迅速地倒回床上蒙头大睡。没想到9点多钟，彼得的电话又打进来了，原来是那个同事拿到了书一定要亲口谢谢罗小燕，据说这样是为了证实彼得送给他的书真是作家亲自签名的。

客套了几句之后，彼得又在电话里交代罗小燕一定要吃早饭，早饭就在厨房的料理台上。罗小燕听见彼得身边有人说："喔哟，你们已经介亲热了。"

罗小燕真的睡不着了。

她无聊地躺在床上看着自己的家,门口的衣架上挂着彼得的睡衣,睡衣下面的鞋架上是彼得的拖鞋,电视机旁边摆着彼得的照片,沙发前的茶几上是昨天彼得带来的花,粉红色的玫瑰配深红的扶郎花,里面还点缀着几枝黄颜色的康乃馨,明明说过"我的地盘我作主"的,这下子罗小燕觉得自己好像是住在彼得的家里,什么时候"我的地盘变成他作主"了?

其实罗小燕跟彼得的关系实在还没有亲近到这一步,但是罗小燕自己看看自己的闺房,也觉得有一种说不清的暧昧,加上刚才的那个电话,还有彼得口口声声跟邻居说的"我老婆",忽然都在这个早晨堵在了罗小燕的嗓子眼里,让她有一种胸闷窒息的感觉。

不过一个月的时间,这个在一茶一坐面试来的男朋友已经登堂入室了,罗小燕觉得即将上演《欲望城市》上海版的人实在应该是自己,接下去怎么办?跟他结婚?跟他同居?跟他生儿育女?按照他的作息时间表和生活习惯过一辈子,这难道就是自己的理想吗?

罗小燕在到处都是彼得留下的"痕迹"的房间里待不住了,她换上衣服,胡乱吃了点东西逃跑似的溜出了家门。

电梯里,热情的阿姨一看见她就主动招呼:"怎么,女作家今天这么早就出门了,我知道了,体验生活。"

罗小燕尴尬地笑了笑,她不习惯和陌生人交流自己的生活,这一点是她和外向型的彼得之间的天堑,也许彼得这样的生活方式更加随和,但是跟别人保持距离又有什么不好呢?

罗小燕本来想回家去的,但是她很怕父母问起她跟彼得之间的事情,隐隐约约地小燕的爸爸妈妈听说有这样一个人帮她安置了新家,但是小燕并没有确认这个人就是她的男朋友。而且上次罗小燕去东方轩家里吃过饭之后,东方爸爸和东方妈妈打电话来兴高采烈地透露小燕和东方轩已经订婚了,更是把小燕妈妈搞得一头雾水,她好几次采用"围追堵截"的办法想找小燕问清楚，都被罗小燕逃之夭夭了，现在主动送上门去不是太不明智了嘛。

罗小燕想找几个朋友聊聊天，可是最近她都没有参加集体活动，一见面大家肯定要对她进行"狂轰滥炸"，今天心情不好，还是算了吧。

最后小燕还是去逛了逛街，添置一些秋天的衣服，然后去做了头发和面部护理。她觉得自己实在是无聊透了，这样消磨一天就好像那些被大款包养的空虚的金丝鸟一样。黄昏的时候罗小燕去了美罗城楼下的一茶一坐，虽然要排队，但是她却有一种"破罐子破摔"的壮烈心情，排就排吧，反正我有得是时间。终于等到了座位，她点了一份臭豆腐，一份黄金蟹斗，一盘米血糕，一份过桥米线，决定狠狠地大吃一顿。菜才刚刚上，彼得的电话打来了，他的声音听起来很焦急，一直追问罗小燕在哪里，什么时候回家。罗小燕觉得很倒胃口，就淡淡地说："我在外面谈事情。"彼得又问她谈什么事情，什么时候谈完，搞得罗小燕十分不快。这个人管得真宽，罗小燕有点不耐烦地说："你有事吗？"彼得倒不高兴起来了："你没跟我说你今天有事呀，我已经到你家门口了。"

罗小燕不想跟他纠缠下去，淡淡地说："哦，那不好意思了，你只好先回去吧。"挂了电话，罗小燕已经没有什么胃口了，她觉得自己好像一个被严密看守的犯人，连离开自己的家到外面吃个饭也要请示汇报。不过本着对食物的尊重，她还是吃完了所有的食物，并且还要了一碗米饭拌着臭豆腐的汤吃了下去。

吃饱喝足的罗小燕心情好了很多，她拎着今天的"战利品"愉快地回了家。才刚刚打开门，斜刺里窜出一个人来，把罗小燕吓得尖叫起来。原来彼得一直没有回家，坐在安全通道那边等着小燕，他手里提着大包小包的菜，已经等得脸色灰败了。

进了门，彼得先去料理自己带来的菜，罗小燕觉得他也蛮执著的，对着这样的好人撒气有点不像话。可是两个人谁都不说话，气氛又有点尴尬，她索性拿上睡衣进卫生间去洗澡了。罗小燕洗完澡出来，发现彼得坐在自己的电脑前

遇见你

205

面，正在上网看着什么，看见罗小燕出来，他说："以后你给我一把钥匙吧，免得我回来的时候进不来，被邻居看见多不好。"

罗小燕走来，打算跟他好好谈一下，彼得有点慌张地关掉网页，可是罗小燕已经看见了，彼得打开了她的邮箱："你怎么会有我邮箱的密码？"

彼得有点尴尬："还说我呢，你把邮箱的密码就这样存在页面上，多不安全。不过你的邮箱里几乎没有什么邮件，别人看了也没有什么哦。"

彼得见罗小燕没有说话，自己大概也是蛮尴尬的："要么，你把备用钥匙给我，我再去配一套，你看怎么样？"

罗小燕听着他的话，忽然很想笑，她几乎是微笑着说："对不起，我不能给你。我没有跟别人同居的习惯。"

彼得有点急了："我不是那个意思，只是为了方便一点，刚才我催你回家，说完之后我也很后悔，你一定有重要的事情在谈，我不该打扰你的，我道歉，我的态度不好。可是，小燕，我想照顾你，你整天这样写呀写的，生活都乱了，我可以很好地照顾你的。"

"我还是喜欢我原来的生活。"罗小燕抬起头认真地对彼得说，"我知道你是个好人，可是热带鱼和仙人掌是两种不同的生命，海洋里的水去灌溉沙漠，听起来很美，但是热带鱼和仙人掌还是无法一起生活的，我应该去找属于我的热带鱼，你应该去找属于你的仙人掌。彼得，我们可以做朋友的，好吗？"

老好人彼得却是很有原则性的，不能做恋人，也就没有朋友做了。他走了，走的时候带走了自己的睡衣、拖鞋、照片和仙人掌，留下这些"痕迹"无非是为了表示"这是我的地盘"，撤退的时候一定要撤得干干净净，也许是为了"坚壁清野"吧。

浪漫地开始，潇洒地撤退，自始至终，罗小燕觉得彼得可以是一个"完美伴侣"的，只是并不是每个人都合适找一个"完美伴侣"。

虽然经过了彼得将近一个月的改造，可是彼得一退出，罗小燕立刻故态复萌。她又有了慵懒的早晨，没有人会来"morning call"了，她又开始四处

"打游击"混饭吃的日子，这天她施施然地回了家。

打开家门，家里居然没有人，快到吃饭的时候了，老爸老妈居然会不在家？罗小燕很纳闷，她打通了爸爸的手机，爸爸声音压得很低地说："我们在长海医院，张阿姨今天出院，你怎么也不来？"

张阿姨就是东方轩的妈妈，小燕想起上次去他们家吃饭，就是为了让东方妈妈安心做手术的，没想到一个月的时间，她都已经做完手术可以出院了。

罗小燕赶到医院的时候，正好东方轩已经办完了出院手续，看见罗小燕，他的眼睛立刻亮了起来。罗小燕一接触到东方轩的眼光，不知道为什么居然脸红了，两个人在走廊上互相看着，一时间竟不知道说什么好。

东方敬正好走出来，他一看见罗小燕就像捡到宝贝一样地叫了起来："小燕，你可来了，我们刚刚还提到你。"

做完手术的东方妈妈神清气爽，面色也红润了不少，一看见罗小燕，就把她揽在了怀里："小燕呀，到云南去采风，有没有吃到辛苦呀？让我看看，好像瘦了一些嘛。"

小燕妈妈笑道："再辛苦哪有你辛苦，吃了这样一刀，回去以后一定要好好补补才行。"

东方妈妈摸着小燕的手说："一看到小燕，我的精神就好了，我要赶快把身体养好，好好给你们操办婚事。"

罗小燕心里"咯噔"一下，这可怎么办？那时候为了让东方妈妈安心去做手术，才和东方轩一起演了一场戏，这下观众们催着要看续集了，可是自己和东方轩这一个月不仅没有进展，相反还疏远了，这续集该怎么演下去呢？

罗小燕求救地看着东方轩，他微微地笑着，一副镇定自若的样子，好整以暇地看着罗小燕，摆出事不关己的态度。这边东方妈妈忽然又叫了起来："小燕，怎么今天戒指没有戴呀？是不是嫌不好看？结婚的时候我一定给你买个样式更新的。"

罗小燕只好说："哦，戒指啊，我怕弄丢了，平时不敢戴。"

遇见你

小燕的爸爸妈妈已经围过来了，小燕妈妈一把抓住罗小燕："你这丫头，你们什么时候好上的，上个月不是还在家里相亲的吗？难道是玩我们几个老的？"

小燕爸爸也说："就是，我们还是听东方敬说的，你跟小轩谈恋爱，我们举双手双脚赞成，你为什么偷偷摸摸地不告诉我们？"

罗小燕是怎么逃出家长们的"十面埋伏"的，她已经搞不清楚了，反正她觉得自己满脸赔着笑，笑得脸上的肌肉都精疲力尽了，总算他们吃了饭都要回去睡午觉，这才宣告"解散"。

大人们一走，罗小燕换了一张凶巴巴的脸对着东方轩："你看看，都是为了你，现在我们怎么收场呢？琳达怎么办？你怎么跟她交代？"

东方轩的脸色黯淡下来："你不用管我，我想你担心的是你的彼得吧？"

罗小燕大笑起来："彼得？那已经是个过去式了，他太好了，好得像我的第二个娘，我实在受不了他对我的改造。我想现在他大概已经在改造别人了吧。"

东方轩的表情轻松了起来："琳达也成了过去式了，她妄图修复我的致命缺陷，最后功败垂成，她已经'跳槽'了。"

"那我们现在又成了单身老贵族了？"罗小燕立刻开心起来，"好吧，给你一个机会请我吃冰淇淋庆祝一下吧。"

东方轩弯腰做了个"很荣幸"的姿势。

他们的脚步都很轻松，多日来的阴霾似乎已经在清爽的秋风的吹拂下消失了。

28

小燕和东方轩又恢复了两个人原先的那种亲密，一起看看电影、吃吃饭，可是，也就停在这个层面上了。罗小燕没有再去一茶一坐相亲，虽然她还是经常会去一茶一坐吃饭、喝茶、发呆，但是她没有再带那瓶热带鱼。有了自己的房子，她发现一个人的生活好像也还是不错的，她回家的次数倒是多起来了，通过东方妈妈的这一场手术，她发现自己的爸爸妈妈也老了，心里便生出很多的牵挂来。有的时候她也会去看看东方妈妈，给她带一束花，陪她聊聊天。

家里的几个长辈催促了几次，她和东方轩总是用各种各样的借口推搪过去，时间一长，大人们大概也就失去了兴趣，反正这两个孩子从小在一起长大，结婚只是一个仪式，催得多了怕他们生出抵触情绪来，不过他们眼里的那种期待还是很明显的。

东方轩和罗小燕因着这一层，两个人越来越怕单独见面了，他们常常约好了一起回家探望长辈，有的时候索性 AA 制请两边的长辈出来聚餐，在大人们的眼里这是孩子开始成熟的讯号，而这种成熟看来一定是受要"成家"了的影响，于是他们更加地"按兵不动"，就等着佳期的临近。

罗小燕是个急性子，时间一长她有点熬不住了，她打电话把东方轩约了出来，鬼使神差地又把东方轩约在了新天地的一茶一坐。

东方轩早到了，却站在门口不进去，只是凝神看着罗小燕远远地走过来。在他专注的目光下，罗小燕越发地局促不安，以至于坐下来看着菜单，她竟然不知道点什么好了，这在罗小燕可是一件新鲜事，以往遇上再大的事情，看菜单的时候她总是可以保持清醒的头脑的。

罗小燕把菜单推给东方轩："你点吧，看你要吃什么。"

东方轩看了半天菜单，似乎也很犹豫。店长远远地看着两个人推来推去的，体贴地走了过来，他看了看心不在焉的罗小燕，又看了看手足无措的东方轩，大概明白了，他轻声问："两位需要我替你们推荐些什么吗？"

罗小燕看着自己的手，好像从来没有在阳光下仔细研究过自己的"劳动工具"似的，东方轩看了看她，说："好的。"

店长给两个人推荐了一份文蛤田鸡煲套餐和一份麻油鸡套餐，东方轩像

遇见你

解放了一样地说："好的，就这样吧。"

罗小燕还在研究自己的手，一副专注的样子。

东方轩把自己的手举起来看看，好像并没有什么值得细细研究的，他清了清嗓子，故作轻松地说："你约我，只是为了请我吃饭？"

罗小燕这才抬起头来，嗫嚅道："你看，我们怎么跟家里的人说呢？"

东方轩作出一副观察店堂环境的样子，淡淡地说："说什么？"

罗小燕被他的态度惹毛了："还不是我们订了婚的事情，他们都当真了，说不定哪天就把我们两个人架着去办事了。"

东方轩还是一副无所谓的样子："那又怎么样？"

"你不怕吗？我们难道要变成包办婚姻吗？"

"这可不是包办婚姻，在他们看来我们可是青梅竹马你情我愿的。"

"所以才要想办法跟他们说清楚嘛。"

"我没有办法，现在的情况是越描越黑，只好顺其自然了。"

"什么顺其自然？"

"就是他们要我们怎样我们就怎样啦。"

罗小燕几乎没有思索地说："哦，你是说随他们？"她忽然觉得不对，"你是说，他们要我们结婚就结婚？"

东方轩笑嘻嘻地看着她直点头。

罗小燕一拍桌子："可是我们连恋爱都没有谈，怎么结婚？"

她的声音一下子高了八度，周围的人都好奇地看着这边。

东方轩对她作出一个"嘘"的手势，轻声地说："在别人眼里我们可不就是在谈恋爱吗？"

罗小燕的脸"腾"地一下红了。

东方轩温柔地低声说："最近你看见我的时候脸总是会红，不让别人误解也不行了。可是罗小燕，你的脸为什么会红呢？你一定是喜欢上我了对吗？"

罗小燕"呸"一声："臭美，谁喜欢你？明明是你一直悄悄地喜欢我。"说着她把自己的下巴挑起来，作出一副傲气的样子来。

东方轩的表情忽然认真了："是的，我一直悄悄地喜欢你，全世界都知道了，只有你不知道。"

罗小燕的下巴差点吓得掉下来，她把脸伸到东方轩面前："你说什么？再说一遍，我大概饿昏了，好像出现幻听了。"

东方轩也把他的头探了过来，清晰地说："是的，你没有听错，我说我的确是一直在悄悄地喜欢你，可是你这个没有心肝的家伙，一毕业就喜欢上了天宇，然后莫名其妙地开始面试男朋友，然后又看上那个彼得，就是从来没有轮到过我。"

罗小燕有一瞬间被他直接的表白感动了，忽然她又抬起杠来："你也没闲着呀，你谈的女朋友都够一个班了，你还和琳达那个什么了，你这算什么？"

东方轩委屈地说："那都是她们招惹我，我能怎么样？至于琳达，上次住在她家，是因为我们喝多了，她家离酒吧近，我们一大群人都住在她家，不信我可以找出许多人证来。"

"那有天晚上，她进了你家，好几个小时都没有出来，我都看见了。"罗小燕一急，把心里最耿耿的话说了出来。

"你说呀，那天你们两个人一起待了几个小时，也是一群人待在一起？"

面对罗小燕的问题，东方轩愣住了："那天你在楼下？你为什么不上来？就是那天晚上，琳达来找我希望跟我和好，我告诉她我真的不爱她。可是她不甘心，拿起我的裁纸刀要自杀，我去拦她，结果她划到了我的手，我流血了，她帮我包扎。之后我们谈了好久，我告诉她我和你这些年的事情，那晚之后，她再也没有来找过我，我们真的就这样断了。"东方轩说着伸出自己的左手，手上还有一个新的伤痕。罗小燕看着他的伤痕，长长的，当时一定流了很多的血，她的心一疼，眼泪便涌了出来。

东方轩受伤的时候，正是罗小燕坐在他楼下的小花园里赌气的时候，也正是那晚的赌气，让罗小燕的心里留下了一个阴影，直到今天，她的误会终于

遇见你

烟消云散了。恋人之间的伤害常常就是这样,误解造成情绪的波动,情绪的波动造成错误的决定,有些决定往往会影响一生。

东方轩看着罗小燕的眼泪,比自己流血的时候还要心痛。人真的是很有意思的,以前有不少的女人为东方轩流过眼泪,可他总是无动于衷。现在罗小燕的眼眶只是潮湿了一下,东方轩已经心疼得受不了了,世间万物,一物降一物的真理,在爱情上也常常能够得到验证。

不过罗小燕毕竟是罗小燕,她的眼泪只是涌出了一点,服务生来上餐了,她便全心全意地吃了起来,心里的阴影也随着那一点眼泪排出了体外,随着而来的是她旺盛的胃口。

东方轩看着罗小燕,他知道,那个开朗的家伙又回来了,而他在把心里的秘密一吐为快之后,也轻松了不少。现在他能够体会到罗小燕为什么总是可以这么开朗了,她总是能随时丢掉思想上的包袱轻装上阵,而她的这种轻松是会传染的,对心爱的人说出你的爱,原来真的会得到如此轻松的心情。

吃饱之后的罗小燕坐到了东方轩的身边,她有太多的问题想弄明白了:"你明明喜欢我,为什么以前从来不直截了当地告诉我呢?"

"我喜欢你的时候你还很小。"

"那我毕业以后你为什么不告诉我?"

"那时候你已经爱上薛天宇了。"

"那你为什么不跟薛天宇抢一抢呢?"

"这是我爱的方式。"

"你的爱是什么方式?"

"就是你爱怎样就让你怎样。"

"那我要是当时就跟薛天宇走了呢?"

"生活是没有'要是'的,反正你没有走,就行了。"

"那知道我跟彼得已经分手以后,你为什么好几天不理我?"

"你不是也没有理我嘛。"

"那……"罗小燕觉得自己有很多的问题要问问东方轩，这个家伙实在是不简单，埋伏在自己身边这么久，居然深藏不露。

东方轩推开罗小燕，焦急地向外走去，罗小燕被他弄糊涂了："喂，我还没说完呢，你上哪儿去？"

东方轩小声地："小姐，我上厕所'排泄'一下，不然那么多的问题吃下去我会胀死的。回来的时候，我也要问问你，你到底喜不喜欢我，你还没有说过呢。"

东方轩上完厕所回来，却发现罗小燕已经不见了，桌子上留下一张纸条："东方，忘了告诉你，我的面试是十分公平的，按照我的规定来参加面试吧，至于我的答案，面试之后我再告诉你。"

又一个星期天，小燕走进了一茶一坐，远远的服务生就冲她做手势，顺着他的手势望去，小燕看见东方轩坐在她常坐的那个靠窗的座位上，桌上放着一个瓶子，瓶子里游着一条黄色的热带鱼，在他的对面，一个男人正在不依不饶地盘问东方："你就是小燕？还是她的代理律师？你们的这种行为是一种自我宣传的方式吗？你们下一步的计划是怎样的？希望你能够回答我，我代表的是我们报纸的数十万读者，我可以购买独家的采访权！"

东方轩尴尬地看着记者，一副绞尽脑汁的样子："是这样的，我去过一些少数民族的村寨，他们那里的年轻人到了恋爱的年纪，总是会有一些集体的相亲，男孩女孩一起唱歌跳舞，他们还会有一些约定俗成的信号，比如说鲜花表示同意，辣椒表示拒绝，这样就可以很清晰地表达自己的心意，避免不必要的误会和耽误了。可是我们现在的生活里面缺乏这样的仪式，我们不知道眼前的这个人到底想不想谈恋爱，而你更是无法明确地知道你喜欢的那个人她是否也喜欢你，我想通过热带鱼作为一种象征，一个暗号。桌子上摆上热带鱼，说明我很想谈恋爱，别人愿意接受你的热带鱼，说明她也愿意接受你，通过这样的行为艺术来表达，似乎比语言更加容易一些。"

记者在本子上迅速地记着，还不时满意地点点头。罗小燕拿起自己的热

遇见你

带鱼，走到东方轩身边，把她自己的热带鱼和东方轩的热带鱼摆在一起，在他的耳边轻声地问："愿意让它们两个住在一起吗？"

东方轩的耳朵立刻红了起来，罗小燕几乎可以感觉到它的热度，而那两条热带鱼隔着玻璃瓶已经互相看上了，头碰头地打起了招呼。

图书在版编目(CIP)数据

遇见你/吕玫著.—上海:上海人民出版社,
2012

ISBN 978 - 7 - 208 - 10990 - 2

Ⅰ.①遇… Ⅱ.①吕… Ⅲ.①长篇小说—中国—当代
Ⅳ.①I247.5

中国版本图书馆 CIP 数据核字(2012)第 225040 号

出品

出 品 人　邵　　敏
责任编辑　邵　　敏　陈　蔡
封面装帧　叶　　珺

遇见你

吕　玫 著

世纪出版集团
上海人民出版社出版
(200001　上海福建中路 193 号　www.ewen.cc)
世纪出版集团发行中心发行
上海景条印刷有限公司印刷
开本 890×1240　1/32　印张 7.25　字数 200 千
2012 年 11 月第 1 版　2012 年 11 月第 1 次印刷
ISBN 978 - 7 - 208 - 10990 - 2/I · 1055
定价 20.00 元

EASTCHA 逸茶雅集

喝好茶 简单泡
Fine Teas   Easy Brew

桌边一本好书，轻捧一杯散发幽香的绿茶，这一口清美的回味怎能让人在午后时光中轻易放下。如此随性简单的品味好茶，观赏茶汤的晶莹清亮汤色，这就是逸茶雅集呈献于您的一份至诚茶品。逸茶雅集分享包袋泡茶系列为您带来简单、快速、卫生、方便的泡饮模式，让您随时随地轻松享用美味茶饮。

冲泡简单
Easy Brew

品味高尚
Elegant Taste

自然环保
Environmental
Friendly

干净卫生
Clean and Healthy

降解茶包
Biodegradable
Tea Bag

精选原叶
Selecting Whole
Leaf Tea

坚持质量
Consistent in
Good Quality

品牌保证
Brand Guarantee

真善美的品质承诺
The Finest, Loveliest, Genuine Teas

望海云雾，清净纯粹的那一抹翠绿，如同你遇见最真我的那一眼。自遇见最真切的瞬间起，才明白何为至真至善至美。EASTCHA采摘纯净、健康的茶芽，通过科学的制茶标准，严格把关产制流程，以完美的包装与专业贮存设计给您呈现好茶最本质最甘醇的精华。

玉米纤维茶包特色

● 优质全叶茶，品味与观赏乐趣兼具
● 卫生、安全、环保，冲泡便捷
● 随身携带，随时冲泡
● 办公、居家、旅游让你喝好茶简单泡

安全卫生可降解—品茶环保爱地球

为响应环保精神，逸茶雅集以高新技术玉米纤维茶包（Corn Fiber Tea Bag）质量更高，无毒环保，可降解，茶包透视度高，耐高温，静菌性佳，保存稳定性好。让您在享受好茶的同时，也能支持环保爱护地球，欢迎选购，体验新时代茶包的魅力。

天地之间 "遇见你"

似梦若真温暖间　一斟一饮一人生

EASTCHA
逸茶雅集

每当一段感情即将来临，总会带给人一种惴惴的期待，满目间皆是人世最美丽的风景，就仿佛那一杯叫做"望海云雾"的清茶，眉眼尽处单纯娇俏，温婉婉婉，每一眼默默触碰总会让你我眷恋，依依不舍，似清甜又如梦如幻。若离间，每一壶好茶的斟斟饮饮彷如爱与生活的碰撞融合，茶汤与瓷壁相偎相依，若然性质不尽相同，却又无法割舍彼此的存在。人生中那些曾深恋过的爱情，总会带着我们悠久绵长的思念，泡一杯茶香漂浮在那些写满青春年华的回忆里。

喝好茶 简单泡，三大时尚健康泡饮法

热 泡 Hot Brewing

暖暖下午在办公室或者阳光露台，泡制一杯温馨好茶，细品茶叶在杯中翻腾舒展，任茶香弥散，想必整个午后都会令你拥有一份美丽心情。

1、取三角包置入杯中
2、注入适当温度的热水
3、静待数分钟即可享用一杯好茶

冰 镇泡 Iced Cold

冰镇泡茶法将夏日喜爱饮茶的朋友带到一个冰爽世界，此类冻饮完全能满足您在酷热夏季渴望一杯冰茶的愿望，尤其适合在用餐或下午茶时间与多人分享。

1、取三角包置于杯中，注入适当温度热水，静待数分钟
2、将泡好热茶倒入较大茶壶中
3、加入冰块即可享用冰爽茶饮

冷 泡 Cool Infusion

在人生的路途中，无论您处在拥挤地铁，或喧闹的集市，还是惬意的旅途，一杯随身携带的冷冽茶饮想必是您解渴的优质选择。

1、取三角包置于随身壶中
2、注入适当常温水
3、放入冰箱数分钟后即可享用酷饮冷